UN AMOR MATEMÁTICO

ANGY SKAY

UN AMOR MATEMÁTICO

Rocaeditorial

Penguin
Random House
Grupo Editorial

Primera edición: junio de 2024

© 2024, Angy Skay
© 2024, Roca Editorial de Libros, S. L. U.
Travessera de Gràcia, 47-49. 08021 Barcelona

Printed in Spain – Impreso en España

ISBN: 978-84-19965-99-8
Depósito legal: B-7.078-2024

Compuesto en Mirakel Studio, S. L. U.

Impreso en Unigraf
Móstoles (Madrid)

R E 6 5 9 9 8

A la Aitana de mi vida.
Has elegido la mejor madre del mundo.
Te quiero, amiga-hermana.

Cuando quieres una cosa,
todo el universo conspira
para ayudarte a conseguirla.

PAULO COELHO, *El alquimista*

Si no estás preparada o preparado para enamorarte, te aconsejo que no abras este libro. Si estás aquí y amas la vida, acompáñalo con un poquito de música para disfrutarlo mucho más.

Capítulos y canciones

Introducción

Bailaba.

Bailaba en un local de mala muerte, con una sola copa en el cuerpo y sin necesidad de estar borracha como una cuba. Tampoco tenía dinero como para pagarme un cubata tras otro, valían un riñón. No podía decir lo mismo del ochenta por ciento del local, no sé quién iba peor.

Celebraba que había sacado unas notazas increíbles, que tomaba el aire fuera de casa, mi supuesto refugio.

Mi hogar se había convertido en un infierno día sí y día también.

Ni siquiera entendía cómo estaba en pie, cómo sobrevivía a base de broncas diarias, cada vez más fuertes, más agresivas, más… Bah, no sabría ni cómo definir los sentimientos que me provocaba una convivencia destructiva. Porque eso era mi familia: destructiva.

Rectifico. Mi familia no. Mi madre.

Me dejé llevar por la canción pegadiza del momento. Esas reguetoneras que me hacían mover mucho el culo y que sonaban en todas las emisoras, en los programas y en todas las partes del mundo. Cerré los ojos y sentí las letras como si fuesen una sintonía dentro de mí, como si fueran parte de mi sangre. Como si me recorrieran las venas. Me contoneé con una excelente coordinación, no porque hubiese sido bailarina ni mucho menos, sino porque había dedicado parte de mi infancia a bailar en la intimidad de mi habitación, con la música a todo trapo y la soledad como compañera. Lo hacía cuando no había nadie y mi madre no estaba para decirme a voces que bajase la puta música. Sí, así me lo decía, literalmente.

Un regalito. Rememoré la de veces que le había suplicado de pequeña que me apuntara a clases de danza moderna, que a mí el ballet no me gustaba, que lo dejaría cuando fuese mayor, y… ¡bingo! Así lo hice cuando pude decir que ya no iba más.

Alguien colocó las manos en mi cintura. Mantuve los ojos cerrados y continué con el ritmo que provocaba que mis caderas se movieran de izquierda a derecha. Por el olor del perfume pasteloso, supe que era Noelia. Me solté la melena un poco más y bailé al ritmo del restregueo, palabra inventada que definía a la perfección ese baile en el que le ponías morritos a tu amiga mientras meneabas el culo y lo que se terciara, al mismo tiempo que reías a mandíbula batiente, sabiéndote observada por el resto de los presentes.

Mi Aquelarre era una parte fundamental de mi vida desde que tenía dos añitos y todas comenzamos nuestra andadura en la guardería. Cuando una se sacaba los mocos y los pegaba en la pared, la otra lanzaba juguetes a la cabeza de sus amiguitos, la siguiente pintaba las paredes del centro con rotuladores y la última se dedicaba a comerse las ceras mientras la profesora no la veía. En fin, un cuadro y unas personajes. Y esas trastadas continuas nos llevaron a unirnos como una tribu. Si te metías con una, te metías con las cuatro. Nuestra panda se llamaba de esa forma tan particular porque desde bien pequeñas habíamos sido excluidas de todo tipo de grupos, tanto del colegio como del instituto. Nos llamaban «las raras» por el hecho de juntarnos y ser tan diferentes en todos los sentidos. Lo que no sabía el resto de la humanidad era que eso le daba una chispa emocionante a nuestra amistad.

Yo siempre había sido la calma personificada —cuando no se me fundía el cableado—, la amiga sonriente del grupo y la más responsable —en mi casa—. A la que más cosas malas y situaciones surrealistas le ocurrían. Que una decisión de vida o muerte no dependiese de mí era un lema para nuestro grupo, la norma número uno en la lista, vaya. Sí, era una kamikaze experta en liarla parda. Noelia era la hiphopera, a la que le gustaban mucho el break dance, los monopatines y la ropa cuatro tallas más grande, excepto cuando salía de fiesta. Ahí se destapaba como si estuviéramos a cuarenta grados. Dulce era la que asistía a misa todos los domingos, con ropa que no dejaba ver ni una tira de su piel, tan blanca que parecía de la familia de los Cullen y amante de la naturaleza. También era la pitonisa del grupo y tenía una bola de cristal llamada Ágata. Por último, estaba Maca. La tía más pasota del mundo. Una choni de barrio llamativa y exuberante. Vivía al límite con su patinete fucsia, pintado por un colega, y los coches eran los que debían sortearla para sobrevivir.

—Está mirándote.

Los labios de Noelia en mi oreja hicieron que abriera los párpados, que continuaban cerrados. Miré en dirección a la barra. Estaba muy cerca de Dulce, quien se encontraba sentada en un taburete moviendo las caderas disimuladamente. No era chica de pista, qué íbamos a hacerle. Habíamos intentado de todo para que se le quitase esa timidez extrema, pero no habíamos dado con la fórmula mágica. Necesitaba un impulso muy grande o mucho alcohol en su organismo para dejarse llevar. A su lado, un tipo con aspecto de macarra bebía una copa mientras nos miraba con intensidad. Me giré con rapidez.

Era como unos quince años mayor que nosotras. Negué con la cabeza, y Noelia puso los ojos en blanco de manera muy exagerada.

—Podría ser mi padre —argumenté.

—Son los que más saben. Para una primera vez…

Me negué de nuevo, y aquello ocasionó una discusión entre las dos mientras bailábamos. Según Noelia y Maca, a mis dieciséis años ya tenía que haber catado macho. Y no solo besos y arrumacos.

—¿Sabes cuántas enfermedades sexuales existen en el mundo? —le pregunté, dedo en alto acusador.

Noelia bufó, y Maca hizo su aparición estelar con tres copas en alto y moviendo las caderas con gracia. Estaba un pelín achispada. Era impresionante lo que podías conseguir sin tener la mayoría de edad en cualquier antro de España como aquel.

—¿Qué tienen que ver las enfermedades sexuales con tirarte a un tío? —Noelia enarcó una ceja.

—¿Os referís al guapetón que no deja de mirarnos? Yo me lo tiraba. —Maca siempre tan directa.

La observé con cara de cansancio y sentencié:

—Tú eres una guarra. —Mientras, Noelia no dejaba de darme con un dedo en el hombro para que le prestase atención—: ¡Que no lo conozco! ¡A saber con cuántas tías ha estado!

Mi amiga movió la mano en el aire, restándole importancia a mi comentario.

—Que me diga eso Dulce, puedo comprenderlo. Que me lo digas tú…

Al unísono buscamos a la aludida, quien seguía en su posición de palo de escoba, con el cubata en la mano y una pajita negra. «Igual que mi alma», que diría ella. Sería muy religiosa, pero también era muy oscura. Mi amiga se tensó cuando el tipo del que las tres estábamos hablando se acercó en exceso a ella. Quizá él se estaba percatando de lo indecisas que estábamos y decidió que le daba igual llevarse al huerto a la que fuera.

—Le va a lanzar una maldición —aposté, pues Dulce tenía aspecto de Miércoles* y no hubiese sido para nada de extrañar que saliera un conjuro de su boca.

—Yo creo que le tira la copa a la cara —declaró Maca.

Habíamos dejado de bailar y únicamente movíamos los pies. Estábamos a la expectativa de lo que ocurriese de un momento a otro. Sabíamos muy bien cómo se las gastaba Dulce.

—Yo estoy casi segura de que va a ser un gesto fulminante —objetó Noelia.

—¡Una ronda de chupitos! —Sellé de esta manera nuestras apuestas y no pudimos evitar sonreír.

El breve movimiento de Dulce ocasionó que Noelia gritase en medio de la pista, provocando que el resto de las personas que teníamos alrededor nos mirasen. En efecto, nuestra chica religiosa había elevado el mentón y le había bastado negar con la cabeza en seco. Todo eso sumado a una mirada que quería decir sin ninguna duda: «Llevo un puñal en la manga y voy a sacarlo si vuelves a acercarte».

El ligón probó suerte y se dirigió hacia nosotras, como quien no quería la cosa y como si no hubiésemos visto el desplante de Dulce. Habíamos retomado el baile como locas, al ritmo de la música y con los brazos en alto para que se viera una clara euforia. Todo por esa ronda de chupitos que Maca y yo tendríamos que pagar por separado.

—¿Cuántas enfermedades dices que hay? —me preguntó Noelia, sin detener los pies en el suelo.

Era consciente de que tenía al tipo detrás. Sonreí antes de responderle:

—¡Hay más de treinta!

---

* Personaje ficticio de la familia Addams en la serie *Miércoles*.

Noelia y Maca rieron. El hombre iba a rozarme con el hombro, pero antes de que pudiera tocarme, las chicas y yo nos miramos y terminamos en un corro, con los brazos sobre los hombros, abrazándonos mientras bailábamos una canción de Abraham Mateo. Tenía una letra que nos definía: «Maníaca».

—¡Pírate! —le soltó Maca, sin apartarse.

Y tal vez porque nos habíamos hecho valer, Dulce dio un bote de su asiento y se acercó para sumarse a ese abrazo. O tal vez fuese la canción, no lo sabía, pero allí estábamos todas juntas.

El tío puso muy mala cara, como si realmente hubiera pensado que podría habernos llevado a las tres a su terreno y no se hubiese esperado nuestra reacción. Admití que, si el colega nos hubiera gustado, habríamos olvidado la tontería de con una o con otra. Sin embargo, la noche no iba a darme un margen. Para una vez que estaba pasándomelo bien…

Advertí que algo ocurría cuando el rostro de Maca palideció y enseguida mis otras dos amigas miraron a mi espalda. Me giré. Un muchacho de aspecto huraño, con pinta de matón, andares chulos y una altura que asustaba se abría paso entre el tumulto hasta alcanzarnos sin esfuerzo. El corazón se me puso en la garganta, y pensé que tenía que ser una broma de mal gusto. No podía estar allí. No podía. Pero sí, sí estaba.

—Ahí viene Moisés apartando las aguas —añadió Dulce con sarcasmo.

Cualquiera diría que la muchacha no podía ni verlo.

—¡¿Alan?! —Mi tono de sorpresa fue inmediato.

Era mi amado hermano mayor. Por favor, leed con ironía la frase anterior. Y, ya me conoceréis, pero yo tenía ironía para regalar.

Alan no le prestó atención a ninguna de «las niñatas» que me acompañaban. Sí, también las llamaba de aquella manera tan especial y me daban ganas de reventarle toda la boca. Me observó con sus ojos acaramelados, los entornó y contuvo el aire. Intuí que nada bueno se avecinaba y no necesitaba la bola de Dulce para adivinarlo. Sin modales, me agarró del antebrazo y tiró de mí.

—A casa —sentenció tajante.

—¡¿Qué?! —me exalté.

Mis amigas preguntaron lo mismo al unísono. Dejó de intentar arrancarme el brazo cuando vio que no me movía, que me había quedado anclada al suelo. Y no solo por eso, sino porque mis tres amigas me sujetaron el otro.

Alan soltó un resoplido, se pasó la mano libre por el mentón —uno muy sensual y marcado, a decir verdad— y habló bajo para que solo lo oyese yo:

—Mamá está desatada, y papá no sabe qué contestarle ya. Los mellizos están asustados. No dejan de llorar y preguntar por ti. ¿Quieres que siga?

Di un fuerte tirón.

—Pues para eso estás tú. No siempre tengo que comerme todos los marrones. Lárgate, Alan.

Quise darme la vuelta, pero la mención de mis hermanos llorando me ocasionó un gran remordimiento. Ahí fue cuando me pregunté por qué era tan débil. Auné todas las fuerzas posibles para ignorar a Alan e intenté seguir bailando. Continuaba detrás. Por el contrario, mis amigas se dieron cuenta antes que yo de que aquello era el final de la noche. Mi hermano lo intentó de nuevo, porque sabía que me faltaba un pequeño empujón y que accedería. Era un manipulador nato.

—Milo se ha llevado un tortazo de mamá por ponerse en medio. Lleva llorando más de media hora y no he podido calmarlo. —Hizo una pausa. La justa para darme los segundos de rigor—. Dime cómo pretendes que lo haga y me iré.

Me mordí la lengua, me quedé delante de él y sentí los ojos de mis amigas clavados en la nuca. Alan se había cruzado de brazos. No podía creer que mi madre hubiera tenido el valor de pegar a mi hermano por uno de sus ataques, pero los ojos fieros de Alan no decían lo mismo.

Suspiré con resignación. Me di la vuelta y ahí estaban. Mis amigas ya esperaban esa breve disculpa que apenas pronuncié. Las tres asintieron a la vez, dándome a entender que otro día nos veríamos. Miré muy mal a mi hermano, aunque no tuviera la culpa. Pasé por su lado, no sin antes darle un empujón con el hombro, y salí del local. Me detuve delante de su moto azul, con los brazos cruzados en el pecho y harta de la situación en casa.

—Toma el casco.

Se lo quité de malas formas, sin mirarlo. Él sí me observó de soslayo, como si hubiese algo más que no quisiera contarme. Al ver que no hablaba, me fijé en la moto, pues unos chavales a espaldas de mi hermano la estaban señalando. Era muy grande, muy llamativa y ruidosa. No tardamos más de veinte minutos en llegar al bloque de pisos. Me dio un poco de vergüenza que desde la calle se oyeran los gritos histéricos de una mujer. Eran de Amanda, mi madre.

Alan me había puesto al día de camino a casa y me había dicho que todo había empezado porque mi padre, Carlos, le había puesto un plato con carne y verduras para cenar. Verduras, que mi madre odiaba. Una auténtica estupidez, pues podría haberlas apartado del plato y listo. Pero no, eso era un claro indicio de que buscaba guerra a cualquier precio y de cualquier manera. Me quedé estática, contemplando el portal, antes de decidirme a entrar.

—Aitana. —La llamada de mi hermano me sacó del trance y mis pocas ganas de subir se prepararon para la batalla.

Cuánto odiaba esa sensación. La de sentirme mal en un sitio que era mi refugio. La de no saber cómo solucionar algo que no me competía. Subimos las escaleras hasta la cuarta planta, sin molestarnos en tomar el ascensor.

Atisbé que había vecinos detrás de la puerta de sus casas; otros que no se escondían y estaban apoyados en la baranda de la escalera, mirando hacia arriba. Esos nos seguían con la mirada, pues subíamos con pasos ligeros. Unos pasos que se aceleraron cuando mi madre empezó a dar voces como una desquiciada. Todos sabían de quién se trataba, porque no era la primera vez.

Apreté la mandíbula, no solo enfadada porque mi hermano me hubiera arrastrado hasta el infierno, sino porque mi madre no era capaz de enfrentarse a la vida. Ese era el motivo por el que actuaba así. El motivo por el que hundía a mi padre en la miseria desde hacía mucho tiempo. Me conocía y sabía que mi carácter era explosivo, más aún si perdía las formas. Las pisadas de mis pies eran más severas, lo que no auguraba nada bueno. En cuanto Alan introdujo la llave en la cerradura, abrí la puerta de casa de un empujón, con el corazón en la garganta latiéndome bravo. No tardé en correr como alma que lleva el diablo hasta el salón, donde mi madre estaba armando un espectáculo con los puños apretados a ambos lados del cuerpo.

—¡¡Eres un puto inútil!! ¡¡Un puto inútil!! —gritó ella.

Otro de los defectos de mi madre era que podía pasarse repitiendo la misma tontería cuatro horas seguidas. Mi padre se mantenía sentado en la silla, con los codos apoyados en la mesa del salón comedor y la cabeza enterrada entre ellos, como si quisiera esconderse del mundo. Se me partió el alma al escuchar cómo lloraba, al mismo tiempo que negaba con la cabeza. Intuí que estaba creyéndose que de verdad no servía para nada. «Todo por un maldito plato de verduras», pensé, sin dar crédito. Pero es que a veces la realidad superaba la ficción. ¿No os habéis percatado de la cantidad de discusiones tontas que tenemos continuamente por cosas absurdas? ¿La de vidas que se rompen o terminan en la basura por gilipolleces?

Mi madre, con aquel cabello rubio perfectamente alisado y las uñas arregladas con una manicura simple y sosa, se puso a hacer aspavientos con las manos para que mi padre le prestase atención. Él no quería avivar la bronca, desesperado, y se mantuvo en el sitio.

—Lo siento, lo siento. No me he acordado. Ahora tengo muchas cosas en la cabeza por lo del trabajo… Ya sabes que… —intentó justificarse con tono débil.

Pero mi madre deseaba ser la víctima. No estaba dispuesta a dejarlo continuar; aquella arpía no pactaría una tregua. Lo demostraba con sus movimientos, con los insultos, con las voces ordinarias, porque además sabía que vivíamos en un piso y que todo el bloque estaba pendiente de la pelea.

Observé la puerta que daba al dormitorio de mis hermanos pequeños. Los dos sujetaban una mantita, de esas que los bebés chupan o enrollan entre las manos para dormirse. También sostenían con fuerza el chupete entre los dientes. Y entonces lo vi. Alan no se había marcado un farol, pues los dos estaban hipando sin parar, pero Milo tenía una rojez en la cara. Porque se la habían cruzado. La marca era bien grande, de dedos finos y largos. Contuve la rabia, apreté los puños de la misma manera que, segundos antes, lo había hecho la perra de mi madre y traté de no partirme los dientes por el cabreo monumental.

Mi hermano fue sensato por una vez y, mientras mi madre insultaba a mi progenitor, se llevó a los niños al interior de la habitación. Algo que no le correspondía, como nada de lo que ocurría en casa.

—¡Siempre me sueltas rollos! ¡¿Por qué no muestras un poco más de interés por mis gustos?! ¿Tan poco significo para ti? ¡¡¡No me quieres nada!!! —dramatizó mi madre, con ganas de machacarlo más.

Era tan absurda la situación… Sentí la ira más intensa. Más fiera. Más animal. No estaba dispuesta a consentir que hundiera más en la mierda a mi padre. No se lo merecía. En un determinado momento, ya estaba entrometiéndome. Me coloqué delante de mi madre, con mala cara y los brazos cruzados en el pecho, en postura defensiva. Esa postura indicaba que me protegía de ella y del veneno que escupiría por la boca. Traté de no perderle el respeto, pero le contesté:

—¿Por qué lo humillas? ¿Es que no ves cómo está?

Mi pregunta no tuvo malas intenciones ni salió con mal tono, aunque mi madre me mandó a mi cuarto sin miramientos:

—¡¡Vete a tu puta habitación si no quieres pagar caras las consecuencias por lo que has dado a entender!!

—Aitana… —Mi padre se levantó de un salto, identificando el peligro.

Pero yo nunca veía el peligro hasta que no me lo comía. Descrucé los brazos y hablé más de la cuenta. Se me olvidó lo más importante: que hablaba con mi madre.

—¿Te piensas que eres la perfecta de esta casa? ¿El ser superior de toda la ciudad?

Iba a explotar.

—No te consiento que… —Mi madre elevó un dedo acusador.

Yo había cogido carrerilla.

—Aitana. —Mi padre quiso advertirme.

Intentaba avisarme de que si me enfrentaba a ella, se liaría más gorda. Porque los adultos, por mucho que nos pesara o no los comprendiéramos a ciertas edades, eran así. Impulsivos, duros y a veces no actuaban bien. De la misma manera que a nosotros, los adolescentes, cuando se nos soltaba la lengua no había quien la controlara.

—¡Eres una maltratadora! ¡Estás maltratando psicológicamente a mi padre! ¡Y eso es denunciable!

Me dio un bofetón con toda la fuerza que pudo y más. Yo apreté la mandíbula, moví el rostro y la contemplé con un dolor punzante en la mejilla derecha. Me mostré altanera, y ella estaba preparada para golpearme la otra mejilla, pero mi padre saltó de la silla como un torbellino.

—Aitana, por favor, deja que arreglemos esto los adultos. Vete con tus amigas. Ya has visto que Alan está durmiendo a tus hermanos. —Llegó hasta mí, tiró de mi antebrazo con vehemencia y trató de apartarme. Pero a cabezona no me ganaba nadie. Continué mirando desafiante a mi madre, quien estaba a punto de echar espuma por la boca—. Aitana, por favor.

La súplica de mi padre fue suficiente para que lo mirase. Fui razonable, porque comprendí por sus ojos que sufría. Antes de dirigir mis pasos hacia la salida, solté la última perla, sin desviar la mirada de esos ojos azules, fríos y gélidos. Igual que ella. Gracias a Dios que ninguno teníamos sus ojos. No me hubiese apetecido parecerme a un monstruo. El mundo no solo estaba hecho de hombres malos. También había mujeres despreciables.

—Estaríamos mucho mejor sin ella…

La tensión se palpó en el ambiente. Mi madre se tambaleó hacia atrás, impactada por mis palabras. Pero yo sabía que no era verdad. Que era una teatrera. Por supuesto, mi padre trató de arreglarlo como de costumbre. No lo pensé y retrocedí sobre mis pasos. De soslayo vi que la puerta de la habitación de mis hermanos se encontraba cerrada, lo cual indicaba que Alan seguía con los pequeños. Ahora sí me dirigía a mi lugar de salvación.

Al verdadero.

Lo que no sabía era que aquello solo era el principio. Una semana después, la situación en mi casa sería peor todavía y los problemas nos alcanzarían con más virulencia. Pero ¿era mejor conformarse con una vida cómoda? ¿Aguantar por aguantar? No, yo era una chica guerrera, de las que luchaban sin parar, e iba a tener tiempo de demostrarlo. Mi corazón terminó de quebrarse cuando oí llorar a mi padre. Después, por el sonido de la silla, supuse que se había puesto de rodillas delante de Amanda. Seguro que ella solo miraba la puerta por donde iba a salir y que estaba realmente enfadada porque la había llamado maltratadora, pero yo sabía que tenía toda la razón del mundo.

Cerré la puerta de entrada con un golpe sonoro que retumbó en todo el edificio. Subí sin detenerme hasta la última planta, sin dejar de llorar. Abrí la puerta que daba a la azotea y allí me perdí. En medio de un manto de hormigón liso al que nadie acudía. Donde realmente encontraba la paz. Alcé la cabeza para mirar el cielo despejado. Las estrellas, brillantes, tranquilas, bonitas y únicas, se desplegaban sobre la ciudad. Apreté la mandíbula al recordar el rostro de mi madre.

Me apoyé en la cornisa, miré hacia abajo y después me centré en ese cielo perfecto. Entonces, mis ojos se desviaron hacia la izquierda, hacia un lateral del tejado. Allí estaba mi verdadero refugio, apartado del resto del mundo. Los vecinos nos habían permitido colocar una pequeña tienda de campaña, para tres personas como mucho, y desde hacía unos años, cada vez que me sentía mal, acudía allí para despejarme. Aquella caseta infantil no contaba con mucho más que unas mantas en el interior, unas luces para iluminarla por dentro y la buena compañía de una sola persona en ese edificio. Una persona que yo adoraba. Lo escuché entrar.

—¿Otra vez de fiesta?

Su única pregunta repiqueteó en mi cabeza. Aun así, sonreí al saber que siempre estaba ahí para consolarme. Menos mal que no daba muchas vueltas a lo que pensaría el resto del mundo. Tenía muy claro que no hacíamos nada malo. Quien se comportaba mal era mi madre. Eso no quitaba que sí me avergonzase el espectáculo que dábamos cada dos por tres. Éramos el chisme del bloque.

—Se ha enterado todo el edificio.

No había sido una pregunta, sino una clara afirmación de lo que ya sabía. Disimulé las lágrimas antes de que el intruso llegara a mi lado.

—¡Qué va! —le quitó hierro al asunto, apoyándose en la cornisa—. Aquí no se oye nada. Cualquiera diría que tenemos las paredes de papel.

Nos reímos los dos.

—Dani, ¿te he dicho alguna vez que me encanta cómo modificas la información y te la llevas a tu terreno?

—Tana, ¿te he dicho que se me da fatal mentir?

Los dos estudiábamos en el mismo centro, pero Daniel era un tanto peculiar y no se encontraba en el círculo de mis amistades. Sin embargo, nos entendíamos y nos respetábamos. Lo cierto es que cuando estábamos juntos, él cambiaba y se dejaba ver de verdad, profundo y maravilloso. Sabía mucho de todo.

—¿No has salido? —me interesé.

Dani se mostró sorprendido por la pregunta. Sus ojos almendrados brillaban de manera impresionante. La luna de fondo le daba un aspecto muy romántico al momento.

—¿Le hablas de salir al chico que no tiene amigos? ¿Te recuerdo que soy el marginado?

Mostré mi inconformismo por que se hubiera definido como tal. No quería que se fustigara y, aunque pareciese no importarle, yo sabía que lo hacía. Que eso lo había perjudicado durante toda la vida. Una vez había intentado que se uniera a mi grupo de amigas cuando teníamos trece años y empezó nuestra amistad, pero él se había negado y me había hecho jurar que nuestra amistad solo florecería en la azotea o en las escaleras del edificio, dos sitios clave para desahogarnos. Aunque eran más frecuentes nuestros encuentros allí arriba; de hecho, era uno de nuestros pasatiempos favoritos.

Jamás comprendí por qué Dani no quería socializar con el resto del mundo. Me costaba imaginar el sufrimiento que había tenido que aguantar desde que tenía ocho años. Por aquel entonces solo era un niño con un poco de sobrepeso, rechazado por los demás compañeros por estar «gordo». Después de eso llegaron más situaciones complicadas, y la adolescencia fue mortal para él. Por eso yo no trataba de convencerlo; él tenía que superar el duelo. Solo él sabría cómo hacerlo. Cambié de tema, eso siempre se me daba bien.

—Hace dos días me llegó un sobre con unas fotos —le conté.

Él me prestó suma atención.

—¿Un sobre con qué?

Apreté los labios y miré al frente antes de contestarle. No se lo había dicho a nadie porque no me apetecía que nadie más sufriese y, tal vez, me había atrevido a enfrentarme con mi madre de esa manera porque estaba rabiosa por esa situación.

—Está así porque engaña a mi padre con otro hombre —le solté sin filtros.

Dani enmudeció durante unos segundos antes de interesarse:

—¿Sabes quién te lo ha dejado? ¿Qué es lo que has visto?

Moví los hombros con desinterés, dándole a entender que no sabía quién me lo había proporcionado.

—Ahora encaja todo… —Parecía lejana—. Las broncas, que siempre lo menosprecie… —Negué con la cabeza, con una sonrisa irónica y cruel—. Lo que le ocurre es que tiene cuatro hijos y no sabe cómo hacerlo para no ser la mala cuando nos abandone.

Dani buscó mi atención. Posó una de sus manos sobre la mía, la que le pillaba más cerca. El roce me produjo un calambrazo inexplicable. Carraspeó antes de preguntarme:

—¿Y por qué piensas que va a abandonaros?

Fue retirándola con lentitud, como si no quisiera que me fijara en ese gesto. Pero yo ya lo había pillado, al igual que me había quedado con la sensación dulce de su roce.

—Porque es lo que quiere desde hace tiempo, Dani. Una vida libre, disfrutar y no tener cargas —musité.

Me arrimé a él, colé la cabeza por debajo de su brazo y acabé apoyada en una parte de su pecho. No era un muchacho extraordinariamente guapo para su edad, era del montón. Tenía cara de empollón, un corazón que no le cabía en el pecho y una bondad extrema que solo yo conocía.

Muchas veces me había preguntado por qué siempre nos sentíamos atraídas por los chicos malos, los chulos, los que nos darían con toda seguridad una mala vida. Pero cuando estábamos juntos, yo misma me contradecía. No estaba enamorada de Dani, pero había entre nosotros algo distinto… a lo que no podía poner nombre.

—Prométeme que tú no vas a marcharte nunca —musité, buscando las estrellas—. Que un día romperás las barreras y dejarás que todos conozcan al Daniel que se mete conmigo en una tienda de campaña rosa con lucecitas.

No lo vi. Se rio. Noté una breve tensión en su cuerpo, como si algo lo preocupase. Sí, todo cambiaría esa noche y me daría de lleno en las narices.

Me haría daño.

Mucho daño.

Sentí que sus dedos temblorosos se colocaban en mi cabeza, se introducían en mi mata de pelo castaño con miedo y lo masajeaban. Aguanté la risa porque le temblaba un poco la mano. Cerré los ojos por el placer que estaba sintiendo, sin saber que a él le agradaba tanto o más que a mí encontrarnos tan cerca.

—Todo pasará, Tana. Ya verás como todo irá a mejor.

Allí nos quedamos, con las estrellas como testigos de una promesa que no se cumpliría. Porque mi vida no solo cambiaría en casa…, y el daño sería bestial.

Nunca pensé que el destino podría ser tan caprichoso.

1

Supervivencia

Como dice la palabra, se trata de sobrevivir

Dos años después

Apreté la carpeta con los papeles, contemplando aquel edificio gigante y moderno. Se definía como una universidad «distinta» e «innovadora». Mis amigas y yo lo habíamos tenido difícil para entrar, pero una dosis de esfuerzo continuo y muchas horas de estudio nos habían servido para lograr una plaza allí, cada una para su carrera. Estudiaría durante cuatro años la carrera de Magisterio de Educación Primaria —como trampolín para ser futura profe de inglés— y así conseguir una plaza fuera de España y poder alejarme de mi familia, por mucho que me doliese. Tenía derecho a vivir mi vida. Mis nervios estaban a flor de piel. No quería ni imaginarme lo que supondría enfrentarme al que sería mi primer día en aquel sitio enorme.

Suspiré y me puse en marcha. Ni siquiera busqué en los alrededores por si alguna de mis amigas aparecía por allí. No me apetecía entrar sola al edificio, pero... Lo cierto era que transmitía un poco de respeto con solo mirarlo. Me apasionaba que tuviese un aire a los internados de las pelis o las series de televisión. El campus se encontraba en el mismo lugar que la residencia, solo que en distintas alas. Su fachada era robusta, de estilo gótico, con unas columnas interminables al lado de cada puerta, amplios jardines frente a los accesos y…

—¡¡Cuidado!!

Ese berrido por parte de una voz muy conocida me hizo sonreír. Maca había vuelto a quedarse sin batería en aquel patinete eléctrico que la acompañaba a todas partes. Me di la vuelta. Llevaba el pelo azabache suelto, indomable, ondeando con la brisa de primera hora de la mañana. Parecía el león de la Metro.

—¿Tú sabes que hay un aparato que se llama cargador? —le pregunté con guasa.

Había frenado el patinete y se dirigía hacia mí, empujándolo.

—Ju, ju, ju —rio con sarcasmo—. Déjame un diccionario que voy a buscarlo, listilla.

Maca era la loca de la panda, aunque la más buena. Ella estudiaría Magisterio Infantil. Estaba segura de que iba a ser una estupenda profe. Ese día iba con sus pantalones ceñidos, un pelo negro con las puntas fucsias y su dosis extra de maquillaje. Siempre la acompañaba una línea profunda en los ojos marrones claros, tan larga como lo era la fachada de la universidad. Le encantaba ser choni, y eso no iba a cambiar por muchos años que transcurrieran.

—He tenido que madrugar muchísimo para venir en tren desde Madrid —me dijo mientras entrábamos al recinto—. Menos mal que dentro de una semana estaremos aquí.

Maca cabeceó hacia el edificio, mascando un chicle. Sonreí, pero, en realidad, estaba triste por nuestra situación. No quería que Maca se diera cuenta. Algunas veces me daban ganas de juntar a nuestras dos familias en una enorme casa y consolarnos los unos a los otros. Carraspeé antes de quitarle hierro al asunto, pero mi amiga me había pillado. Nos conocíamos bien.

—Eres un desastre, tía. No me extraña que ocupes la segunda norma de nuestro Aquelarre.

Maca me golpeó uno de los hombros con gracia. El nombre de nuestro grupo siempre provocaba alguna que otra carcajada, pero ya nos habíamos acostumbrado a que nos apartasen un poco de la sociedad y nos daba igual. Nos teníamos las unas a las otras, y además nos divertíamos un montón, porque dentro de nuestra pequeña panda compartíamos trabajos con una pitonisa muy particular que nos había enseñado a amar la naturaleza y a una bola de cristal. Ágata, la bola, formaba una parte indispensable de la familia, porque éramos una familia.

—¡Oye! ¡Te recuerdo que la primera norma la encabezas tú!

1. *Que una decisión de vida o muerte NO dependa de Aitana. Bajo ningún concepto.*
2. *Que Maca no tenga JAMÁS que ocuparse de trasladarnos en cualquier vehículo con motor.*

Esas palabras estaban escritas en color rosa chillón en un cuaderno que todas poseíamos. Ese librito siempre nos refrescaba la memoria de quiénes éramos. Estaba escrito del puño y letra de cada una, con las experiencias más bonitas que habíamos vivido juntas desde que éramos unas crías. También aparecían las más dolorosas y, por supuesto, las más importantes: las que usabas para echarle en cara a tu amiga que te debía un favor cuando te convenía, para recordarle que había hecho algo mal o que podías hundirle la vida para el resto de sus días si subías esa foto a las redes sociales.

Dejé los desvaríos cuando escuché a Maca:

—Me toca esta semana con mi madre. Y ya sabes lo que ocurre cada vez que tengo que ir.

Su tono había bajado dos decibelios, pues comúnmente hablaba muy alto y con una fuerza atronadora para compensar su metro sesenta. Me fijé en su rostro preocupado.

—¿Sigue con la bebida? —le pregunté sin medias tintas.

Las dos estábamos en el top diez de familias conflictivas. Asintió y resopló con hastío.

—Y me parece que mi hermana está tonteando con sustancias poco legales. —Me observó de soslayo y creí morir. «Lo que faltaba»—. No sé qué podría ocurrir si mi padre se entera.

Su familia era destructiva. Su padre los había abandonado hacía un par de años, su madre era alcohólica desde hacía tiempo y su hermana era problemática desde los once años. Ahora, con quince, era incontrolable. Dentro de lo pasota que podía parecer la chica de las puntas fucsias, era la que intentaba que la falta de cariño en esa casa no la destruyera a ella ni a los suyos.

Recordé entonces cuando mis padres decidieron separarse también hacía un par de años. Habían argumentado que no se querían y que el amor se había terminado. «¡Ja! ¡Y un cuerno!», pensé en su momento. Un sobre me había revelado que lo que ocurría era que mi madre tenía un amante en el curro. Y mi padre… Él se hundió en una depresión de la que no lograba salir, porque además lo habían despedido de un trabajo en el que llevaba más de treinta años. Yo era la segunda en una familia de cuatro hermanos y también la que trataba de sacar a flote el amor que nos quedaba.

Respiré con los pies anclados al pavimento. Mis ojos se fijaron en una enorme cristalera, pues al otro lado los sueños se harían realidad. Inmediatamente miré a mi amiga con una triste sonrisa. Si avanzábamos, nuestras vidas cambiarían. Aunque todavía no sabíamos cuánto.

Maca me sujetó la mano, dispuesta a dar el primer paso. Entraríamos juntas al edificio. Una vez dentro, nos detuvimos en la cola que había para llegar al mostrador donde nos darían la llave de la que sería nuestra habitación en una semana. También recogeríamos la llave de Noe y Dulce. Allí dormiríamos durante los cinco días lectivos. Luego, los fines de semana podríamos marcharnos a casa si así lo deseábamos. Buah, me parecía todo un sueño quedarme a vivir en la residencia.

—Parece que estamos dentro del castillo de Harry Potter —murmuró, sin dejar de observar la estancia. De repente, me dio un codazo que casi me perfora un pulmón y gritó—: ¡Mira!

—¡Bruta! ¡Qué hostia me has dado! —me quejé.

Enseguida identifiqué cuál era el motivo de esa efusividad. Se llamaba Izan y era el chico malo. El que siempre iba al margen de la ley. Un niño de papás adinerados, con unos ojos pardos muy llamativos, vaqueros ceñidos y el pelo castaño peinado de manera impoluta y tan sumamente perfecto que parecía sacado de un anuncio de televisión. Poseía un coche deportivo rojo, flamante, que le había regalado su padre cuando aprobó el carnet. Juraría que tenía el regalo antes de haber aprobado siquiera.

Estaba en el mostrador, hablando con la secretaria, embaucándola, como era habitual en él. Puse los ojos en blanco porque mi amiga se alteraba cuando lo veía. Habíamos coincidido bastantes compañeros en la misma universidad. A pesar de la novedad, a algunos los tenía más que calados. No era el caso de Maca, quien babeaba como un bulldog. Me vi impulsada a cerrarle la boca con un breve toquecito en la barbilla.

El guapetón había sabido arrimarse muy bien a nosotras en los años anteriores, haciéndose pasar por un amigo superguay. Pero lo cierto era que lo que quería era picar a su ex, o eso creía. La pavuncia del grupi de las pijas con chorizos permanentes en la boca y muy *hater*. Raimunda. Así se llamaba la cabecilla. «En fin», pensé.

El guapete de turno se giró con un movimiento que parecía sacado de una película romántica y nos contempló con aquella sonrisa de anuncio Colgate. Creí que Maca se desmayaba y la sostuve del brazo con el que me había atizado el codazo matador.

—Pareces una idiota con muchos dientes —rumié, apenas sin mover los labios.

—¿Has visto qué guapo es? ¿Has visto cómo nos mira? —Suspiró, aguantando el gemido que la delataría.

Eso sí, la boca se le abrió de nuevo, permitiendo que Izan le viese hasta la última muela. Negué con la cabeza. No tenía remedio.

—¿Tú no decías que ni fu ni fa? —inquirí, imitando la voz de mi amiga cuando aseguraba que solo le gustaba un poco.

—Y es que ni fu ni fa, pero no me digas que para un revolcón…

Iba a responderle que no me parecía tan atractivo, aunque tuve que contenerme porque el chulo de turno avanzó con la sonrisa permanente. Se reajustó la chupa mientras caminaba, como si quisiera que ese detalle provocara que lo mirásemos un poquito más. Era un creído, las cosas como son.

—¡Y aquí están las chicas más guapas de toda la uni!

Además de creído, también sabía cómo camelarse al resto de la población —por ejemplo, a la secretaria, que continuaba observándolo desde lejos con la mano apoyada en la barbilla—. Izan elevó los brazos en el aire y reparé mentalmente en mi aspecto, que básicamente era el mismo de siempre. Unos vaqueros ceñidos con varias aberturas, de esos que mi padre diría que estaban rotos y que se colaba el frío; camiseta por dentro del pantalón marcando la tripita, y zapatos deportivos cómodos. ¿Y por qué pensaba en mi manera de vestir si no me gustaba aquel chico? Pues era muy simple: a la mayoría de las personas nos gusta gustar. Siendo honestos, a todos nos encanta que nos echen un piropo de vez en cuando y, tal vez… Tal vez mi amiga sí tuviera razón y para un revolcón… La voz de Maca me asustó por la jodida efusividad:

—¡Anda! ¡No te habíamos visto! A que no lo habíamos visto, ¿eh, Aitana?

La miré. Intenté por todos los medios enviarle un mensaje telepático. ¿Qué coño estaba haciendo? Izan se acercó y me estampó en las mejillas dos sonoros besos. Aquello me llevó a la tontería de preguntarme si notaría mi colonia de imitación.

—Pues estaba en la ventanilla. —Sonrió de manera deslumbrante. De soslayo vi cómo mi amiga se retorcía las puntas fucsias. Izan me observó, sin apartar la mano de uno de mis hombros. No le había dado dos besos a Maca—. Oye, Aitana, ¿recuerdas lo que hablamos en verano?

Noté la tensión en mi amiga. Se envaró de manera inconsciente.

—Sí, claro. ¿Has conseguido algo? —me interesé, adelantándome.

Tuve un gesto involuntario. Rocé el antebrazo de Izan con exaltación, y algo así como un carraspeo salió de la garganta de Maca. Ya nos tocaba en la secretaría. No me percaté de su mirada. A veces hacemos cosas sin ser conscientes de que dañamos al resto, aunque para nosotros no tiene importancia porque no hay maldad. Estaba manteniendo una conversación con Izan, pero Maca tampoco había sido del todo sincera conmigo.

—Sí, ¿acaso lo dudabas? —La sonrisa de anuncio de ortodoncia regresó a la boca de Izan antes de preguntarnos—: ¿Habéis visto el campus entero?

—No. Vamos a… —Miré a la ventanilla, donde Maca ya se encontraba solicitando las llaves.

Me hizo un breve movimiento de mano, dándome a entender que no me preocupase. De hecho, me incitó para que me marchara con Izan.

—Bueno, si ella recoge las llaves de vuestra habitación, podríamos acercarnos al tercer pabellón.

—Pero… —Traté de quedarme con mi amiga, sin éxito.

—Vete, vete. Yo me encargo —me aseguró con tono desenfadado, apoyada en la ventanilla con un antebrazo y una pose chulesca. Para más inri, hizo una pompa con el chicle dando a entender que pasaba de todo.

Izan sonrió por el gesto de mi amiga. Me reí antes de dirigirme a la salida. Sostuve la carpeta con los papeles entre las manos, concentrada en la paz que transmitía aquel lugar ahora silencioso. También pensé en lo insoportable que se volvería en una semana, cuando todo estuviera a reventar de alumnos luchando por su futuro.

Izan no se cansaba de parlotear sobre su verano, el tiempo de descanso y las fascinantes vacaciones que había tenido en una isla paradisiaca. Yo mejor no le contaba que había estado encerrada en mi casa, si no había quedado con alguna amiga cuando tenía un respiro o si no me había surgido un trabajo freelance. También me comentó que la carrera de Ingeniería no era su sueño, pero que quería contentar a sus padres... Y desconecté.

Aquel día tendría que haber sido especial porque empezábamos la uni. De esos que crees que serán bonitos y únicos, de los que marcarán un antes y un después en tu vida. Pero que sepáis que siempre llega algún tonto y te lo jode. Te lo jode muy a lo bestia. Estaba divagando tanto en ese momento que no me estaba enterando de nada de lo que me decía Izan. De hecho, parecía haberme ido muy lejos de allí, pues lo escuchaba de fondo.

—¿Aitana?

Traté de prestarle atención. De manera inconsciente, me recogí el pelo por detrás de la oreja, en un claro gesto que indicaba nerviosismo. Izan se percató de ese detalle, se metió las manos en el interior de los bolsillos y detuvo su marcha antes de entrar en el tercer pabellón.

—He hablado con un colega, y me ha dicho que hablaría por ti. Conoce al dueño que llevará este gimnasio durante el curso. Necesita a alguien para la recepción. No es el trabajo de tus sueños, pero...

Abrí los ojos como platos. Que hablase con tanta exactitud solo indicaba que el puesto era mío. Me abalancé a sus brazos. Tuvo que sacar las manos de los bolsillos, pues de lo contrario se habría caído de espaldas. Más por la fuerza con la que me había colgado de él que por otra cosa. Parecía un monito de feria. Lo besé con una gratitud infinita. Noté su asombro, pero no quise decirle que aquel gesto era tan solo de alegría. Sus manos temblaban ligeramente cuando me rodeó la cintura.

El rugido de una moto gigante resonó en el campus. Nos separamos unos centímetros. Yo todavía con una sonrisa de oreja a oreja y el corazón brincándome con más fuerza. Y más fuerte que iba a resonarme.

—¿Quién es ese tío? —El tono extrañado de Izan ocasionó que girase la cabeza y la mitad de mi cuerpo, sin soltarme de su cuello.

Y casi me dio un infarto. El corazón me galopó con tanta fuerza que me hizo daño. De hecho, pensé que se me había olvidado respirar durante no sabía cuántos segundos seguidos. Izan no me soltó la cintura, aunque sí reconoció de inmediato al muchacho cuando se quitó el casco sin reparar en nuestra presencia.

Había cambiado mucho. No lo veía desde el instituto, ya que el bachiller lo había hecho en otro centro distinto al nuestro. O eso pensaba, porque habían pasado dos años desde la última vez que le vi el pelo. El destino era caprichoso, desde luego. Suspiré con mucha fuerza. Traté de obviar el daño que me había ocasionado su desaparición y su falta de tacto para despedirse antes de esfumarse como el humo. Cómo había roto lo más bonito que habíamos tenido… Solté por la boca con malhumor y sin pensar:

—El maldito Daniel.

No aparté la mirada de Dani. Un odio insano me recorría las venas. Deseaba expulsar fuego por la boca y achicharrarle hasta el último pelo de la cabeza. Admitía que tenía un algo, aunque no iba a reconocerlo ni muerta. Ese algo eran casi dos metros de altura enfundados en un traje de motero que le quedaba como un guante, unos ojos almendrados que destacaban en exceso, una piel morena y tostada por el sol y también había logrado domar su mata de pelo. Lucía un corte muy rapado por la parte baja. La zona de arriba se veía sedosa, más larga y con algunos rizos. Ese peinado de moda que tantos chicos llevaban aquel año.

Mantuve los brazos cruzados a la altura del pecho, enfadada. El paso del tiempo le había sentado bien. Todavía no me explicaba cómo era posible que hubiera desaparecido de un día para otro. Después de aquel día, de uno de los días más especiales de nuestra vida. ¿Por qué me había abandonado de esa forma? ¿Por qué se marchó sin decir adiós?

Sentí el pulso en la garganta desbocado, la ira bullendo por las venas en forma de lava y unas ganas irrefrenables de soltarle un bofetón por haberme dejado en el peor momento de mi vida. Cualquiera diría que había sido mi mejor amigo, mi confidente y mi todo, aunque todo esto solo se hubiera materializado en esa azotea donde tantos ratos pasamos juntos. Y eso fue así porque él jamás quiso que nadie se enterase de nuestra amistad.

Porque prefirió ser el raro.

El solitario.

Estaba tan serio como de costumbre. Ni siquiera se fijó en que estaba allí. Ni siquiera me miró. Y yo…, yo me iba cabreando más y mis revoluciones iban más rápido que esa jodida moto que acababa de aparcar. No me había dado cuenta, pero había ido soltando poco a poco a Izan, hasta quedarme completamente despegada de él, mirando de frente al recién llegado, con cara de malas pulgas y ganas de asestarle un golpe.

—¡¿Dani?! —exclamó con sorpresa Izan, asombrado todavía por su aparición.

El nombrado se detuvo solo unos segundos. Los necesarios para asimilar que estábamos allí. Y entonces sus ojos se cruzaron con los míos. Fue de manera fugaz, tal vez con vergüenza por lo que había sucedido entre los dos. Eso provocó que me sintiera más ignorada que al principio, y el cabreo creció con rabiosa intensidad.

No dudó en acercarse a nosotros. Solo nos separaban varios metros. Aquel acto me asombró, ya que la seguridad que mostró al caminar la desconocía. Y eso me puso nerviosa.

Llegó a nuestra altura, casco en mano, sin apartar su mirada de Izan. Le chocó el puño a modo de saludo y esbozó una sonrisa forzada.

—¿Qué pasa, Izan? Me alegro de verte. —Era mentira, por supuesto.

Podía olerlo en la distancia, aunque llevara dos años sin verlo. Mantuve mi pose de niñata de quince años, tan solo me faltó el chicle que Maca llevaba en la boca casi las veinticuatro horas. Algunas veces se parecía a la niña insoportable que aparecía en la película de *Charlie y la fábrica de chocolate*.

¿Recordáis la información de mi madre y su amante? ¿El sobre que recibí? Pues fue él quien había dejado las fotografías que la delataban por debajo de la puerta de mi casa. ¿Aquello le había dado motivos para desaparecer sin decir adiós? ¡Si yo ni siquiera lo supe hasta tiempo después!

—Tío, hace años que no te veo. ¿Dónde has estado metido? Creía que habías abandonado los estudios y estabas con tu viejo en la tienda —añadió Izan, aunque en el fondo le importaba una mierda.

Os pongo en situación. Izan siempre había sido el quedabién del instituto. El chico guapo, amable y ligón por el que todas las muchachas bebían los vientos y el que se metía con cualquiera que pasara por su lado, con tal de hacerse el gracioso. Era el que sacaba las peores notas, el que hacía más ilegalidades con los amigos, quien se saltaba las clases y el que iba en contra del mundo.

Ahora bien, en aquella época, ¿quién era Dani? Pues era el chico que estudiaba, el que se quedaba en clase cuando tocaban los cambios de turno para terminar las tareas, el que asistía al instituto aunque tuviese cuarenta de fiebre y el que sacaba unas notas increíbles. Y, ahora, podéis haceros la pregunta del millón: ¿quién quiere a un empollón en su lista de amigos? Nadie.

Lamentablemente, esa era la respuesta. Lo más gracioso de todo es que aunque Izan estuviese en la universidad, nadie daba un duro por él. Todo el mundo pensaba que en unos años estaría en la cárcel y no tendría ningún futuro. Y, mientras tanto, el chico que había dedicado la mayoría de sus años de adolescencia a estudiar podría optar por la carrera que le diera la gana, labrarse un futuro y ser alguien en la vida. Asuntos que desconocías cuando empezabas el insti con doce años, pero que apreciabas de otra manera cuando ibas haciéndote mayor.

Dani solo se había equivocado en una cosa: se había cruzado conmigo. Tenía mi mirada asesina clavada en él, con ganas de estrangularlo. Aun así, siguió ignorándome. Sentí que estaba incómodo y con ganas de salir corriendo. Mi siguiente movimiento fue nefasto, porque despertó la curiosidad de Izan. Me estaba sentando fatal que me estuviese haciendo sentir invisible, así que solté con toda la mala leche del mundo:

—¿Es que no hay más universidades en el planeta?

Permaneció serio. No me esperé su salida de tono. Ya no estaba acostumbrada a él.

—No creo que seas la persona a la que tenga que dar explicaciones de…

No lo dejé terminar:

—Espero que estés aquí porque te hacen descuento en el gimnasio y no para mezclarte con el resto de los universitarios.

Dani dio un paso.

Alzó una ceja y me pareció más atractivo que nunca.

Y madre mía…

¿Desde cuándo la presencia de Dani me había puesto tan nerviosa? Noté el breve temblor de mi mano e intenté que pasase desapercibido. Un escalofrío me recorrió la espalda. Dio otro paso, y tuve que levantar la cabeza para mirarlo. Disimulé ese gesto, aunque apenas me fue posible.

—Perdona. —Le había cambiado hasta la voz. ¿Eso era normal en solo dos años?—. Se me había olvidado que tengo que pedirte permiso para pisar el mismo suelo que tú.

Izan no apartaba la atención de nosotros. Nadie, excepto mis amigas, sabía que Dani había vivido en el mismo edificio que yo y mucho menos que nos habíamos llevado tan bien dentro de aquel bloque. E iba a dejar de ser un secreto, porque Izan estaba pendiente de la conversación y poseía una cualidad innata: ser el periódico de la ciudad. Ya se encargaría él de que todos los habitantes supiesen qué se cocía en el mundillo.

—No sé si sería lo correcto o no de una persona que ha desaparecido. Pensaba que te habías muerto.

Fui dura, pero él no se quedó atrás, porque le daban igual mi humor y mis ironías. No disimuló una sonrisa burlona.

—Estando muerto, ¿tengo buena cara?

Apreté los dientes. Subí los brazos para protegerme, cruzándolos de aquella manera tan particular que nos alzaba las tetas más de lo permitido. Pero el cabroncete de Dani se mantuvo y no miró nada. Si hubiera sido Izan…, otro gallo habría cantado.

Dios mío…, lo había buscado hasta debajo de las piedras sin que nadie lo supiera. Nadie excepto Dulce y su bola de cristal. No me gustaba liarme con el futuro, porque prefería vivir en la ignorancia. Menos ese día. Ese día en el que la desesperación casi me dejó sin poder respirar al saber que se había marchado. Lo supe a ciencia cierta, porque me planté en la tienda de barrio de sus padres. Y ellos tuvieron que ver mi angustia, pese a tratar de disimularla.

—Tienes cara de tonto. De eso tienes cara —le solté con malhumor.

Acercó su rostro. Aquel gesto ocasionó que me fijase mucho más en sus labios. No los recordaba tan gruesos, tan esponjosos, tan… apetecibles. ¿Qué me sucedía? Izan no nos quitaba ojo, sin entender nada. No se atrevió a preguntar, pero lo averiguaría. Si no, no podría cumplir con su función de periodista. Ahí me di cuenta de que se había equivocado de carrera. También pensé que no debía pagar mi cabreo con él, aunque posiblemente terminaría haciéndolo.

—Veo que sigues igual de interesante —murmuró Dani, con los hoyuelos de las mejillas marcados.

Juré que si se reía, le pegaba un puñetazo.

—Más quisieras tú que fuera interesante para ti, vecino del quinto —escupí con saña.

¿Por qué le había dicho aquello? «Aitana, ¿qué estás haciendo, hija?». A tomar por culo el secreto número uno. Porque también teníamos otro. Me observó con los ojos brillantes y un pelín de diversión antes de afirmar, guasón:

—Lamento decirte que vas a tener que verme mucho durante cuatro años, vecina del cuarto.

Dio media vuelta y desapareció en el interior del gimnasio. Ni siquiera entré, con tal de no verlo de nuevo, y me excusé con Izan. De hecho, apenas le presté atención. Solo quería evaporarme y encontrar a Maca.

El corazón me galopaba descontrolado, me temblaban las manos y las piernas parecieron tener más prisa que de costumbre. Solo deseaba desaparecer. ¿Qué había ocurrido? ¿Dónde había estado Dani? ¿Qué hacía en mi universidad?

Eran demasiadas preguntas sin respuesta.

2

Realidad

Esa de la que queremos escaparnos de vez en cuando

—¿Hola? —Cerré la puerta de casa—. ¿Hola? —Nada—. ¿Hay alguien?

Nadie respondió. Me limité a soltar las llaves sobre el recibidor y eché un vistazo al largo pasillo que daba al salón. Vivíamos en un piso muy antiguo, pero con una capacidad enorme. Faltaba luminosidad, la misma de la que carecía mi familia, aunque yo me empeñara en tratar de conseguirla a cualquier precio.

La vida nos había tratado regular, pero ahora atravesábamos un bache de los más grandes. Mi padre no lograba encontrar trabajo y solo subsistíamos con el dinero que Alan aportaba de unos trabajos, por los que yo prefería no preguntar, y la ayuda que el Gobierno le abonaba a mi padre todos los meses. Llevaba más de dos años sin trabajar, además de sufrir una depresión de caballo. Era lógico que, si cada vez que tenía una entrevista se echaba a llorar cuando le preguntaban por su situación familiar, no quisieran contratarlo. «Problemas». Eso sería lo que hubiese pensado cualquiera. No culpaba a quien se encargara de ese cometido.

Anduve por el pasillo agotada. Empujé la primera puerta de la izquierda, la que daba a la cocina, y… ¡sorpresa! Había una montonera de platos que casi rozaban el techo. Era una exagerada, pero es que estaba muerta de sueño.

—Joder… —renegué.

Me había entretenido con Maca en la universidad, y eso había desembocado en que mi amiga me invitara a comer pese a mi negativa. Maca podía ser muy cansina y al final siempre se salía con la suya. Mi Aquelarre conocía de sobra la situación en casa e intentaban distraerme en la medida de lo posible.

Después de comer habíamos acudido a la uni para ver la habitación que nos había tocado. Habíamos recorrido todo el campus como si fuéramos dos aventureras en busca de secretos y, por fin, había entrado en el gimnasio con mi amiga en vez de con Izan. Me alegré de no encontrarme al insufrible de Dani. Traté de entender de dónde salía ese odio desmedido y espontáneo.

Intenté abrir la siguiente puerta. Y digo «intenté» porque era la de Alan. Obviamente estaba cerrada. No comprendía por qué mi padre no le había prohibido poner esa cerradura en casa. ¡Como si tuviera un tesoro escondido! Tal vez ese detalle se le había pasado a mi padre porque estaba harto de vivir. Había que arreglar su situación como fuera.

Continué con el morro torcido. La siguiente puerta era el dormitorio de mi progenitor. Había un escritorio en el lateral y… Y se había quedado dormido sobre una pila de documentos. Suspiré. No pude reprimir una sonrisa triste. Me acerqué, miré entre la montaña de papeles y descubrí que continuaba buscando trabajo de manera incansable. Había señalado puestos de camarero, de mozo de almacenes, de limpieza, albañilería. De todo.

—Papá —lo llamé con un breve toque en el hombro.

Sonreí cuando elevó la cabeza, con las gafas pegadas y las molduras hechas un desastre. Se las había doblado, más de lo que ya estaban.

—Mmm… ¿Me he dormido?

Asentí. Le resté importancia a su rostro cansado, lleno de preocupación. Me hizo gracia verlo con el pelo despeinado, con aquellas grandes entradas. Pero luego me fijé en sus facciones duras, de alguien que estaba sufriendo. A pesar de todo siempre había sido un padre ejemplar.

Me estaba preguntando dónde estarían los mellizos, Milo y Alex. Por el silencio de la casa, intuía que Alan no estaba con ellos. Y los torbellinos tenían seis años y eran unos guerreros de cuidado. Estaban en la edad.

—Vamos, a la cama —lo insté.

Palmeé su hombro con mimo, incitándolo para que se levantase.

—Pero…

—Papá, a la cama —le pedí con tono suave y tiré de su brazo con cariño.

No me contradijo. En su semblante se reflejaba el cansancio que arrastraba. Apenas podía dar un paso sin caerse. Los antidepresivos lo dejaban para el arrastre y, aunque se había negado a continuar con ellos —porque decía que lo tenían atontado durante el día—, tanto su doctora como yo lo habíamos casi obligado a seguir tomándolos. También habíamos insistido en que fuera al psicólogo de manera más asidua, después de haber luchado mucho para conseguir que lo trataran tres veces al mes. Aun así, en cuanto cobrara mi primer sueldo, lo primero que haría sería pagarle un psicólogo para que duplicara los días, porque con los que le mandaba el médico de la seguridad social…

Lo oía llorar por las noches. Él intentaba que no fuese así. Me ayudaba en lo que podía. El día que le enseñé a Alan las fotografías en las que aparecía mi madre con otro tío, esta se largó, y, por ende, mi padre se enteró de toda la movida. Ya no había nada más que ocultar. Tras eso, mi padre había tratado de encargarse de la cocina, pero era un desastre. Le salía fatal, a excepción de muy poquitas cosas, para qué íbamos a engañarnos. Si queríamos comer hormigón, podíamos decirle que nos hiciera unas lentejas.

Me esperé hasta que se tumbó. Le quité las zapatillas de casa, cogí las gafas y las deposité sobre el escritorio. Ni siquiera me dio tiempo a decirle buenas noches, porque cayó en coma en cuanto la cabeza hizo contacto con la almohada. Volví a mirar las gafas y puse en mi lista de prioridades arreglarlas en cuanto pudiéramos.

Cerré el dormitorio con sigilo. No demoré mi marcha hasta que llegué al salón y, tal y como me esperaba, allí me encontré a los dos renacuajos sentados en el sofá, viendo unos dibujos y con una manta gorda sobre las piernas. Aprecié los rizos rubios y revueltos de Milo y los morenos y también revueltos de Alex. Me acerqué a ellos. Cuando dejaron de estar hipnotizados por la televisión, se levantaron tirándolo todo a su paso para engancharse a mí.

—¡¡Tata!! —gritaron al unísono.

Caí de culo al suelo, agarrándolos a los dos como si fueran monos. Los achuché durante unos segundos. Cuando acabó la emoción del momento, los separé un poquito para preguntarles qué hacían despiertos todavía.

—Hola, torbellinos. ¿Por qué no estáis acostados? Mañana hay cole.

—Pooorqueee —añadió Milo, que era más espabilado que la media— queremos un vaso de leche y papá estaba trabajando en su cuarto.

Me aguanté la risilla porque era un sabiondo.

—Y Alan no está, ¿sabes? —objetó Alex, pinchando un poco. Qué demonio era aquel niño.

«Alan y sus cosas». Siempre hacía lo mismo. Siempre desaparecía. No era la primera vez que mi hermano y yo discutíamos como fieras delante de los mellizos y Alan se largaba sin más. Pero es que ese día no había sucedido nada como para que los dejara solos. Nuestra relación era complicada.

Alan pasaba la mayoría del tiempo fuera de casa. Yo me dedicaba a echarle en cara que estaba tirando sola de la familia. Y a mi padre… A mi padre no podía ni quería recriminarle nada, porque estaba intentándolo todo. Traté de que los niños no me notaran el cabreo y suavicé el tono antes de hablarles:

—Está bien. Recoged la manta del sofá. —Me levanté—. Yo voy a por ese vaso de leche. ¿Trato hecho?

Extendí la mano para que la chocaran como si fuéramos tres negros del Bronx. Nos encantaban esas tonterías, y aquellos detalles eran al final los que marcaban la diferencia. Encaminé mis pasos hacia la cocina mientras los mellizos discutían por ver quién recogía la manta. Sonreí por tenerlos en mi vida, aunque fuese difícil. Aunque nos costase muchas lágrimas. Empujé la puerta con una sonrisa tonta que se me borró de un plumazo al ver la montonera de platos otra vez.

—Respira.

Fui directa a la nevera y allí me encontré con otro problema. Para no variar. Después de quedarme durante unos segundos con la puerta del frigo abierta, mirando su interior, reaccioné. No había ningún cartón de leche. Recé para que hubiera alguno en el armario que usábamos como despensa, pero la suerte no estuvo de mi lado y tampoco encontré ninguno. Entonces caí en la cuenta de que estaba en la futura lista de la compra, pegada a la nevera y escrita en un trozo de papel de una de las facturas.

Maldije para mis adentros a Alan. Ese condenado habría sido el último en beberse lo poco que quedaba. Palpé el bolsillo trasero del pantalón, saqué el móvil y lo llamé para cantarle las cuarenta. Para no variar, el desastre de mi hermano no respondió.

—¡Me cago en tu vida, Alan! En tu vida —bisbiseé con inquina.

Recordé el bote en el que guardábamos el dinero para emergencias. Chasqueé la lengua a la misma velocidad. Estaba vacío. Lo cerré abatida. Todavía faltaba una semana para que mi padre cobrase la ayuda. Lo único que me quedaba era el dinero del transporte para la universidad, y si lo gastaba… «Pero Alan tiene moto. Y papá ha tenido que vender el coche…», me dictó mi subconsciente, malmetiendo. ¿Cómo iba a dejarlos sin leche una semana? Me sentí fatal. Y decidí algo que ya había pensado unas cuantas veces: quizá había llegado el momento de plantearse aplazar los estudios y buscar un trabajo de quince horas hasta que consiguiéramos una cierta estabilidad.

Suspiré, pensando en que el problema ahora estaba en que tendría que dejar a los niños solos de nuevo para ir al cajero, sacar el dinero y… Pero se me encendió una bombilla y tiré de la única persona en la que sí podía confiar sin tener que darle más explicaciones de las debidas: mi vecina, Rosaura.

Avisé a mis hermanos de que saldría unos minutos y que no quemasen la casa. Antes de marcharme, asomé la cabeza para comprobar que mi padre continuaba durmiendo. Resoplé al mirar la puerta de mi hermano, aunque la ignoré más rápido que el viento cuando entendí que la prioridad eran los mellizos y ese vaso de leche.

Nunca era plato de buen gusto pedir. Me planté en la puerta de Rosaura, retorciéndome las manos con indecisión, hasta que decidí que era eso o tener que gastar lo que no debía —no podía—, y, además, dejar a los torbellinos solos por tercera vez ya. Toqué con suavidad en la madera. Rosaura era una mujer mayor, con el pelo cardado en exceso, como las señoras de antaño, de piel pálida y cuerpo regordete. Abrió con una sonrisa deslumbrante en el rostro.

—¿Por qué no estás acostada con lo tarde que es, niña?

«Niña». ¿Dónde habría dejado mi niñez? Me hacía gracia cuando me llamaba así. Sonreí, me recogí un mechón de pelo detrás de una oreja y titubeé:

—Rosaura… Disculpe que la moleste a estas horas de la noche, pero es que… Es que…, bueno, nos hemos quedado sin leche y tendría que salir para…

La anciana no permitió que continuara con mi explicación. Elevó una mano para interrumpirme:

—Para, para. Dame un segundo, Aitana. No te preocupes.

No me había percatado de la gran cantidad de aire que contuve en los pulmones hasta que Rosaura se giró. Esa era otra. Si teníamos que pedirle algún favor a alguien, siempre era yo la que lo hacía, porque eso Alan… ¡Ni muerto! Y los vecinos sabían a quién darle los táperes de comida y a quién no. Mi hermano, con lo orgulloso que era, los habría tirado delante de sus narices. Un gesto deplorable por su parte, ya que solo pretendían ayudarnos.

Aquella situación era un agobio constante. Y no sabía qué hacer. Hablar con Alan era difícil e inútil. Nunca sabía si la situación empeoraría o no, porque mi hermano a veces aparecía con un fajo de billetes y lo soltaba sobre la mesa. Miedo me daba enterarme algún día de dónde provenía o cómo conseguía ese dinero, porque intuía que no era legal, y a Alan no se le podía preguntar.

Sentí una presencia. No sabría cómo describirlo, pero notaba que alguien me observaba desde la distancia. Giré la cabeza hacia la escalera que daba al quinto, recordando a Dani. Y supe que estaba allí. No porque fuera adivina ni mucho menos, sino porque la sombra de una persona grande se movió hacia atrás. El nudo se intensificó en mi garganta. Tampoco era porque Dani no conociera nuestra situación, aunque sí que, tal vez, me diese un poco de apuro que descubriera, a hurtadillas, que nada había cambiado en la casa de los Sánchez. Que todo había empeorado todavía más.

Me había pasado el día tratando de olvidar su presencia, su cuerpo, su mirada chulesca, su porte, su voz. Tan distinta, tan atrayente… ¿Cómo había olvidado tantos rasgos de él? ¿Por qué me impactaban tanto ahora? Dejé de hacerme preguntas cuando oí a Rosaura.

—Aquí tienes, bonita.

Sujeté el cartón de leche con una muestra de agradecimiento. A decir verdad, fue un gesto triste, con un poco de vergüenza.

—Mañana mismo se lo traeré. Le prometo que a primera hora iré al súper y…

—Y nada. —La mujer movió la mano para quitarle importancia—. Lo que sí vas a hacer es traerme a esos mellizos por la tarde, después del colegio. Voy a preparar galletas de chocolate. Ya sabes que son unos expertos cocineros y me encanta que me ayuden.

El nudo en la garganta se intensificó. Asentí, sin poder vocalizar una palabra. No sabía si me iba a aguantar las lágrimas. Rosaura me alentó con una mano para que me marchara a casa. Los torbellinos estaban esperándome. Esa mujer era un ángel caído del cielo. Y ese ángel nos había tocado a nosotros como vecina. No tardé en entrar en casa, cerrar y disponerme a prepararles la leche. Estaba rendida y, durante un segundo, pensé que escapar de la realidad, esa que algunas veces nos ahoga, no hubiera estado tan mal. Aunque solo fuese durante unas horas.

Me desperté hecha un ovillo en el sofá. Era muy temprano y hacía un poco de frío a esa hora, pero los niños ya estaban conmigo, viendo los dibujos y bebiéndose un tazón de leche antes de irse al colegio. No sabía cómo, pero en la encimera de la cocina —esa que había limpiado antes de acostarme— había dos tetrabriks de leche. Supuse que Alan los habría traído. Ni siquiera lo había visto antes de acostarme. Por una vez había tenido dos dedos de frente y había pensado en su familia un poquito más.

—¡Mira! —Desvié la cabeza hacia mi padre, quien apareció con exaltación. Me esforcé en sonreír—. ¡Hay un anuncio aquí que dice que buscan a un jardinero!

Alcé el puño en señal de victoria, dándole a entender que lo conseguiría si se lo proponía. Sin embargo, su rostro cambió de un segundo para otro. Se encontraba emocionalmente fatal y eso era un problema. Y aquella mañana yo no estaba para florituras ni mucho menos para animarlo. Estaba preocupada por cómo íbamos a afrontar la semana. Había revisado la nevera y ya no quedaba apenas nada. Ni siquiera para hacer una olla de garbanzos. Teníamos que dar gracias a que los mellizos no se quejaban por comer lentejas un día y lentejas con arroz al día siguiente. Otra preocupación se me había sumado esa misma noche: ¿quién iba a hacerles la comida cuando estuviera en la uni?

—Vas a conseguirlo, papá. Ya verás que sí. Corre y no llegues tarde —lo apremié, señalándole la salida.

Intentó mostrar energía, como si ese puesto fuera a ser suyo…

—¡Sí, sí, sí! —Se acercó y me dio un beso en la mejilla—. Dejaré a los niños en el colegio y enseguida iré hacia allí. ¿Estáis listos, mis pequeños superhéroes?

Sonreí cuando Milo y Alex se levantaron de un salto, fueron a por sus carteras y trotaron delante de mi padre, quien también sonreía. Me fijé en sus pronunciadas ojeras con una mirada triste, camuflada ahora por una alegría pasajera que se convertiría en llanto en cuanto regresara a casa.

No esperaba visitas esa mañana. Cuando mi padre abrió la puerta, se estampó de frente con una de mis amigas, quien se disponía a llamar con los nudillos. Asomé la cabeza por el pasillo.

—¡Hola, Dulce! —la saludó él de carrerilla y con exaltación.

—Buenos días, Carlos. —Mi amiga les revolvió los rizos a los mellizos, antes de decirles—: ¡Adiós, renacuajos del inframundo!

—¡Voy a conseguir el trabajo! ¡Voy a conseguirlo! —Mi padre se marchó y Dulce lo animó hasta que desapareció por las escaleras.

Ella cerró la puerta con cuidado.

Nos miramos.

Nos miramos mucho. Apreté los labios, los fruncí, y el gesto me cambió a uno de decepción.

—No va a conseguirlo.

Dulce elevó las cejas y se dirigió al salón.

—Ten fe. Quizá esta vez…

Pero negué con la cabeza antes de que terminara de hablar. Al llegar al salón, reparé en ella. Iba con una camisa blanca abrochada hasta el cuello, un mono de falda de color negro y unas botas altas y planas, de estilo militar, también negras y con un montón de hebillas. Era una religiosa muy gótica.

—¿Qué haces aquí tan temprano? —me interesé.

Dulce se sentó a mi lado, lanzó el bolso y resopló.

—¿No habíamos quedado hoy?

Busqué en mi mente esa información. Ella soltó un fuerte soplido, por supuesto.

—No sé muy bien para qué, pero…

La chica mística dejó los brazos apoyados a ambos lados, como si estuviese derrotada, y volvió a resoplar con más brío.

—¿Te suenan de algo las bandejas de magdalenas y pasteles para la iglesia?

Abrí los ojos.

—¡Oh, mierda! ¡Mierda, mierda y más mierda!

Di un bote y casi salté del sofá. Ahí tenía veinte euros por estar una mañana haciendo pastelitos… Continué con mi retahíla de palabrotas. ¡Con la falta que nos hacía el dinero! Dulce me sostuvo del brazo, sin levantarse, y me inspeccionó fijamente. Me ponía muy nerviosa que hiciese eso, porque parecía que me leía el alma. Mis amigas conocían de sobra mi situación, pero no era persona de ir contando las miserias. Y mucho menos de quejarme, pero Dulce era de lo más insistente.

—¿Qué ocurre, Aitana?

No me soltaba. Y eso era raro, porque a Dulce el contacto le gustaba cero. Me senté de golpe, con la vista clavada en el televisor, sin ver nada, porque solo observaba un punto fijo. Me había quedado empanada y canté como un gallo:

—No tenemos para pagar la calefacción. Ya hace frío. —Señalé las mantas revueltas y continué—: Ya no quedan legumbres ni pasta. Tampoco hay algunos alimentos básicos para que los niños lleven al colegio. A Milo se le han roto los zapatos...

Me volví hacia ella, consciente de que había hablado sin pensar. Después de dos años, era la primera vez que lo hacía con tanta libertad. «Menos mal que no te gusta contar tus mierdas», ironicé mentalmente. Inflé los carrillos, sin saber por qué le había soltado aquello. Dulce se mantuvo en una pose rígida, las manos sobre las rodillas cerradas y apretadas, con apariencia de niña diabólica. Su pregunta fue para darle un Goya:

—¿Vemos si le van a dar el trabajo a tu padre?

Obvié decirle que ya habíamos mantenido esa breve conversación minutos antes. Y que las dos sabíamos que no era necesario. No demoré mis pensamientos tampoco. Parecía haber cogido carrerilla:

—Tengo que hablar con él. Debería olvidarme de la universidad. —Abrió los ojos como platos—. Centrarme en un trabajo que me ocupe la mañana y la tarde para sacar a esta familia adelante, y...

No me dejó continuar. Se puso de pie con un movimiento, muy alterada:

—¡¿Qué dices, idiota?! ¿Cómo vas a dejar la uni? Además, todavía ni has empezado.

Mi amiga mística se llevó las manos al bolso, uno grande, negro y muy ancho. No me fijé en su movimiento, sino que continué con mis explicaciones. Estaba empeñada en soltar toda la mierda posible.

—Lo sé, pero no podemos seguir así. Mi padre no encuentra trabajo, Dulce. Los niños son muy pequeños. Se acerca el cumpleaños de los dos dentro de un mes y ni siquiera van a poder celebrarlo con sus amigos. —La miré con el alma rota—. Ya van dos años que lo hemos celebrado aquí. Con un sándwich y una bolsa de patatas. Sin regalos.

Dulce se detuvo, sin saber qué contestarme. Un adulto podría entenderlo. Un niño…, dos, en este caso, no. Palideció, dejó de rebuscar en su maleta —porque eso no era un bolso— y se sentó de nuevo, colocándolo a su lado y con una mano dentro. Cambió incluso el tono:

—Todo va a mejorar, ya lo verás. Es cuestión de que tengas otro punto de vista y…

—Ser positiva no va a ayudarme —le dije con malhumor.

Dulce puso los ojos en blanco.

—La negatividad atrae a la negatividad.

—Eso es un mito que te has inventado.

—Eso es una realidad, Aitana. Pero como no queréis seguir mis consejos… Mira a Noe. Es la única que sigue al pie de la letra lo de las manifestaciones.

La miré furibunda.

—Por escribir en un papel que tengo diez mil euros, no va a hacerse realidad.

—Bueno. —Dulce movió los hombros con desinterés—. Eso nunca lo sabrás, porque no lo haces. Ahora, cambiando de tema…

Me sorprendió ver lo que extrajo del bolso.

—¡¡Llevas la bola de cristal?! —me alarmé.

—Aitana, ¿qué pregunta es esa? —me replicó como si fuera gilipollas. Se colocó el cachivache en las rodillas—. Carlos va a una entrevista de trabajo y tú no tienes fe. Eso es lo último que se pierde, que lo sepas. —Me miró con Ágata resplandeciente sobre ella—. ¿Vemos si lo consigue?

Tuve una pregunta espontánea:

—¿Cómo una sierva de Dios es tan rara? ¿Alguna vez te lo has preguntado?

Su cara me dio a entender que podía morirme ya.

—¿Cómo una chica tan espabilada es tan gilipollas? —Ya lo había dicho yo—. ¿Te recuerdo que aquí todas pertenecemos al Aquelarre?

Y ahí fue donde me vino el recuerdo de la tercera norma del grupo:

> 3. *En situaciones de apuro, siempre hay que recurrir a la médium de nuestro grupo. NUNCA falla. Buscar a Dulce y a Ágata, sin ponerla en entredicho, o una maldición de por vida caerá sobre la que lo haga.*

—¡No he dicho nada ofensivo! —Llevé las palmas hacia el techo, casi pidiendo clemencia.

Mi amiga me miraba fatal. Dulce colocó las manos a ambos lados de la bola y cerró los ojos un instante. Cerré el pico. Lo que en realidad me ocurría era que me daba pavor lo que Ágata tuviese que decirme.

—Voy a controlar mi ira, porque entiendo que no estás bien. Y no pienso pagar contigo que dudes de Ágata.

—Te lo agradecería en el alma. Sobre todo por eso de que no me eches una maldición.

Abrió un ojo aniquilador. Yo moví las manos en cortos movimientos en el aire, porque todavía no las había bajado.

—¡Perdón, perdón! —Las bajé en ese momento y me acerqué a ella para demostrarle confianza. Suavicé el tono. Lo de la maldición continuaba dándome vueltas por la cabeza. ¡Lo que me faltaba!—. Dime si mi padre va a conseguir el trabajo, por favor.

Dulce abrió los ojos y dijo con total naturalidad:

—Pues no. No va a conseguirlo. —Reprimí una risotada por el poco tacto—. Pero vuestra situación va a cambiar; de hecho, está muy cerca de hacerlo y…

No le dio tiempo a terminar las explicaciones. Ni siquiera me había dado cuenta de en qué momento mi hermano había salido de su habitación. Su rostro me indicó que lo había oído todo, que estaba cansado de escuchar tonterías. Apareció en el salón con el pecho al aire y el pantalón del pijama rozando una uve perfecta que incomodó a Dulce. Ella no lo miró porque ambos se detestaban, pero me percaté de su rubor y de cómo apretaba los labios para no mirarlo. La situación empeoró en un segundo.

—Toma, para que vayas a comprar. —Alan se colocó delante de mi amiga, tapándola. Y me lanzó un sobre abultado sobre el vientre—. Ya no hace falta que vayas a la iglesia a hacer «galletitas» para esa secta.

Dulce se mantuvo callada, sin apartar la vista. Vi que Alan llevaba un apósito con sangre en la parte trasera de la espalda, pero no hice ningún comentario.

—¿De dónde has sacado esto? —le pregunté, todavía estupefacta. Me levanté del sofá como impelida por un resorte, enfadada por el comentario que acababa de hacer—. Si voy a la iglesia o no, no es tu problema.

—Dijimos que ni una pregunta —me advirtió en referencia al dinero. Miró a Dulce de reojo, quien continuaba en la misma posición—. Y deja de airear nuestras mierdas con tus amigotas las raras. Ya tenemos bastante con que nos vayan dejando cartones de leche en la puerta de casa, como si fuéramos unos sintecho.

Ese detalle me impactó, pero no lo demostré. Mi amiga me miró con reproche y sé que no fue por el comentario dañino de Alan, sino porque no le había comentado hasta hoy, que me había ido de la lengua, la situación en la que estábamos en casa. Tiré el sobre al sofá, no sin antes palpar que estaba muy abultado. ¿De dónde coño sacaba tanto dinero en tan poco tiempo? ¿En qué narices andaba metido?

—Es que si tienes una casa es porque era de la abuela y se la dejó a papá, te recuerdo. Y hablaré con mis amigas de lo que me dé la gana —apostillé con altanería—. A ver si tienes un poco más de educación. ¡Y vístete antes de salir!

Alan no tardó en escupir ese veneno que lo caracterizaba. Dio un paso atrás, contempló con arrogancia a Dulce y añadió:

—Tu amiga, la mojigata, no debería mirarme. Va a escandalizarse, y se lo prohíbe su religión. —Se rio de ella, no con ella, que era algo muy distinto—. Y como estoy en mi casa, voy como me sale de la polla.

Dulce enarcó las cejas. Yo crucé los brazos sobre el pecho y di otro paso para estar más cerca de él. Apreté los dientes. ¡Dios! ¡Cómo lo odiaba cuando se ponía así!

—¿Ahora es tu casa, sintecho? —Estaba cabreada porque le había faltado el respeto a Dulce—. Como se te ocurra volver a meterte con ella —la señalé—, te juro que te arranco la cabeza y la pongo para comer.

Mi amiga guardó la bola en el bolso, se alisó las arrugas invisibles del mono con dos toquecitos y, con calma, se puso de pie y carraspeó para que dejásemos de discutir como becerros. Mostró un rostro serio, petulante y poco amigable, sin dejar de mirar al tiarrón buenorro que tenía delante, porque ella sería religiosa y yo su hermana, pero no estábamos ciegas. Era consciente de que podía defenderse sola, de que no necesitaba ayuda, pero aun así me quedé a su lado. Le acorralamos. Y Alan se sintió pequeño, aunque no tuviera miedo de ninguna de los dos. Lo leí en sus ojos color miel.

—Alan, Alan… —Parecía estar cogiendo tonillo—. Tanto músculo te ha dejado tocado de la cabeza, ¿verdad? Me parece que la sangre no te corre bien por el cerebro.

El semblante de mi hermano enrojeció en un gesto que indicaba las ganas que tenía de ahogarla. Seguro que el machote estaba pensando en la osadía que había tenido la mojigata. No solté una carcajada de milagro.

—Escúchame bien, bruja rara…

—De Salem. —Él mostró una confusión palpable por su interrupción. Encima chulesca—. Soy bruja de Salem, no rara. Estás confundiendo los términos.

Me dieron ganas de reírme. Estaba quedándose con Alan, quien se estaba cabreando de verdad. Mi hermano se pensaba que con esa apariencia de gallito iba a amedrentar a Dulce, con quien ya había tenido más de un encontronazo en el pasado; de hecho, recordé que fue la primera persona que lo llamó «capullo», cuando solo tenía cinco años.

—En mi casa no son bien recibidas las brujas —escupió.

—En *mi* casa *sí* son bien recibidas las brujas —lo reté, recuperando el tono de malhumor.

—¡No estoy hablando contigo! —bramó y siguió con Dulce—: ¡Deja de calentarle la cabeza con esa bola de mierda que llevas en el bolso y vete a la iglesia a rezar!

Mi amiga sonrió, maquiavélica, pues se sabía vencedora en la pelea de gallos.

—¿Quieres que le preguntemos a Ágata cómo has conseguido ese dinero?

Alan elevó el mentón. Dulce se mantuvo en su posición.

—Métete en tus asuntos…

Mi amiga interrumpió de nuevo su verborrea, elevando una mano en el aire:

—¿O quieres que le preguntemos por qué llevas un apósito con sangre en la espalda? —Silencio y tensión. Hubo de todo a partes iguales—. ¿Has matado a alguien, Alan?

Mi hermano echó fuego por los ojos. Para cuando fui a sujetarle el antebrazo, nos fulminó con la mirada y se marchó de allí a grandes zancadas. Lo que sí oí fue su juramento de manera casi silenciosa. Se la devolvería, y eso iba por Dulce. No por mí. Y aquello hizo que me preguntase de nuevo a qué se dedicaría mi hermano. Acababa de sembrar una duda que, como era obvio, iba a indagar hasta encontrar la respuesta. También lo supe por la mirada de mi amiga, quien con un cabeceo quedo me indicó que iba a ayudarme, aunque nos metiéramos en terreno pantanoso.

—¿Nos vamos a hacer las galletas? —me preguntó Dulce.

Asentí como si nada de aquello hubiese ocurrido. Recogí el bolso antes de marcharme y, al llegar al pasillo, escuchamos el tremendo portazo que Alan dio en su habitación. Me detuve y miré a Dulce, quien no pudo callarse.

—Por si no ha quedado claro; por supuesto que voy a ayudarte a descubrirlo.

3

Cambios

En la vida hay cambios, se trata de aceptarlos o no

El día de antes de acudir a la universidad, mis amigas habían organizado una quedada para salir a cualquier antro de esos en los que no te pedían el carnet por el simple hecho de ser mujer y poder atraer al sexo masculino. Me había negado, excusándome con que tendría que organizar todo antes de marcharme de casa. Lo que en realidad me ocurría era que no podía dejar de mirar a los mellizos, con el corazón encogido. Como si tener una responsabilidad que no me correspondía fuera lo más normal. Me partía el alma ver a mi padre tan desanimado, tratando de sonreír. No había conseguido el trabajo. El motivo fue obvio una vez que le preguntaron por el núcleo familiar y por qué llevaba tanto tiempo desempleado.

Por otro lado…, giré el rostro para contemplar a Alan, que fumaba en el balcón del piso. ¿Cómo podía permitirse comprar tabaco si no teníamos ni para comer? Pues no lo sabía, pero allí nadie hacía preguntas ni cuestionaba a qué se dedicaba. Todavía continuaba de morros. El enfrentamiento con Dulce no le había hecho ni pizca de gracia, pero se lo tenía merecido por capullo. Nunca mejor dicho.

Estaba removiendo la sopa de esa noche cuando mi padre entró en la cocina para ayudarme a poner la mesa. Se quedó mirándome durante un rato, sin querer importunarme en la tarea, aunque sí vio que me encontraba pensativa y distante. Leía en sus ojos que no dejaba de culparse por no podernos dar una vida mejor.

—¿Tienes ganas de que llegue mañana?

Levanté la cabeza y dejé la sopa por un rato. Estaba preocupado, pero intentaba mostrar interés. Sabía que me echaría en falta en casa. Solté la cuchara de madera sobre la encimera, me crucé de brazos y le dije lo que llevaba tiempo pensando, lo del trabajo… Para qué quise más.

—Papá… —No le gustó el tono que adquirió la conversación, pero me dejó continuar—: Llevo un tiempo pensando que podría aplazar los estudios para otro año, solicitar que me devolvieran el dinero de la matrícula y…

No me dio margen para que me explicara. Mi padre se alteró como hacía tiempo que no lo veía.

—¡¿Que qué?! ¡¿Te has vuelto loca?!

Avancé un paso con la intención de detener su verborrea, antes de que quisiera convencerme de que me olvidase de esa estúpida idea.

—Escúchame. Solo digo que podría intentar hablar con la administración para que aplazaran la matrícula o simplemente dejarla para el año siguiente y…

—¡Y nada! —Elevó los brazos con un enfado palpable—. ¡Ninguna universidad va a devolverte el dinero de una matrícula porque ahora no quieras estudiar!

Me impactó su comentario. En un principio me dolió; sin embargo, pensé que no podía haber dicho eso de verdad.

—¿Dices que no quiero estudiar? —Extendí el brazo hacia la derecha—. ¿Has visto el desastre de casa que tenemos, papá?

—No hay ningún…

No lo dejé continuar:

—¿Que no hay ningún desastre? —Fruncí el ceño—. ¿Qué harás cuando haya que hacer una olla de comida o cuando haya que ponerse a estudiar con los mellizos?, ¿qué pasará si Alan desaparece como de costumbre y te deja solo?

No quise machacarlo, y sus ojos mostraron arrepentimiento. Tampoco tardó en exponer lo que pensaba, pues mi padre nunca había sido de guardarse las cosas para él. Era una de esas personas que hablaban, razonaban y buscaban soluciones. De ahí, quizá, que hubiera aguantado tanto a mi madre.

—He dicho algo que no debía… —murmuró, perdido en sus pensamientos.

Suspiré y di unos pasos para estar más cerca de él. Le cogí las manos, aunque se me estaba quemando la sopa en la olla.

—Papá…

Lo noté desorientado y me asusté. No sería la primera vez que las pastillas para la depresión le jugaban una mala pasada. Sin embargo, me soltó las manos y exclamó:

—¡Mira!

Aquello también me preocupó, porque saltaba de un tema a otro con demasiada rapidez. Salió un momento de la cocina, lo seguí con la mirada, retrocedí mis pasos y apagué el fuego antes de que nos quedásemos sin comida. No tardó en atravesar el umbral de madera, con un montón de recortes entre las manos. Unos recortes que movía con nerviosismo antes de llegar a mí.

—¿Qué es eso? ¿Estás guardando papelillos del periódico? —le pregunté con extrañeza.

No habíamos terminado de hablar de un tema antes de empezar con otro.

—No, no, no, no. Mira. ¡Míralos! —Elevó los papeles un poquito para que me fijase bien—. ¡Son recetas de cocina! Las pegaré en las losas para que no se me pierdan. Si sigo todas las instrucciones, no puede salirme la comida tan mal.

Tenía ganas de llorar, pero no quería preocuparlo más. Con disimulo, me llevé una mano a la frente y la froté, respirando en el proceso muchas veces para retener las lágrimas.

—Eso está muy bien, papá. —Hice una pequeña pausa y respiré profundamente—. Retomando el tema de conversación anterior —añadí con suavidad—, creo que lo mejor será que mañana pregunte si es posible la devolución de la matrícula. Tal vez, el año que viene estemos mejor y pueda irme tranquila sin tener que dejarte solo.

Los recortes del periódico se le cayeron de las manos en cascada y planearon hacia el suelo. El sentimiento de tristeza volvió a hacerse patente en su semblante, pero trataba por todos los medios de sacar al padre de familia que era. Y como tal se comportó.

—No vas a abandonar la universidad —dictaminó con seriedad.

Le tendí una mano que no aceptó. Intenté medir mis palabras antes de soltarlas, pero… Me fue imposible. Era el genio de los Sánchez:

—¡No seas cabezota! ¡Sabes que no puedes llevar una casa tú solo!

—¡No me llames inútil, Aitana Sánchez Castillo!

No me mostré conforme. Siempre se llevaba la conversación adonde quería y era muy dramático. De hecho, me dio la sensación de que luchaba por no suplicarme que me quedara con ellos y no los abandonara al día siguiente. Tenía claro que con Maca todo serían risas y locuras, pero pensar en lo que supondría apartarme de mi familia y empezar un nuevo día en un sitio completamente distinto se me hacía un mundo. Mi parte racional no estaba preparada para ser esa persona egoísta que solo los vería algunos fines de semana. Le sostuve las manos con cariño, las apreté y sonreí para ablandarlo un pelín.

—No pretendo llamarte inútil ni mucho menos, papá. Sabes que para mí siempre has sido un héroe sin capa. —Su mirada brilló—. Solo quería darte soluciones. No deseo que caigas en picado. No quiero que sigas en ese agujero negro. ¿Lo entiendes?

Me devolvió un breve apretón.

—¿Y si te prometo que voy a dar lo mejor de mí? ¿Confiarás en que puedo hacerlo sin ti?

Con un nudo en la garganta, tragué saliva y asentí, incapaz de contener la emoción. Susurré:

—Yo siempre he confiado en ti.

Nos abrazamos durante un largo rato y también aprovechamos para terminar con la tensión que habíamos creado en la cocina. No le dije que empezaría a trabajar en el gimnasio, pues Izan me había ayudado y se había encargado de enviarme las condiciones y todo lo que necesitaba para comenzar gracias a su colega. Si se lo decía, le provocaría un infarto.

Decidí que había llegado el momento de enfrentarme no solo a mis demonios presentes, sino a los pasados también. El maldito Daniel no había dejado de dar vueltas por mi cabeza desde el día en el que me lo encontré en la universidad. ¿Por qué había tenido que aparecer ahora? ¿Por qué se había marchado de aquella forma tan repentina? Lo cierto es que después de enterarme de que Alan no había tenido nada que ver con la leche, estaba segura de que la persona que nos había dejado los dos cartones en la puerta de casa había sido él. También había rezado unas cuantas veces para que Alan no se enterara del detalle, porque yo además no pretendía contárselo. Eso implicaría que tuviese que darle más explicaciones del pasado y de mi relación con Dani, y, con seguridad, le daría la paliza de su vida si se lo encontraba en el rellano.

Antes de ser consciente de que había salido de casa, ya estaba subiendo las escaleras que daban a la azotea. Podría haber cogido el ascensor, pero preferí mostrarme en forma, tal vez para ir adaptándome a mi nuevo trabajo en el gimnasio. A saber.

Sentí que el pecho se me encogía cuando empujé la puerta de acceso. El aire me dio un lindo bofetón, pues aquella brisa me recordó la de veces que había deseado notarla en el rostro cuando la pena me ahogaba o simplemente cuando no quería estar en casa, porque me urgía la compañía de Dani y sus historias de cualquier materia. Era un muchacho polímata. Y eso me encantaba.

Me encontré en mitad de la azotea, sobrecogida. Nuestra caseta rosa, de pico como la de un circo, estaba hecha polvo y ni siquiera tenía ese color clarito, sino más bien uno sucio. Las varillas estaban rotas, las telas agujereadas por los pájaros y a saber qué más. En fin, estaba hecha un desastre, como nuestra relación. No era para menos, porque no había subido allí desde hacía dos años.

Aguanté el nudo en la garganta, tratando de no llorar. Sí, esa era otra de mis particularidades, que tenía muchos sentimientos. Era una persona PAS, y lo había descubierto hacía muy pocos años, después de que parte de mi infancia se basase en que tanto mi madre como mi hermano me insultaran cada dos por tres. Por mis repentinos llantos, por mi extrema felicidad o por mi absoluta tristeza. Al ser una persona altamente sensible, apreciaba cada detalle y me fascinaba cualquier chuminada a la que no se le diera valor. No era tonta, sino capaz de captar una belleza insólita. Tan insólita como las nubes grises que se formaron en el cielo en aquel preciso instante.

La puerta se abrió a mi espalda.

La corriente de aire me dejó tensa.

El tiempo pareció detenerse. No oí la breve respiración de la persona que había entrado, pero supe que era Dani. Sí, por el olor que trajo el viento. Olía a macho ibérico, como habría dicho Maca. A perfume de ese que no quieres dejar de oler en un buen rato. Ya lo había podido experimentar en nuestro breve enfrentamiento en la uni.

—Hola, Tana. —Casi me ahogo al pensar que podría haberme soltado alguna perlita y yo estaba ya al borde del llanto—. No esperaba encontrarte aquí.

—Pues ya ves que sí —le dije tajante y sin girarme—. ¿A qué has venido?

Lo sentí muy cerca. Reconocí el sonido de sus pasos amortiguados por el pavimento. Eso hizo que me dirigiera a la cornisa, donde tantas veces me había apoyado. Una zona que necesitaba también un arreglo urgente. No me atreví a mirarlo cuando se colocó a mi lado, como tantas veces había hecho. No dejaba de observarme y temblé, sin saber por qué. No estaba enamorada de Dani. Nunca lo había estado. Su compañía siempre me había parecido de lo más placentera y, sin embargo, allí me encontraba, hecha un flan y con ganas de salir corriendo como las típicas tías que se veían en las pelis románticas.

—Supongo que a lo mismo que tú —me contestó, sacándome de mis divagaciones.

Alcé la barbilla con seriedad y lo miré. Qué guapo estaba. Era increíble cómo una persona podía cambiar tanto en dos años.

Dos años.

—No sabes a qué he venido —bufé con malhumor.

Él sonrió y se le marcaron los hoyuelos.

—Imagino que a ver el desastre que dejamos la última vez que pisamos este sitio.

Con una mano señaló la caseta triangular, y tragué saliva. Mi lengua, esa que en ocasiones hablaba más de la cuenta y sin pensar, decidió que ese era el momento de echarle en cara todo lo que había estado pensando durante ese tiempo.

—Que yo recuerde, la última vez que estuvimos aquí, nos acostamos en ese desastre de caseta.

Se hizo el silencio de nuevo. En ese momento me sentí insegura, como si a la chica avispada de siempre le hubiera dado una dosis de vergüenza después de lo que acababa de soltar. Y no. No había vergüenza, sino cabreo. Dani continuaba mirándome, algo que me llamó la atención, porque en sus tiempos habría sido más de apartar la mirada corriendo.

—Tana…

—¡Ni Tana ni mierdas, DANIEL! —le dije, recalcando mucho su nombre, porque así podía notar el cabreo que sentía—. ¿Crees que puedes volver como si nada, después de tanto tiempo?

No se movió del sitio. Ni siquiera pestañeó.

—Déjame que…

—¡No! —le grité, señalándolo con el dedo—. ¡Me dejaste en la puerta de casa las fotos de mi madre liándose con otro tío!

—Quise explicártelo, pero…

Nada. Era tozuda como yo sola y no pensaba permitirle hablar. Di un paso y le clavé el dedo acusador en el torso, descubriendo que estaba duro como una piedra.

—Peeerooo —dramaticé, porque también era una dramas de cojones— llegaste aquí, me mimaste, consolaste mis penas y después aprovechaste para acostarte con la idiota de turno.

Se separó del muro. Su semblante se oscureció, porque le cabreaba que me estuviera insultando a mí misma.

—Yo no he dicho que fueras idiota ni que lo seas. No saques las cosas de contexto y…

Me crucé de brazos cuando me cansé de darle toquecitos con el dedo, porque eso no iba a llevarnos a ningún lugar.

—¿Por qué no me contaste que habías dejado las fotos? —solté a bocajarro.

Suspiró con cansancio.

—Porque no podía.

—¿Por qué no podías? —lo ataqué.

—En la vida hay cambios. Se trata de aceptarlos o no.

Entrecerré mucho la mirada.

—Deja de irte por la tangente. Que me lo digas —insistí.

—Porque no quería hacerte más daño, Tana, ¡joder! —se exasperó.

Y fui más insistente. Mucho más.

—¿Dónde las conseguiste?

—Nadie me las facilitó, tranquila.

—Dónde. Las. Conseguiste. Daniel —recalqué cada palabra.

Apretó la mandíbula, a punto de perder los estribos conmigo. Era pesada. Muy pesada.

—Deja de llamarme Daniel. —Cambió el tono.

—Que me digas cómo conseguiste las fotos. —Hice una larga pausa para darle más tensión al momento. «Como si tuviera poca». Y encima supe cómo rematar—: Daniel.

Su gesto fiero me desarmó. Sentí un cosquilleo inusual, ese que se experimenta cuando estás delante de un chico que te gusta, con el que quieres restregarte un poco y… «No, no, no, no». Dani no había sido nada del otro mundo. Es más, el día que nos acostamos fue el primero para los dos. Fue nuestra primera vez y la guardé en mi memoria como una de las noches más especiales de mi vida, aunque aquello se convertiría en un desastre para ambos. Eso no pensaba decírselo ni muerta, lo de la noche especial. Tal vez por eso me sentó tan mal que se marchara.

—Esto es absurdo. —Me dio por perdida—. Mira, yo solo quería hablar contigo. Arreglar las cosas. Que tuviéramos una buena relación porque vamos a vernos durante muchos años.

—No es necesario que nos digamos ni hola —repuse arrogante.

Dejó caer las manos que había levantado para hablar con muchos aspavientos. Sus ojos se quedaron clavados en los míos y entonces también reparé en su traje de motero. ¿Por qué deseaba arrancárselo con los dientes? «Aitana, ya», me regañé mentalmente, porque se suponía que estaba enfadada y tenía que dejar de pensar en tirarme como un águila sobre su presa.

—Tana, lo he hecho todo por tu bien.

Alcé las cejas con verdadero asombro. Liberé los brazos y di un paso para estar más cerca de aquel tío de casi dos metros de altura.

—¿*Qué* se supone que has hecho por mí? —Ahora sí que me había perdido.

Y dudó. ¿Por qué dudaba? ¿Por qué no hablaba? Chasqueó la lengua, pareció dar por finalizada la conversación y tuvo intención de salir de allí sin decir palabra. No podía consentir aquello. Lo cogí del brazo, que también estaba más duro que una piedra.

—¡Ni se te ocurra dejarme plantada aquí! ¡Por segunda vez!

Se soltó de malas formas y frunció el ceño.

—¿Dejarte plantada? —cuestionó—. ¿Acaso éramos algo para dejarte plantada y yo no me he enterado, AITANA?

Que me llamase por mi nombre completo me escoció, y ahí me vino el karma, ese del que Dulce hablaba tanto. Y, como una tonta, se me olvidó el tema principal, que era el motivo por el cual no quiso hacerme daño. Me centré en lo peor que podía ser una persona: en ser dañina.

—Claro, entiendo —dije con desagrado—. No era nada para ti, porque ya tuviste bastante con metérmela para contárselo a todo el mundo.

Abrió los ojos como si no pudiera creerse lo que acababa de decirle. Yo tampoco lo hacía, pero no iba a reconocerlo. Dos años antes, Dani estaba solo. Únicamente me tenía a mí.

—¡¿A qué mundo, Aitana?! ¡Por Dios! ¡¿Tú te estás escuchando?!

Me caí mal. Sí. Me caí fatal por no controlar esa ira de la que mis amigas también me hablaban muchas veces. Por no saber cerrar el pico a tiempo. Por no saber pedir perdón cuando debía, por contradecir tanto mi carácter. Por ser tan ruin.

—Ah, es verdad —puntualicé como si tuviese interés, dirigiéndome hacia la salida—. Que tú no tenías amigos, porque todos te habían dejado de lado.

Sus ojos brillaron. Ahí fui consciente de ese problema. El problema de reventar como una gaseosa. Cuando el gas baja, ya es tarde para arreglar el desastre que ha podido ocasionar toda esa espuma sobre la mesa o dondequiera que haya caído. Ya es imposible de recoger. De recomponer. Las personas que explotábamos de aquella forma debíamos trabajar el no herir al otro. El no quebrar a personas tan bonitas como él. Porque se había convertido en un hombre, de los pies a la cabeza.

Dio unos pasos firmes, seguro de sí mismo. Yo no me moví del sitio, aunque sí que lo miré. Cuando estuvo a mi altura, musitó, dolido:

—Sí. Y la única que tenía murió hace dos años.

El impacto que sentí cuando pronunció esa frase casi me mató.

Lo digo de manera literal, porque cuando se marchó sin mirar atrás y con un portazo como los que daba Alan, trastabillé con una viga de hierro que había en el suelo y caí de espaldas, dándome una buena hostia en la cabeza.

Me lo merecía, por supuesto.

Y, después del golpe, ya podía ponerme a llorar como una magdalena o buscar un látigo y fustigarme.

Me había portado como una perra.

4

Alcohol

No es buena compañía cuando uno está mal

Una semana llevaba fuera de casa. Habíamos recorrido como cuatro adolescentes —que casi éramos, porque yo la madurez la veía regular— toda la uni. Al final compartí habitación con Dulce, porque hubo un follón con los papeles, y Noe terminó con Maca justo en la de al lado. Una suerte, pues nos facilitaba el acabar todas como ese día, en nuestro cuarto y con una botella de ron y otra de tequila. Desde el primer momento, Dulce aseguró que no era una buena idea. Y sería una santurrona, pero beber, bebía como una fiera.

—El cura está bueno. Yo me lo follaba —apuntó Maca, dándose un lingotazo de ron caramelo.

—Los curas no hacen esas cosas —respondió Dulce.

—Alguno habrá —musité y me llevé el vaso de tequila a los labios.

Por mucho que estuviéramos en una reunión de chicas, no había podido dejar de pensar en Dani. En la cagada y todo lo que había arrastrado hasta el momento. No me lo había cruzado ni una sola vez. Mis amigas estaban puestas al día de lo ocurrido y todas me aconsejaron que fuese a pedirle disculpas.

Sin embargo… ¡Bah! No sabía cuántas veces había mirado el teléfono a la espera de un wasap. Dani sí tenía mi número. Yo, desde que se fue, no tenía dónde llamarle o escribirle…

—Es que como Dulce jamás de los jamases va a contarnos a quién se ha cepillado… —Noe se lo echó en cara, y la chica mística la aniquiló con la mirada.

—No estábamos hablando de ella. Estábamos hablando de ti y de que te gusta el profe de Literatura. —Le eché un cable, y me lo agradeció con una breve caída de ojos.

No tenía ni idea de con quién habría estado Dulce, pero lo que sí sabía de primera mano era que, si ella no quería contarlo, sus motivos tendría. Ya lo haría cuando estuviera preparada. Eso me recordó a mí y a la primera vez que lo hice con Dani. Pusieron el grito en el cielo porque no había sido un hombre de película, pero es que eso no existía, por mucho que los libros nos contasen lo contrario. Además, Maca y Noe se enteraron mucho tiempo después. La única que siempre estuvo al día fue Dulce.

—El de Literatura. ¡Puaj! —Maca se llevó los dedos a la boca—. Es muy mayor y parece muy sinvergüenza, Noe. Yo creo que va a ser imposible.

Noe se arregló el moño rubio y deshecho, incorporándose hacia delante para alcanzar la bolsa de frutos secos. Iba con un pijama de aguacates. Estaba obsesionada con esa fruta. Con tranquilidad, se metió un cacahuete en la boca, lo masticó con chulería, sin quitarle los ojos de encima a mi amiga la de las puntas fucsias, y añadió:

—¿Tú es que no has usado los truquillos de Dulce para manifestar lo que deseas? —Maca asintió con una caída de ojos—. Pues a partir de ahora mi deseo será tirarme al profesor para afirmar después que me lo he tirado. Ya me contarás si se puede o no.

Cerré el pico porque no iba a hacer comentario alguno sobre sus métodos para cambiar la vida, como lo llamaban ellas.

—Es un hippy —puntualizó Dulce.

Noe la miró como si le hubiesen salido tres cabezas.

—Y tú eres una médium religiosa, esta —cabeceó hacia Maca— es una choni macarra, y la otra, una descerebrada con problemas de conducta. La vida es expansión, ¿no?

—¡Eh! ¡A mí no me metas en el saco! —Otro chupito de tequila y el mareo me vino rápido.

Las tres me contemplaron. Supe de inmediato que ahí venía la conversación que había evitado durante toda la semana. Y la habíamos evitado porque yo no había parado: o estábamos ocupadas con las clases; o estaba trabajando en el gimnasio, donde ya había empezado, aunque no conocía a mi jefe; o había quedado con Izan para tomar un café; o tenía que llamar a papá y a los mellizos…, y, bueno, de Alan no sabía absolutamente nada… En fin, que había sido complicado.

—Te has portado fatal con Dani. El muchacho solo quería hacer las paces contigo.

—Noe —resoplé—, no empieces con la pena.

—Se ha portado como una mierda. —Maca metió baza, muy en su línea.

—Pero ha intentado arreglarlo y la cabezona casi le muerde un brazo. No le has dado la confianza suficiente para que pudiera hablar contigo. Eso no está bien.

Miré a Dulce con mala cara. No retuve el comentario en la punta de la lengua. Como os he dicho, era como la gaseosa.

—¿Me lo dice la amiga que lleva dos mil años para contarnos con quién ha perdido la virginidad?

Era exagerada por naturaleza. Dicen, sí, dicen, que los andaluces son muy exagerados, y yo, a mucha honra, tenía sangre andaluza corriendo por mis venas por parte de mi padre. Admito que lo de las exageraciones es algo cierto e incluso gracioso. Dulce enmudeció, se colocó de aquella manera en la que indicaba que no iba a separar los labios y miró al frente, esquivándome. Íbamos un poco cocidas, lo que dio pie a que la acribillásemos.

—¿Tan malo fue? —La pregunta salió de Noe.

Dulce tragó saliva, pero no contestó.

—¡Ya está! —gritó Maca con euforia. Se levantó de un salto y la señaló con la botella que llevaba en una mano—. ¡Lo conocemos! Sea quien sea, ¡lo conocemos!

Nuestra interrogada ni pestañeó.

—¿No será alguien del cole? —Noe al habla.

—¿De bachiller? —me interesé, colocando una mano sobre mi mentón, ya por curiosidad.

—Tal vez… —Maca mostró su confusión—. ¿Dime que no es el cura? ¡Por eso no lo cuentas! ¡Oh, Señor! ¡Oh, Señor! —se jactó, Dulce la miró y Noe y yo la regañamos al unísono:

—¡Qué obsesión!

Pero la tía no soltó prenda. Sin embargo, hubo algo. Un gesto. Lo identifiqué muy rápido, porque fue visto y no visto. Sus ojos se fijaron en mí una milésima de segundo antes de abandonarme para regresar a su postura de no querer abrir la boca. Tras eso, se llevó el vasito de tequila a los labios y se lo bebió de golpe. ¿Por qué me había mirado a mí?

La cabeza comenzó a burbujearme mientras pensaba en la única solución posible que pudiera existir a ese cruce de miradas fugaz. Una de dos: o era alguien muy cercano a mí o era alguien con quien yo había estado. Quizá no era el momento de preguntarle, así que aguanté y decidí que cuando estuviéramos solas lo haría. Si se trataba de alguno de mis anteriores rollos… Bueno, es que en realidad solo había estado con tres personas más y había sido algo tan sumamente pasajero como lo era el famoso polvo de una noche.

Sí, así de pésima era mi vida sexual y amorosa, porque a mis dieciocho años todavía no había encontrado hueco para el amor ni para conocer a un chico durante más de una noche. Y yo no era una cabra loca como Noe o Maca. Aquellas dos sí se marchaban con el rollo nocturno donde fuera. A mí me daba vergüenza y miedo a partes iguales, lo que hacía que declinara los ofrecimientos. Ese pensamiento me llevó a Dani. Otra vez. Lo aparté como si nunca hubiera existido, como si no quisiera recordarlo, porque aquel día había tenido poco y mucho de especial. Sabía que me contradecía…, y no sabría cómo explicarlo.

—¿Por qué no hablamos de quién te gusta a ti? —añadió Dulce, maligna, cambiando el foco de atención a Maca.

La aludida enarcó una ceja, cogió una bolsa de patatas y la abrió, haciéndose la interesante.

—Yo no tengo nada que esconder —le dijo con chulería—. Hago y deshago cuando me da la gana y con quien me da la gana.

Noe rio.

—Sí, pero seguro que tienes a alguien en quien piensas cuando te vas a dormir.

Las miré de hito en hito. A Noe le dio la risa floja, imaginé que por el alcohol. Yo no entendí nada y supuse que me había perdido algo. Justo cuando iba a hacerle la pregunta del millón, la de la risilla me preguntó:

—¿Vienes conmigo? Voy a echarme un piti.

Asentí, escuchando de fondo cómo Maca se enzarzaba en una discusión con Dulce. La chica de las puntas fucsias estaba alarmada al pensar que la médium le había preguntado a la bola de cristal. Me reí cuando, casi en la salida, oí cómo Dulce tiraba el último dardo a Maca:

—¿Quieres que le preguntemos a Ágata? La tengo en el bolso.

—Vale. Pero también vamos a preguntarle quién te ha roto el chochete —apostilló Maca.

—¡Burra! —Le propinó un golpe con el cojín que tenía al lado—. ¡Estamos hablando de ti!

Salimos al pasillo atándonos las chaquetas. En la época en la que nos encontrábamos el frío atenazaba por las tardes y algunas noches eran insoportables. Me encantaban los pasillos de la residencia, con su estructura gótica y la decoración antiquísima. En cada rincón, había algo que contaba la historia del mundo. Cuadros, libros abiertos, objetos de decoración con su breve explicación… Vamos, que al final terminábamos aprendiendo lecciones de historias que desconocíamos.

—Dulce dice que podrían haber hecho más hincapié en astrología o fenómenos paranormales, que sería más interesante.

Miré a Noe con socarronería.

—Y, sin embargo, tú ves bien que haya lengua y literatura porque así puedes camelarte mejor al profe.

—Me viene divinamente para la carrera de Magisterio. Ya sabes que he estado siempre muy pegada en esa asignatura. Además, me vendrá muy bien para entretener a los alumnos hormonados de instituto a los que me enfrentaré.

Lo que decía obviamente era broma.

—Siento decirte que ahora se convertirá en una de tus favoritas —le dije con guasa.

Hizo un gesto gracioso con los ojos, se pasó la lengua por los labios en una señal muy lasciva y preferí no preguntarle qué era lo que pensaba. Porque en el fondo, lo que Noe había querido desde siempre había sido estudiar filología, pero sus padres adinerados y de alto *standing* no habían permitido que su hija estudiara otra carrera que no fuera la misma que la de ellos. En resumen, que siguiera sus mismos pasos. Se claudicaba poco por tener una vida cómoda…

—Eres más marrana que Maca —le aseguré, señalándola con un dedo.

—No. —Negó, guiándome hacia la salida. No había ni un alma en el pasillo—. Soy un putón verbenero que piensa follarse al profesor de Literatura. Y voy a manifestarlo muy fuerte.

Y aquí venía la cuarta norma infranqueable de nuestro Aquelarre:

4. Siempre que se precise SINCERIDAD hay que acudir a Noe. Ella sabrá elegir las palabras adecuadas y sin filtro.

Rio con soltura, como una bruja mala. Yo la seguí, por supuesto, pero nos cambió el rostro cuando me choqué con alguien que acababa de aparecer por el pasillo de la derecha. Noté que me ardían las mejillas. No quise mirar a mi izquierda, porque me pareció escuchar el corazón de mi amiga.

Pues sí. El tío era guapo a rabiar. Vestía con unos pantalones sueltos, bombachos, una camiseta informal de lino beis y llevaba el pelo moreno anudado en una coleta baja. Un mentón firme, perilla superperfecta y unos ojos almendrados preciosos. Casi se metió a Noe en el sobaco. Y digo casi, porque medía como un metro noventa.

Francisco Javier, Fran para los amigos —que no era el caso—, miró a mi amiga con tanta intensidad que casi me desmayé yo también. Y Noe, que la tía podría estar muriéndose de vergüenza pero que no se achantaba ante nadie, continuó con la vista fija en él, echándole un pulso. Ahí, con dos ovarios. Me quise morir.

—Señoritas —pronunció con un tono grave y marcado.

Se llevó las manos a la espalda, como si estuviese analizándonos un poco más. Más a Noe que a mí, claro. Era obvio que nos había oído. «Señor, qué vergüenza».

—Profesor —llamé su atención muy rápido, porque estaba incomodándome que mirase a mi amiga de esa forma. No sabía si quería matarla o… comérsela—, íbamos a salir a la calle…

Sí, efectivamente, no os equivocáis… Era el profesor de Literatura, el objeto de deseo de Noe. Mi explicación se quedó en el tintero porque me interrumpió muy descortés:

—Si yo fuera vosotras, estaría durmiendo ya. Son… —se miró el reloj deportivo de muñeca y se le marcó el antebrazo que te cagas— las dos de la mañana. A primera hora tenemos clase.

—Y a primera hora estaremos allí. Venga. —Elevé los ojos en un gesto que indicaba que le dábamos largas y que nos íbamos. Sujeté el brazo de Noe, pero la tía parecía haberse quedado clavada al hormigón—. Buenas noches, Francisco Javier —dije con sobreesfuerzo, tirando de la petarda de mi amiga.

—Buenas noches. —Intensificó la mirada en Noe y añadió con picardía—: Espero que manifiestes muy pero que muy fuerte aprobar los exámenes, Noelia.

Y, sin más, desapareció como si fuera un fantasma. Ahora la que se quedó clavada en el pavimento fui yo. Giré la cabeza, la observé y no nos aguantamos unas carcajadas que casi despiertan a media residencia.

Cuando llegamos a la calle, recordamos la escena más de cinco veces. ¿Alguna vez habéis escuchado eso de que cuando algo te gusta, es cuando más lo repites? Pues exactamente era lo que estaba sucediendo, porque Noe no dejaba de puntualizar cada detalle, aunque lo hubiese repetido ya. Lo peor era que la seguía, porque en el fondo me había dado todo una vergüenza tremenda, pero después había merecido la pena la hora de risoterapia a costa del profe guaperas.

—Después de cuatro cigarros, yo creo que ya es hora de que nos vayamos a dormir. Son las tres de la mañana.

—Las tres y cuarto —rectifiqué, con el teléfono en la mano y bostezando.

El sonido de un coche nos sorprendió a las dos. Movimos la cabeza y observamos que quien conducía aparcaba unos metros más lejos. No nos levantamos de la acera en la que nos habíamos sentado. Izan se desmontó del coche y apresuró el paso hacia nosotras. Venía solo.

—¿Todavía despiertas? —nos preguntó, elevando los brazos en el aire.

Era rematadamente atractivo. Nadie podía negarlo. Y una pena que no me atrajese de la misma manera que yo le atraía a él. Esas cosas se notaban. Cuando le gustábamos a una persona, me refiero. Se sentó enseguida a mi lado. Noe me observó de reojo, sonrió y se levantó como quien no quiere la cosa. No añadí nada, porque iba a ser una tontería. Tal vez, si me hubiese ocurrido con Maca o con Dulce, me habrían echado un cable para que me marchase con ellas. Pero Noe era la menos cabal, ya lo habréis comprobado, y ella, si veía la oportunidad de desfogar…, pues la aceptaba y punto pelota.

—Chicos, aquí os dejo, que estoy muerta. —Se estiró y bostezó de manera fingida. La miré mal—. Nos vemos mañana, ¡chaíto!

Y ese «chaíto» iba con un doble sentido que leí entre líneas, algo así como: «Disfruta, no pienses, tíratelo», y todas esas cosas que Noe me habría dicho en una situación normal. Izan se llevó las manos a las rodillas, las apretó y desvió su atención hacia mí.

—Bueeeno, ¿cómo te están yendo las clases?

Supuse que esa pregunta era porque no tenía otra que hacerme o porque el silencio que habíamos creado entre los dos era horrible. Ahí me di cuenta de que, tal vez, quedarnos solos y tan cerca sí que me incomodaba un poco.

—Bien. Estoy algo agotada con los estudios, el trabajo y las clases, pero bien. ¿Y tú?

—¿Le has contado a tu padre que estás en el gimnasio?

Negué con la cabeza. Madre mía. Cuando mi padre se enterase de esa locura, iba a poner el grito en el cielo. Pero yo solo deseaba que llegase la primera semana del mes siguiente para entregarle el dinero del sueldo. Además, era el cumpleaños de mis torbellinos y había pensado llevarlos al cine, comer fuera y comprarles algo que les hiciera especial ilusión.

—El mes que viene se enterará —le contesté con media sonrisa.

El silencio se hizo de nuevo entre los dos. Oí que Izan arrastraba el culo un poco, pegándose mucho más a mí. Apenas cabía una mano entre los dos.

—Tiene que sentirse muy orgulloso de tenerte como hija.

Fui a responder a ese cumplido tonto, pero la risita que se había marcado en mis labios se borró de un plumazo cuando escuché el rugido de una moto en mitad de la carretera, llegando adonde estábamos. Me había bastado oírlo un solo día para que se me quedara grabado en la mente.

—Supongo que sí —murmuré con desgana, poniendo mala cara.

De soslayo, vi que Izan oteaba el horizonte, buscando la posición de Dani aparcando la moto. Y, como de costumbre, se me ocurrió otra de mis ideas malas, pero es que Izan me lo puso a huevo. Nunca mejor dicho.

—¿Tan mal te cae?

—Lo odio —le respondí muy rápido.

—¿Y crees que él te odia a ti? —se interesó.

Izan extendió las piernas y puso las manos sobre los muslos. Mientras, Dani colocó la moto con galantería, sin prisa y cuidando cada movimiento. Hasta me pareció que se recreaba a la hora de quitarse el casco, mientras se movía lentamente enfundado en aquel traje de cuero del demonio. De pronto, me percaté de mis puños apretados, mi mandíbula tensa y las ganas de marcharme muy lejos de allí, antes de que me viera. Porque estaba segura de que no me había visto todavía. Y lo peor de todo era que no entendía el motivo de estar viéndolo como si fuera a cámara lenta…

—Pues no sé si me odia o no, pero es que me da igual —resolví tajante.

Mi amigo carraspeó, mordaz.

—No sabía que erais vecinos —quiso cotillear.

Izan era una marujilla nata.

—No es nada del otro mundo, Izan.

—Pues parece que os lleváis fatal.

—Es que *nos llevamos* fatal.

—¿Erais amigos? Recuerdo que Dani estaba marginado y no tenía amigos.

Aquello no lo toleré muy bien. Yo era impulsiva, a veces contradictoria, muy sensible y todo lo que quisieran decirme, pero odiaba las injusticias como la que más. Giré la cabeza hacia Izan.

—Le han hecho perrerías desde que estaba en el cole. ¿Cómo quieres que se comporte con el resto del mundo?

Los ojos oscuros de Izan me penetraron con tanta intensidad que supe que lo que más deseaba en ese instante era bajarme las bragas. Me mostró una sonrisa picarona, quizá sabiendo que había llegado su momento de resarcirse un pelín o de abrir la puerta a una futura posibilidad conmigo. Se acercó a mi boca, casi a punto de rozarla, y yo no me moví.

—Pues está mirándonos y viene hacia aquí —murmuró casi sin mover los labios.

Tuve un arranque de niñata. Lo que era. Porque estaba comportándome como una idiota con él, sin motivo. Porque no entendía el sentimiento de mi pecho ni por qué actuaba de aquella forma tan impulsiva cuando estaba cerca. Sobre todo ahora que habíamos tenido otra bronca, después de llevar sin vernos dos años. Estiré una mano, sujeté la chupa de cuero de Izan y lo besé. Sí, tal cual y sin anestesia. Después decíamos que los tíos eran lanzados, pero permitidme la humilde opinión de que nosotras, algunas veces…, pues los usábamos también.

Noté las manos de Izan enmarcar mis mejillas con una ternura increíble. Me junté más a su cuerpo, sintiendo su calor y casi palpando las ganas que tenía de mí. Sin embargo, ese beso no estaba disfrutándolo como debería, porque de lo que estaba pendiente no era de cómo la lengua de Izan entraba en mi boca, se enroscaba con la mía y deseaba chuparme, sino de los pasos firmes y severos que resonaban como si fueran los de un potro desbocado. Sostuve las solapas de la chaqueta de Izan, me separé y lo miré a los ojos. Él continuaba con los suyos cerrados, tal vez deleitándose con el beso y, cuando iba a disculparme por lo que acababa de hacer sin preguntar, otra persona que no esperaba apareció a mi lado.

—Perdón. No quería interrumpir, es que…

La miré con extrañeza.

—¿Ocurre algo, Maca? —inquirí, pues su rostro había adquirido un gesto que no comprendía.

No sabía si era enfado, disgusto, tristeza… Negó con la cabeza, muy seria para lo alegre que solía ser las veinticuatro horas del día. Fui consciente de que mis manos todavía seguían en la chupa de Izan y de que ella miró hacia ese punto. Izan nos contempló a las dos, después de saludarla con un golpe de cabeza, como si no tuviese importancia que estuviese allí o como si acabase de joderle el polvo de la noche.

—Noe se va a la cama. Está un poco cocida —añadió sin emoción—. Dulce también. Y yo tengo sueño.

Fruncí el ceño y me levanté, olvidándome de que Izan estaba allí. Puse una mano sobre su antebrazo y la miré. Ella intentó esquivar mis ojos y eso no me gustó, pero no quise preguntarle. No era el momento.

—¿Ha ocurrido algo?

Tenía los ojos brillantes. Negó con la cabeza.

—Buenas noches, Aitana.

Me dejó allí y me quedé como un pasmarote viendo cómo se metía en el pasillo que daba a las habitaciones. Sentí la presencia de Izan a mi lado, mientras continuaba con la vista fija en la estela de mi amiga. ¿Qué le sucedía? ¿Se habrían enfadado las chicas? La conversación con Dulce había sido una tontería, ¡no podían enfadarse por eso! Noté las manos de Izan alrededor de mi cintura y su boca se pegó a mi cuello. Pero yo no estaba allí. Yo estaba con Maca y pensando qué le habría sucedido, porque como indicaba nuestro lema, las amigas eran lo primero. Todo lo demás podía esperar.

—¿Quieres venir a mi habita…?

84

Ni siquiera le dio tiempo a terminar la pregunta cuando ya estaba separándome de él. Antes de subir el bordillo, y sin mirar hacia atrás, le dije de carrerilla:

—¡Nos vemos mañana!

Y desaparecí, como lo habían hecho dos personas más segundos antes.

5

Premio

No todos los días ganas siete mil eurazos

El mes en sí estaba siendo insoportable. No sabía en qué momento había sido buena idea eso de meterse en la uni, porque parecía que mi vida se había puesto patas arriba. El fin de semana que había ido a casa, me pareció que mi padre y mis hermanos habían cambiado. Los veía más formales, todo mucho más recogido que de costumbre, como si hubieran querido aparentar algo que no eran: una familia feliz. Entendí, cuando me marché, que lo hacían para que no me fuese con mal sabor de boca de allí. Que igualmente lo hacía. A mi hermano Alan no lo había visto ninguna de las veces que había estado por casa. Ni siquiera cuando me levantaba o cuando me acostaba. Mi padre no había hecho comentario alguno sobre dónde estaba y, ciertamente, tampoco pregunté. Nuestra última bronca había sido tras el encontronazo en el salón, mientras estaba con Dulce, y no se había dignado a llamarme ni a mandarme un mensaje una sola vez. También podría haberlo hecho yo, y ahí me di cuenta de que quizá los dos éramos igual de orgullosos.

Por otro lado, mis amigas parecían haberse dividido en dos bandos. No me las encontraba en todas las aulas, pero sí que me percaté de que Noe pasaba más tiempo con Maca, y esta última me esquivaba. Tenía que hablar con ella como fuera. Dulce tampoco comprendía la situación y pensé que, tal vez, como dormía conmigo en la misma habitación, no tenía más remedio que aguantarme. Ya sabéis, eso de tener las emociones a flor de piel y de sentirlo todo con mucha intensidad. Aquí tenéis un claro ejemplo.

Estábamos a mediados de semana y, por fin, ese día iba a presentarse el dueño del gimnasio en el que llevaba trabajando casi un mes. Los días se me hacían eternos y ahora sí que pensaba que podría haber sido un error intentar compaginar tantísimas funciones a la vez sin estar acostumbrada a ese ritmo de vida.

—Necesito que me compruebes esta tarjeta. No funciona.

Me había apoyado de manera momentánea con la cabeza sobre la palma de mi mano derecha, en una pose que indicaba un aburrimiento descomunal. Me sobresalté cuando escuché esa voz tan conocida y familiar para mí. Una voz que llevaba sin oír desde que besé a Izan en la puerta de la universidad. Ese era otro del que tenía para hablar largo y tendido, porque había estado esquivándolo desde aquel día. No por miedo, sino porque no sabía cómo decirle que no pasaríamos de una bonita amistad. Había caído en la cuenta de cómo lo había besado para darle celos a Dani, sin entender el motivo. Y, tal vez, aquello había ocasionado una confusión palpable en Izan. Como he mencionado anteriormente, era un tema aparte. Desde ese día había intentado por todos los medios no separarse de mí, encontrarse conmigo en cada cambio de clase, en cada pasillo, en cada ocasión en la que salía a fumar con Noe a la calle… E incluso notaba su presencia activa en mis redes sociales. No se me había hecho pesado, pero tampoco quería hacerle un daño innecesario. Era un chico demasiado atractivo. No quería usarlo, y pensaba dejárselo claro en cuanto tuviera oportunidad.

Me fijé en la vestimenta de Dani. Iba con ropa deportiva que se ceñía perfectamente a su tonificado cuerpo, porque podría llamarlo de otra forma, pero resultaría muy vulgar decir que tenía ganas de chupetearlo de los pies a la cabeza. «¡Aitana, por Dios!», me eché una regañina mentalmente al ser consciente de esos pensamientos que no esperaba de mí. ¿Qué demonios estaba ocurriéndome? Le mostré una sonrisa radiante.

—¿Tú no decías que yo me había muerto hacía dos años? —le pregunté con gracia y sarcasmo.

Se mostró indiferente ante mi comentario.

—Y tú me dijiste que estaba más solo que la una. —Elevó el cartón en el aire—. La tarjeta.

Hice como que iba a ignorarlo, pero no, me había cogido tonta y con ganas de vacilarlo.

—¡Genial! Pues entonces tu suscripción ha finalizado. Ya puedes irte.

Le sonreí de manera perversa y me apoyé en el mostrador, lo que hizo que mis pechos se alzasen. La puerta se abrió a su espalda y entró alguien en quien no reparé. Dani me observó con mala cara, plantó de un golpetazo la tarjeta sobre el mostrador y me exigió con una voz muy ronca:

—¿Me miras la puta tarjeta?

Abrí los ojos de manera desmesurada. Estaba riéndome de él claramente.

—Uuuh, que el empollón sabe decir palabrotas y todo. —Me regañé mentalmente al pronunciar esa palabra. Acababa de parecerme a las personas que le acosaron en su momento—. No se permiten faltas de respeto en este establecimiento. Lo pone ahí.

Señalé con chulería el cartel que había pegado en el panel de enfrente. El tío apoyó un codo en el mostrador, quedándose muy cerca. Su olor embriagador se intensificó y creí que me desmayaba.

—También dice en el tablón de anuncios que tengo derecho a pedir una hoja de reclamaciones.

La persona que había entrado y que continuaba expectante en nuestra conversación carraspeó. Pero, como era costumbre en mí, ignoré las señales, esas de las que Dulce me hablaba muchas veces, y seguí con mi erre que erre de echarlo del gimnasio.

—También enseñan en la casa de cada uno que la educación es lo primero.

Se acercó más.

—También aleccionan cuando empiezas en un trabajo que el cliente siempre lleva la razón.

Ahora la que se acercó fui yo. Nos separaba un escaso palmo de distancia y pronto podría volver a saborear esos gruesos labios.

—Pero el cliente debe ser educado —rebatí.

—He sido educado —contratacó.

—No me lo has pedido por favor.

Y, como si la persona que había detrás quisiera hacerse visible, carraspeó con tanta fuerza que di un bote en el sitio. Dani se giró, lo miró con muy mala cara y no entendí el motivo de que ese señor se entrometiese.

—Disculpe, ¿cuál es el problema?

Mostré mi confusión cuando el tipo con una camisa tres tallas más pequeña se colocó al lado del muchacho con el que discutía tranquilamente, véase la ironía.

—¿Quién es…?

A Dani no le dio tiempo a terminar la pregunta porque lo interrumpió:

—Me llamo Sergio. —Le tendió la mano con cortesía y a mí me aniquiló con una severa mirada—. Y soy el dueño de este gimnasio.

Tragué saliva sin disimulo, me incorporé en el sitio y dejé de provocar con las tetas encima del mostrador. No lo había analizado aún, pero eso era lo que estaba haciendo. Y era con el fin de que Dani se fijase en ese detalle. ¿Por qué coño me comportaba de aquella manera? ¡Joder!

—¡Ah! —soltó Dani con mucha efusividad. Pensé que me echaría un cable, como siempre hacía. Pero no. Ya no era el Daniel que yo conocía—. Pues me viene perfecto, porque tiene una trabajadora que es…

El hombre desvió la mirada hacia mí. Me exalté, con el corazón en la garganta y las emociones a flor de piel. ¡Me puse de los nervios!

—¡Encantadora! ¡Soy encantadora! —Elevé las manos con intensidad. Rodeé el mostrador con mucha urgencia por llegar adonde estaba Dani y me coloqué a su lado—. Me alegro de conocerle, Sergio. Yo soy Aitana Sánchez Castillo.

—Sergio… —Pronunció su propio nombre con sarcasmo—. Para ti soy el señor Gálvez.

Le tendí la mano, al igual que él había hecho con Dani. Sin embargo, en aquel caso, el dueño del local no mostró ni un poquito de amabilidad hacia mi persona. A la vista estaba con su último comentario de señor octogenario. ¿En qué siglo vivía? ¿Cuánto tiempo hacía que las personas más jóvenes no llamábamos a los adultos de usted? Si no recordaba mal, eso casi era de la época de mi bisabuela. ¡Vale!, había sido una exagerada, pero era cierto que ya no se trataba a los desconocidos con el mismo respeto.

No entendí su mal comportamiento hacia mí. ¿Le gustarían los hombres? ¿Detestaría a las mujeres? Me quedé con la mano extendida en su dirección como una idiota. De soslayo aprecié que Dani me observaba con una mueca burlona en el rostro. Poco le quedaba para sonreír, y a mí poco me quedaba para darle un guantazo. «Controla la gaseosa», me recordó mi mente. No podía perder el empleo. La retiré porque ya estaba empezando a incomodarme que los dos me inspeccionaran como si fuese un bicho raro.

—¿Hay algún problema que mi trabajadora no pueda solucionarte? —inquirió el dueño del gimnasio.

No me gustó su tono. Tampoco me gustó la mirada de soslayo que me echó, pues sus ojos se habían posado en mi escote sin reparos. Dani se dio cuenta y me pareció que le sentó mal. No sabía qué creer y qué no, porque estaba claro que ya no lo conocía. Supuse que su cabeza funcionaba a mil por hora, batallando sobre si debía o no decir algo. Entonces, eso me confirmó una sola cosa: iba a dejarme con el culo al aire sin ningún reparo.

—Lo cierto es que no me funcionaba la tarjeta para el acceso, pero iba a…

Lo cortó, por segunda vez. Y ahora sí que me miró a mí de manera malintencionada.

—¿Y se supone que no puedes arreglarle la tarjeta para que entre? ¿No te enseñaron eso el primer día, muchacha?

—Sí…

La educación brillaba por su ausencia. Una nueva interrupción más y estaba a punto de sacarme de mis casillas. Lo peor de todo era que, por más que intentara controlarme, me era imposible. Algunas veces detestaba sentir tanto. En ese momento podía palpar cómo Sergio intentaba humillarme delante de un cliente.

—¿A qué estás esperando para solucionárselo, entonces?

A Dani se le había borrado todo atisbo de guasa del rostro, y ahora lo que perfilaba su semblante era la mala hostia. Me quedé bloqueada durante unos segundos. Si no respiraba lo suficiente como para no estallar, perdería lo único que tenía para ayudar a mi familia. Y, seamos sinceros, no podía permitírmelo.

—Ya iba —murmuré con mucho esfuerzo, tragándome las ganas de mandarlo a la puta mierda.

Elevó el mentón con altanería y de un golpe seco me indicó que regresara a mi puesto de trabajo. Le faltó decirme que con la boca cerrada estaba más guapa. Un poco más y podría haberme buscado un trabajo con Dulce. Ella podría seguir con su bola de cristal y yo adivinar el futuro sin instrumentos.

—Me ha parecido que discutías con él. —Lo señaló con un dedo—. La función de una recepcionista es ayudar al cliente cuando tiene un problema. Si crees que no va a ser posible y que no vas a tener la boquita donde corresponde, quizá debas plantearte cambiar de empleo.

Dejé de respirar momentáneamente. Ahora sí que la había cagado y cada vez estaba más bloqueada para salir de la nefasta situación.

—No ha sido mi intención que pareciera…

Sergio me interrumpió:

—No ha parecido nada. Te recuerdo que estaba aquí mismo y te he visto. También te he escuchado, porque no estoy sordo.

Sordo no estaría, pero tenía un guantazo como una casa de grande. «Aitana, cuenta: uno, dos, tres, cuatro…». Noté el escozor de mis mejillas. Eso solo se debía a que estaba poniéndome muy roja y no era precisamente de la vergüenza. Era del tremendo cabreo.

—Siento meterme en la conversación, pero debo decirle que somos amigos. —La actitud de Dani me sorprendió, porque pensé que el cable iba a echármelo al cuello—. No se preocupe. Está todo bien.

El tío le enseñó todos los dientes a Dani, extendió una de sus manos y palmeó su hombro como si lo conociera de toda la vida. El que había sido mi amigo hacía dos años ni se inmutó; al contrario, estaba más tieso que el palo de una escoba y con cara de malas pulgas.

—Muchacho, puedes tutearme. Si me hablas de usted, me haces parecer mayor.

Inhalé con fuerza y traté de retener todo el aire posible en los pulmones. Me cagaba yo en la madre que parió al dueño del gimnasio y más me cagaba todavía en tener que callarme.

Yo, que como habréis comprobado era mucho de cuestionarme todo en la vida, me pregunté: ¿cuántas personas tendrían que tragar en su trabajo por necesidad? La vida en sí me demostraba que era un asco. Ser mayor era un asco. Y entonces recordé las palabras de mi padre, cuando era una niña y siempre quería ser mayor. Él decía que, cuando llegara el momento y viera lo que es la vida, querría con toda seguridad volver a ser esa niña libre de preocupaciones. Si pudiera retroceder en el tiempo… Me habría quedado con cuatro años para toda la eternidad.

—Bien, Sergio, pues una vez arreglado el malentendido, sigo con mi amiga para que me arregle lo de la tarjeta. —Dani cabeceó en mi dirección.

Fue el momento exacto en el que supe que debía entrar al mostrador. Confirmé lo que me gustaba echarle pulsos a la gente. Cualquiera en mi situación se habría metido detrás de la recepción a la primera de cambio, al primer bufido o a la primera mala contestación, pero es que yo era muy desobediente. Era una kamikaze… En fin. Sergio pensó que ya podía marcharse con su masa de músculos enormemente fea hacia el interior del gimnasio. Movió unos pequeños pies y anduvo con su metro sesenta hasta el lector de tarjetas.

—Abre —me exigió.

Apreté la mandíbula y pulsé el botoncito que había al lado de la caja para que se abriese la barrera. La mirada de Dani no se apartaba de él. Cuando pensé que lo perdería de vista, el estúpido se dio la vuelta, una vez dentro ya, y anunció con unos papeles en la mano:

—¡Por cierto! Voy a preparar un concurso el primer cuatrimestre. En vez de hacer el típico levantamiento de pesas, he pensado organizar un circuito. ¿Cómo lo ves, muchacho?

Enarqué una ceja y miré a Dani. No había hecho ni una sola mención sobre un gimnasio ni referencia al deporte en todos los años que hacía que lo conocía. Y ya eran unos cuantos. Aunque ahora estaba allí, obvio.

—¿Cuánto cuesta la inscripción? —se interesó.

Me mantuve al margen, con las manos colocadas como si fuera una azafata de vuelo. Tal vez lo había hecho con el simple fin de tranquilizarme.

—Cincuenta euros.

Contuve la mueca de desagrado en mis labios.

—¿Y cuál es el premio? —Podía contener la lengua, pero no para todo.

Sergio me miró mal. Adiviné por su semblante que estuvo a punto de soltarme un: «A ti qué te importa». Al contrario de lo que podría haberme contestado, con un brillo inusual en los ojos y una cara desagradable, me respondió:

—Siete mil euros. El premio son siete mil euros.

Casi sufro una embolia al escuchar aquella cifra. De repente, me entraron unas ganas eufóricas de ponerme a entrenar para ganar ese premio. ¿Qué podríamos hacer en mi casa con esa cantidad?, ¿cuántos meses podríamos comer sin tener miedo a quedarnos con la nevera vacía?, ¿cuántas terapias podría pagarse mi padre?, ¿cuántos zapatos podría comprarles a mis hermanos para que no los llevasen destrozados?

Sentí que me faltaba el aire con tanta pregunta. Con tanta intensidad. No fui capaz de prestar mucha más atención a las explicaciones que Sergio le daba a Dani, porque el que había sido mi amigo, y ahora el chico que había salvado mi puesto de trabajo, se interesaba en cómo el gimnasio podía permitirse dar ese tremendo dineral. El dueño se justificó diciendo que la propia universidad había invertido una buena cantidad, al igual que el ayuntamiento de la ciudad, para fomentar el deporte y la vida saludable entre todos los jóvenes.

Yo todavía continuaba en *stand-by*. Un breve toquecito en el mostrador me indicó que Dani esperaba que le arreglase su tarjeta de acceso. La recogí casi sin mirarlo, me encaminé hacia la caja, que era donde tenía el ordenador gigante, y tecleé los códigos para ver qué ocurría.

—¿Te encuentras bien?

Fruncí el ceño por su pregunta. Era evidente que no, aunque no iba a decírselo. Él me conocía a la perfección.

—¿Desde cuándo te gusta hacer deporte?

Reparé en que llevaba uno de los papelitos en la mano. No sabía en qué momento lo había cogido, pero lo sostenía con firmeza. Se había movido de sitio y ahora estaba delante de mí, apoyado sobre el mostrador a muy poca distancia. Su olor me perforó las fosas nasales. Cerré los ojos momentáneamente para deleitarme como una idiota con él. Me encantaba ese aroma. No podía evitarlo. O no podía evitar olerlo a él. No retomó el tema de conversación, pero sí que se lo llevó a su terreno:

—Hay muchas cosas que me gustaban y que nunca te dije.

Elevé la mirada, aún con la tarjeta en la mano, y ahí estaban. Sus ojos, esos de color almendra, tan bonitos, tan brillantes, tan bondadosos y auténticos que encandilaban. Había dos palmos de distancia y deseé más que nunca borrarlos para lanzarme a sus brazos y aplacar todo el tiempo que lo había echado de menos. Sin embargo, y pese a que también había pensamientos pecaminosos que prefiero no mencionar, ese sentimiento se me fue de un plumazo cuando una de las monitoras de la tarde apareció como si fuera una supermodelo. Aún no comprendía a las mujeres que iban a sudar la gota gorda maquilladas hasta la médula. Pero, en fin, cada uno era de su madre y de su padre, y había que respetarlo. No lo juzgaba, simplemente era mi opinión.

—¡Dani! ¡Qué alegría verte!

Cabía destacar que Aurora —así se llamaba la tiparraca— era una mujer espectacular. Lo que venía siendo una entrenadora personal que llevaba media vida dedicándose a hacer ejercicio. Igualita que yo, que no había meneado el pandero del sofá en mi vida. Su larga melena rubia se encontraba atada en una cola de caballo perfectamente alisada, iba maquillada como quien pinta una puerta hasta el último detalle y me imaginé que sus labios vaginales no podrían ni respirar de lo apretado que llevaba el pantalón de deporte. También era mi humilde opinión. La opinión de una envidiosa, todo hay que decirlo. Quien dijese que había envidia sana... mentía como un bellaco.

—Hola, Auri —la saludó él con una sonrisa de oreja a oreja.

Lo que más me jodió fue que le enseñó los hoyuelos. Se le marcaron y eso significaba que le hacía muy feliz verla. ¿Auri? ¿Auri, de qué? ¿De auricular? ¡Vale! No iba a ser mala ni pensaba seguir con mis pensamientos dañinos, porque al final el karma me lo devolvería e iba a empezar a creer en él de verdad y con todas las de la ley.

La entrenadora le plantó dos besos que sonaron muy enérgicos. Demasiado para mi gusto. ¿Se habría tomado un Red Bull? Ya decían que esa bebida era mala, pero daba energía a casco porro. Ya paraba. No era nadie para entrometerme.

Agaché la cabeza y me dediqué a hacer mi trabajo, que se reducía a arreglarle la puta tarjeta al hombre por el que sentía cosas extrañas. Sí, sí, el que tenía delante. Era una tontería seguir cuestionándose el motivo de esas emociones y de esos sentimientos extraños que no tenían conexión, ¿no? Y, aunque lo había pensado, no iba a reconocerlo ni muerta.

Mientras ellos hablaban como dos cotorras, la puerta del gimnasio volvió a abrirse como si aquello fuese el Carrefour. Intenté por todos los medios cambiar el careto que se me había quedado con la conversación a medias y esa rubia despampanante frente a mis narices.

—¿Dónde está la chica más guapa de toda la universidad?

Sonreí al distinguir el tono vivaracho de Izan. Este no había acudido a un lugar donde se hacía deporte con ropa para ello, sino que venía como habitualmente iba vestido, con sus pantalones ceñidos y aquella chupa de cuero que lo acompañaba allá donde fuera. Me fijé en la alegría de su rostro, esa que nunca desaparecía, y también aprecié su curiosidad al ver a

Dani. ¿Se habría dado cuenta de algo de lo que acababa de percatarme yo? No era posible. ¿O sí?

Entonces la atención de Dani pareció repartirse. Ya no solo prestaba atención a «Auri» —menudo diminutivo más tonto. Era como si a mí me llamaran Aiti—, sino que también se fijaba en el chico que tocó con los nudillos dos veces el mostrador para llamar mi atención. No dudé en acercarme al otro extremo con mi sonrisa más sincera. Si había alguien que podía ayudarme, ese era Izan.

—¿A ti te gusta el deporte?

Se sorprendió por mi pregunta. Me olvidé de Dani y de la entrenadora para centrarme en lo que verdaderamente quería.

—Mmm…, ¿sí? —dudó.

—¿Y tú serías capaz de enseñarme a hacer un circuito?

—¿Un circuito? —se extrañó.

—Ajá.

Movió los hombros con desinterés, como si no entendiera la dificultad en aquello que a mí se me hacía un mundo, pero yo estaba tomando la decisión de competir por un premio.

—¿Qué quieres hacer exactamente? —inquirió Izan.

Y, damas y caballeros, así es como se empezaban los futuros negocios. Salí del mostrador con mucha urgencia, le planté sobre la madera la tarjeta a Dani, le quité el folleto que le había dado mi jefe con anterioridad y me aproximé con mucha rapidez hasta el chico de la chupa. No me anduve por las ramas. Eso sí, bajé el tono un poquito para que no me escuchara mucha gente.

—A final de este cuatrimestre harán un circuito en el gimnasio y premiarán al ganador con siete mil euros. Es un fomento al deporte —le expliqué de carrerilla—. La inscripción cuesta cincuenta pavos.

Izan sostuvo el panfleto que le tendí y lo miró con media sonrisa. Lo elevó en el aire, lo movió como si fuese insignificante y me preguntó como un canalla:

—¿Y pretendes que sea yo tu entrenador personal?

Puse los brazos en jarra y asentí queda.

—Veo que captas las cosas a la primera. —Le señalé con un dedo el papel—. Ahí vienen las bases y en qué consistirá el circuito. Podríamos quedar un par de días a la semana y empezar con los entrenamientos.

Alguien más se colocó a mi izquierda con muy mal humor. Como diría Dulce, traía mala energía.

—Tú no puedes presentarte al premio —sentenció con rudeza.

—¿Por qué? —le pregunté con descaro—. Ahí dice que podrán acceder a la prueba todas las personas que estén en la universidad. Y te recuerdo —elevé el dedo en el aire— que yo estoy estudiando en ella.

Dani puso una cara extraña y me indicó que perdía el tiempo.

—No has hecho ejercicio en tu vida, Tana.

Crucé los brazos a la altura del pecho, al mismo tiempo que cambiaba el peso de un pie al otro. No ignoré que había usado ese diminutivo cariñoso de nuevo.

—Pues entonces será verdad eso de que nunca es tarde si la dicha es buena. —Me giré de cara a Izan—. ¿Qué me dices?

Estaba divirtiéndose. Lo vi reflejado en sus ojos oscuros. Apretó el folleto con ganas y me preguntó con picardía:

—¿Y qué gano yo a cambio?

—Tendrás que pagarme la inscripción. Te lo devolveré multiplicado por cuatro.

Por el color que adquirió su mirada, entendí que la verdadera petición llegaba a continuación.

—Si voy a palmar cincuenta pavazos, aunque luego me los devuelvas, qué menos que la chica a la que voy a entrenar me regale su compañía durante una cena, cuando termine el concurso y te haya enseñado el circuito. Entonces no será necesario que me los devuelvas con intereses.

De soslayo aprecié la vena del cuello de Dani. La tenía marcada. Muy marcada. Ni siquiera lo pensé antes de responderle:

—Que sean dos cenas.

Le mostré mis dedos, e Izan sonrió de oreja a oreja.

—Hecho.

Así fue como la primera persona que se inscribió al premio de gimnasio apuntó su nombre sin temblarle el pulso en la lista: Aitana Sánchez Castillo, servidora.

No todos los días ganaba una siete mil euros.

Iba a empezar mi aprendizaje para manifestar lo que deseaba, aunque eso supusiese que echase las tripas a mitad del camino.

6

Bailoteo, bebé

Diferencias entre un circuito y el bailoteo

Ya tenía claro qué sería lo primero que haría ese fin de semana cuando regresara a casa. Durante esos días, porque hasta el lunes no empezaría con Izan los entrenamientos, saldría por los alrededores de mi barrio a correr. Debía empezar cuanto antes con el entrenamiento físico, porque comenzaba de cero patatero.

Esa tarde me la habían dado libre en el trabajo. Ya no supe si se debió a mi predisposición para apuntarme al concurso o a lo que aconteció después de eso. Pensé incluso que ya le caía un poquito mejor al dueño después del *hype* que había montado. Perdón, al señor Gálvez, véase la ironía otra vez.

El ímpetu me había llevado a tener la adrenalina por las nubes…, y eso al *hype* del que hablaba. Ese era el optimismo mientras gritaba en mitad del gimnasio que iba a ganar los siete mil euros. Aquello provocó que quince personas más se picaran y escribieran sus nombres debajo del mío. Cuando me fijé en el papel, una vez que me situé en mi puesto de trabajo de nuevo, casi me dio un infarto al ver el segundo nombre, debajo del mío: «Daniel Martín Morales». ¿Para qué coño se apuntaba al concurso? Bueno, en realidad, me preguntaba por qué lo hacía él y el resto del gimnasio. También era cierto que hablaba mi parte preocupada. Esa que sabía que me iba a ser casi imposible competir con aquellos bicharracos colmados de músculo y años de experiencia con el deporte. Tenía la moral minada. Eso era una realidad.

«Debo ser optimista», me animé yo sola, como si eso pudiera provocar un efecto rebote para que los allí presentes tacharan con una equis su nombre. ¡Qué ilusa! Estaba casi segura de que mis amigas se hartarían de reír a mi costa cuando les contase mi nueva meta. No había tenido tiempo de hacerlo, porque esa noche cuando llegué, Dulce ya dormía con las manos sobre el pecho como si la hubieran amortajado. Qué manía más rara. Hablé por el grupo de WhatsApp que teníamos, pero ni Noe ni Maca me contestaron. Cuando desperté, Dulce había desaparecido como por arte de magia, e imaginé que su madrugón se debía a no llegar con los ojos pegados, no como otras. O sea, yo. Durante aquella mañana de viernes tampoco coincidí con ellas.

—¡Adiós! —me gritó alguien en la lejanía, creí que había sido Izan.

Levanté la mano con mucha ligereza. Casi me caí de morros frente al autobús que me llevaría a mi casa. Al sentarme, y después de todo el ajetreo de la semana, me desplomé en el asiento y me emocioné al pensar en mi familia. Noté que los ojos se me llenaban de lágrimas, aunque las retuve a conciencia. La situación era difícil y llevaba unos días barajando la posibilidad de pedirle un adelanto al señor Gálvez para poder preparar el cumpleaños de los mellizos. Tenía que lograrlo como fuera. Aunque, visto lo visto, lo mismo era mejor que se lo pidiera a mi vecino del quinto.

—Ni te has esperado. —Ese reproche salió de la boca de una muchacha que conocía muy bien.

Se sentó a mi lado.

—¿Maca? ¿Por qué coges este autobús? —me extrañé, pese a alegrarme muchísimo porque se hubiera sentado a mi lado.

Se echó hacia atrás para apoyarse en el respaldo del asiento.

—Pues porque el patinete se me ha quedado sin batería. —Lo señaló. Se encontraba apoyado en el suelo—. Y he perdido el último autobús que va directo a mi casa. Así que tengo que hacer transbordo con este.

—Tú y el patinete, para no variar.

Me miró durante unos segundos que se me hicieron eternos.

Cuando creí que iba a comentarme algo, su pregunta me dejó fuera de lugar:

—¿Te sucede algo? ¿Has llorado?

—¡Ah, no! Ya sabes, es mi emoción por volver a casa.

Sonrió.

—Tú y tu alta sensibilidad para todo. Quiero que sepas que la amo. —Se refirió a la sensibilidad, y eso era algo que Maca me decía constantemente. «Tendría que haber más personas en el mundo que demostraran sus verdaderos sentimientos, sin tanto miedo».

—Y yo amo que la ames —añadí. Tras una sonrisa mutua, se creó un silencio que jamás había existido entre ambas.

No pensaba quedarme con la duda en el buche, por supuesto. Ella giró la cabeza hacia el frente, como si la pareja de ancianos de la primera fila fuera más importante. Supe al instante que se debía a una sola cosa: había leído en mi cara que iba a hacerle la pregunta del millón.

—Maca, ¿por qué has estado evitándome todos estos días?

No se lo pensó. Y no se lo pensó porque dentro de nuestro interminable cuaderno de lemas y normas había una fundamental para ese momento: mejor soltar la verdad y no andarse por las ramas para liar más la bola.

—Porque me molestó que besaras a Izan.

Me detuve durante un segundo. Analicé si eso que me había dicho era cierto o me lo había inventado. La miré con ganas de arrancarle la cabeza.

—¿Me has esquivado todos estos días por esa gilipollez y no me lo has contado?

Me contempló, tan altanera como de costumbre. Tuve el impulso de cerrarle la boca para que se tragara el chicle. Me contuve. Bien sabe Dios que me contuve.

—Ajá. —Tras eso una pompita amortiguó el silencio.

—¿Y desde cuándo te gusta Izan? —Necesitaba una explicación.

Resopló, como si se hubiera desinflado, y añadió contemplando de nuevo a la pareja de octogenarios:

—Pues no lo sé, pero creo que me gusta desde que estábamos en el instituto.

—¿Y por qué desconocíamos esa información?

—No todas. Noe lo sabía —puntualizó.

—Pero yo no soy Noe —le rebatí con un pelín de enfado.

No eran celos. Entendíamos que era muy normal que hubiese una pequeña división entre las cuatro. Esto se asemejaba mucho a una relación de tres. Casi nunca era posible llevarse igual de bien en una amistad de ese tipo. En nuestro caso, Maca siempre había tirado mucho más para Noe y yo siempre lo había hecho para Dulce. Lo demostraban nuestros gestos, sobre todo cuando teníamos que desahogarnos.

—Es igual. Ya se me ha pasado. Sé que es un mujeriego y que no me conviene. A ti tampoco —objetó, y ahí sí que me miró.

Mi atención seguía fija en ella, como si no pudiera creerme que esa tontería nos hubiera separado durante todos esos días. Sentí un dolor muy fuerte en el pecho y lo que solté a continuación lo hice sin pensar. Por segunda vez en muy pocos minutos, los ojos se me llenaron de lágrimas.

—Nosotras arreglamos las cosas, no nos apartamos…

A lo mejor mi tono débil la sobresaltó. Me puso una mano sobre el muslo, seguramente para que me tranquilizara, y entonces el autobús llegó a una parada y salté del asiento.

—Aitana, no te pongas…

La interrumpí con mala educación. Mientras ella decía eso, yo ya pasaba por delante de sus piernas para salir al pasillo y bajarme del autobús.

—Hablamos la semana que viene —le dije muy deprisa—. Adiós, Maca.

Tuvo la intención de levantarse para sostenerme del antebrazo. No le dio tiempo.

—¡Aitana, esta no es tu parada!

Las puertas se cerraron al poner un pie en el asfalto, y ahí fue cuando me di cuenta de que ya estaba llorando. El autobús se marchó y comencé a caminar, pues todavía me quedaban algunas calles para llegar al bloque. Me había bajado una parada antes.

Podría parecer una tontería, pero a mí estas cosas me afectaban muchísimo. ¿Por qué no me lo dijo en el momento y se lo había guardado durante tantos días? Me había comido el tarro durante horas en la recepción del gimnasio intentando entender el motivo por el que no me contestaba al teléfono, los wasaps los respondía de manera escueta y en los pasillos parecía querer evitarme a toda costa. Jamás de los jamases habría pensado que la razón fuera el chico al que le había pedido que me enseñara a entrenar. A ver cómo solucionaba esto ahora.

Apreté los labios tratando de no soltar un sollozo en mitad de la calle. Me di manotazos con enfado tratando de borrar esas lágrimas absurdas que salieron de mis ojos. Por qué sería tan sensible. Aunque del mismo modo que sentía los enfados, también vivía y veía la vida con intensidad. También amaba con mayor magnitud los mínimos detalles.

—Todavía recuerdo tus palabras cuando empezamos a ser amigos. —Y las recitó—: «Perdóname si siento demasiado y te asusto, vecino». —No me sobresalté al escucharlo, porque ya lo había visto antes de bajar del autobús. Como era evidente, no iba a recular por no encontrármelo. Se hizo un silencio—. ¿Qué te ha ocurrido?

—Nada —le respondí tajante.

—Tana…

Detuve mi caminata. Lo miré, sosteniendo con mucha fuerza la mochila con cuatro cosas para pasar el fin de semana, y tuve que tragar saliva. Sus infinitos ojos almendrados eran muy embaucadores, y me pareció maravilloso. Tan maravilloso que no pude más que contemplarlos con fijeza. De repente, recordé que no éramos amigos y que estábamos más que cabreados.

—Habla con mi mano —le dije, alzando la derecha y mostrándole la palma en un gesto muy infantil.

Enarcó las cejas con socarronería y no dudó en pillarme el paso cuando avancé como si fuese el Correcaminos. Nos quedaban cinco calles para llegar a casa.

—Hablaría con tu mano si dejases de coger velocidad. ¿Está esperándote alguien y por eso corres tanto?

—Tengo que prepararme para una competición, chaval —le respondí desinhibida.

Y, en cierto modo, mantener una conversación de ese tipo me hizo recordar los viejos tiempos en los que nos lo pasábamos tan bien picándonos.

Hasta que pasó lo que pasó.

Hasta que todo se volvió más intenso.

Hasta que nuestro primer beso se convirtió en nuestra primera vez.

Hasta que desapareció.

—¿Pensarás, acaso, que tienes probabilidades de vencer a un tal Daniel?

—¡Hombre! ¡Por supuesto! Tengo todas las de ganar —le aseguré con convencimiento, como si así hiciese más fuerte el llamamiento al premio.

—¿Tú has visto a ese tío? —se burló.

Giré la cabeza para mirarlo de manera momentánea. Tenía aquellos hoyuelos tan bonitos perfectamente marcados en el rostro. La emoción me pudo de nuevo, al ser consciente de que bajarme una parada antes de la mía había valido la pena. ¿Era una idiota por perdonar tan rápido? ¿Era estúpida por querer estar bien con él? ¿Era extraño sentir cosquillitas en el estómago? Sí, eso sí que era extraño, pero no quería ponerme a pensar en ello todavía.

Todavía.

—¡Claro que lo he visto! ¡Es un enclenque! Con él no tengo ni para empezar, ¡ojo!, ni para empezar —repetí con ímpetu.

Soltó una carcajada. Había olvidado ese hermoso sonido.

—¿Cuántos días a la semana te dedicas a hacer ejercicio? —Se llevó las manos a los bolsillos en un gesto extremadamente sensual.

Frené en seco, coloqué los brazos en jarra e hice movimientos de izquierda a derecha con la cabeza, como si estuviera pensando.

—Baileteo, bebé. —Su gesto mostró confusión, porque imité a uno de los cantantes reguetoneros—. Cada vez que salgo ejercito mi cuerpo en la pista de baile. ¿Te parece poco?

«Como si salieras todos los días, Aitana». Aparté el pensamiento de mi cabeza con un manotazo seco. Dani dio un paso para estar más cerca, aunque lo cierto era que la distancia que nos separaba era muy pequeña, tan pequeña que no entraban más de dos dedos entre nosotros.

—¿Comprendes que un circuito no es un baileteo, bebé?

La respiración se me cortó. Vislumbré cómo sus labios se acercaban con lentitud hacia los míos mientras formulaba aquella pregunta a la que no estaba segura de si quería contestar. ¿Acababa de llamarme bebé? Sí, eso había hecho exactamente. Tragué saliva con poco disimulo, percibiendo su aroma, ese que calmaba cualquier remolino de agua, cualquier volcán a punto de erupcionar. Vi a cámara lenta cómo sus esponjosos labios se acercaban a los míos y los arropaban con tiento, con mimo, como si de verdad los hubiera echado de menos. ¿Los habría echado de menos?

Esa duda no se resolvió ni en mi cabeza ni en el momento, porque me sobresalté —más bien di un bote gigante— cuando una voz conocida berreó al final de la calle. Tampoco tuve oportunidad de responder a ese juego de palabras que me había parecido de lo más divertido que había hecho en mucho tiempo con un chico. Un chico que era todo un hombre.

Que poseía una voz muy ronca.

Un cuerpo muy grande.

Un aspecto muy sexy.

—¡Tú! ¡Comemierdas! ¡Tú! ¡Sepárate de mi hermana!

Me giré con lentitud, después del susto, como si no pudiera creerme que el que estaba dando voces en mitad de la calle fuese Alan. Sí, sí, correcto, ese capullo arrogante al que no había visto durante las tres últimas semanas.

—¿Qué coño…?

Mi pregunta se quedó en el aire. Cuando quise detener el primer impacto, el puño de Alan ya iba en dirección al pómulo derecho de Dani, quien se había movido dos pasos hacia atrás y había conseguido esquivar el golpe. Abrí los ojos de manera desmesurada, viendo cómo la gente se detenía para cotillear. Como era costumbre en todos los países que conocía del mundo —por la televisión, evidentemente no había salido de España en mi vida—, las personas sacaron sus teléfonos y se dispusieron a grabar una pelea en la que nadie pensaba entrometerse. Nadie excepto yo.

Como Dani había retrocedido, la mirada de mi hermano echaba fuego e intentó golpearlo por segunda vez, sin éxito. No os puedo explicar el orgullo que sentí, porque Dani ya no se dejaba pisotear por nadie. Ya no era aquel niño marginado al que todos le hacían perrerías en el colegio y en el instituto. Ahora sí que respondía a los golpes.

El primer impacto se lo llevó mi hermano cuando Dani lo empujó hacia atrás. Alan trastabilló y aquello desató una furia desmedida en él. Lo justo para que perdiera la poca cordura que le quedaba. O sea, ninguna…

—¡¿Qué mierda haces, Alan?! ¡¡¡Alan!!! —vociferé con los puños apretados a ambos lados del cuerpo, muy cerca de los dos.

Intenté colocarme en medio de ambos. Sin embargo, cuando mi hermano se cegaba, no había nada ni nadie que lo detuviera. Sin importarle que tuviéramos un público gratuito, mi hermano le gritó:

—¡¿Quién te has creído que eres para dejarnos dos tetrabriks de leche en la puerta como si fuéramos unos pobres miserables?!

Sabía que en cuanto se enterase iba a liarse la de San Quintín, porque, como ya os he comentado en alguna ocasión, Alan no asimilaba la situación que vivía. Dani no le respondió con palabras. Eso provocó que, al mismo tiempo que mi hermano le hacía la pregunta, le lanzara un derechazo que consiguió darle en las costillas. Mi casi amigo —porque todavía no habíamos rescatado la relación del todo— no tardó en recuperarse y asestarle un golpe con la cabeza. Como un becerro.

—¡No he hecho nada grave, gilipollas!

El corazón me latía con mucha fuerza, porque no conseguía asimilar el carácter recién descubierto de Dani, ni el arranque de mi hermano, ni que la gente estuviera impasible mientras se daban de hostias. Me temblaban las manos cuando avancé unos pasos hasta ponerme al lado de los dos, que no dejaban de golpearse sin coordinación.

—¡Parad, parad! ¡Por favor, parad! —les pedí un poco histérica.

Había soltado la mochila en el suelo con una rapidez pasmosa, sin acordarme siquiera de que ahí llevaba todas mis pertenencias importantes como las llaves de casa, el poco dinero del autobús y el teléfono. Alan elevó con fuerza el brazo izquierdo y su puño impactó en el mentón de Dani. Cuando vi la sangre en la comisura de su labio, me mareé. Un detalle que aún no os he contado es que normalmente solía desmayarme cuando veía sangre. Me superaba, y en todos mis años no había conseguido afrontar que solo era líquido y no una bomba.

—¡Te voy a matar! —gritó Alan antes de rechinar los dientes.

Y, sin más, los dos terminaron en el suelo golpeándose sin miramientos, rodando y atizándose con bestialidad. Busqué ayuda, pero no llegaba porque todo el mundo continuaba grabando la pelea con sus móviles. Las voces, los insultos y los crujidos debido a los porrazos cada vez eran más sonoros.

—¡¡Por favor, que alguien me ayude!!

No me hicieron ni caso y me brillaron los ojos al ver la poca empatía que tenía la gente con el resto del mundo. Apreté los puños por segunda vez a ambos lados de mi cuerpo, después lo hice con la mandíbula y respiré hondo varias veces antes de decidirme. Si no me ayudaba nadie, lo haría yo sola. Me giré, dispuesta a no fijarme en ningún hilo de sangre. Los dos continuaban insultándose, se habían levantado, y ahora era Alan quien sostenía a Dani de la pechera y lo aprisionaba contra una farola. Los empujones cada vez eran más bestias. Antes de alcanzar la espalda de mi hermano, escuché con claridad que este decía con inquina:

—¡Veo que sigues siendo un capullo!

—¡Y tú sigues siendo el mismo macarra asqueroso de siempre! —escupió Dani.

Sostuve la camiseta de mi hermano, tiré de ella hacia atrás y le supliqué para que no la liase más gorda:

—¡Por Dios, Alan! ¡No ha hecho nada malo! ¡Tienes una jodida vida de pobre! ¡¡Eres pobre!! ¡¿Qué puta parte no entiendes?! ¿Cómo puedes ser tan desagradecido con las personas que solo quieren ayudarnos?

Como siempre, mi boquita no tuvo filtro. Alan, sin soltar su mano izquierda de Dani, me propinó un golpe con la derecha. Ese leñazo fue tan veloz y bruto que me dio en la nariz. Podéis imaginaros lo que sucedió a continuación.

Yo lo oí de fondo. Muy de fondo. Aunque sí que los veía a ralentí. Dani lo insultaba sin filtros y también trataba de arrancarle la cabeza. Alan lo soltaba como si, por un momento, se hubiera dado cuenta de a quién le había pegado sin querer. Di dos pasos atrás. Los pies me pesaban. Me llevé una mano a la nariz y, cuando vi la sangre que brotaba de ella, resultó imposible evitarlo.

Me desmayé.

Y menuda hostia me di.

Era evidente que, cuando desperté, ya estaba en casa. Por supuesto, a los pies de la cama se encontraba mi padre. Ni rastro de mi hermano ni de Dani.

Estaba con las manos sobre el regazo y la cabeza apoyada en el respaldo del pequeño sillón que tenía en una de las esquinas. Mi habitación era muy grande y tenía las paredes pintadas en distintos tonos morados. Me encantaba. El morado combinaba con los muebles de madera blanca. Sí, mi dormitorio continuaba siendo un poco infantil. Estrellitas pegadas en el techo, lucecitas blancas colgadas por aquí y por allá, un gran velador sobre la cama de matrimonio… Sí, esa era otra, cuando cumplí los diez años, me había puesto muy tozuda con que no quería una cama pequeña, con que la mía tenía que ser diferente a la de Alan porque yo era una princesa púrpura.

—¿Papá?

Él movió la cabeza, me miró y fue la primera vez desde hacía mucho tiempo que vi el rostro de un padre. Estaba preocupado y con los ojos cansados. Me di cuenta de que entraba poca luz por la ventana y entonces fui consciente de que ya había anochecido.

—Los niños están en casa de Rosaura. Ha venido su hija y me ha dicho que esta noche iba a comprarles una hamburguesa. —Me dio la sensación de que intentaba explicar el motivo de estar allí. Eso ocasionó que reculase un poquito en su posición de padre—. Alan te ha soltado sobre la cama como si fueses un saco y se ha largado. Casi se lleva la puerta de la entrada como acompañante. A lo mejor necesita buscarse una novia. O una amiga —rectificó, y me reí—. ¿Alguien va a contarme qué ha sucedido?

Aparté las sábanas y las mantas, me llevé las rodillas al pecho y las cogí entre las manos, sin dejar de mirarlo. Decidí que la mentira era algo sin sentido. Que mi padre se hiciera el tonto era una cosa, que lo tomáramos por tonto era otra muy distinta.

—Hace unas semanas me vi en un apuro. Le pedí un cartón de leche a Rosaura, Dani lo debió de ver y nos dejó en la puerta de casa dos tetrabriks. Fue un acto bondadoso. Nada para guardarle un rencor extremo, como el que tiene tu hijo hacia toda la humanidad.

No quiso reflejar su angustia por lo ocurrido; sin embargo, percibí ese dolor desde la distancia. Tan intenso que ardía. Tan amargo que escocía.

—Y supongo que el orgulloso de tu hermano se ha enterado, se lo ha encontrado en la calle y se ha liado la de Dios.

Asentí. Creí que no era necesario dar muchas más explicaciones, ya que él habría visto las condiciones en las que Alan había aparecido en casa. Arrastré el culo por la cama hasta quedarme muy cerca de él. Crucé las piernas en el borde y musité:

—Papá… —Supo lo que iba a preguntarle—. ¿Tú sabes dónde consigue el dinero Alan?

Dudó.

Dudó de una forma que no pude averiguar si su respuesta fue verdadera o solo me lo dijo para calmar mi desazón. Lo cierto es que él siempre entendió mi manera de ver la vida. Era el único que no me juzgaba, que comprendía mis sentimientos. Lo de mi hermano me llevaba por el camino de la amargura, ya que olía que no podía estar metido en algo bueno y me preocupaba en exceso que pudiera ocurrirle algo grave. No podíamos permitirnos ni quería que nos ocurriesen más desgracias familiares. Aunque, a decir verdad, que mi madre se hubiera marchado era lo mejor que nos había pasado en la vida.

—No lo sé, cariño. Imagino que tendrá un trabajo que no nos ha querido contar. Ya sabes cómo es Alan de reservado. —Enmudecí. Nos miramos fijamente, sabiendo el uno y el otro que la verdad estaba incompleta. Me señaló el lugar del golpe por el que me había desmayado y me preguntó—: ¿Qué te ha pasado en la nariz?

Moví los hombros con desinterés.

—Me he golpeado con una farola.

Apretó los labios en un gesto que ocasionó que lo imitara. No se lo tragaba, al igual que yo tampoco me había tragado su contestación en referencia a la fuente de ingresos de mi hermano. Soltamos una carcajada que destensó el ambiente, y me levanté para abrazarlo con amor. Presioné la mano derecha en su cintura, mientras mi mano izquierda acariciaba la mitad de su espalda. Dulce hacía mucho hincapié en que los abrazos que se daban de esa manera significaban que salían del alma. Y yo amaba a mi padre por encima de todo.

—Iré a ver a los pequeños. Me gustaría subir un momento a casa de Dani.

Se separó de mí, sin soltarme y quedándose a una distancia muy corta.

—Hija mía, hace mucho tiempo que no tienes que pedirme permiso para salir. Solo te pido que tengas cuidado.

Me besó la frente, me soltó y se marchó para darme intimidad. No tardé en salir de la habitación. Por supuesto que mi hermano no se encontraba en casa, así que no podía ver el estado en el que había acabado. No demoré mi salida. Me despedí de mi padre, quien se había quedado en el sofá viendo una peli, llegué al rellano y toqué la puerta de la casa de Rosaura.

Los mellizos saltaron eufóricos cuando me vieron, pero enseguida prefirieron la compañía de los nietos de Rosaura y las hamburguesas prometidas a una hermana peñazo a la que solo le apetecía darles besos y abrazos. Me despedí de la vecina con una sonrisa sincera y un agradecimiento infinito. Ella era un claro ejemplo de que sí existían personas buenas en el mundo.

Y, entonces, miré las escaleras como si estuviera viendo al demonio. ¿Debía subir o no? Las dudas me asaltaron, pero empecé a subir los escalones con una seguridad que no sentía. Toqué con los nudillos dos veces a su puerta, tratando que esa debilidad que sentía interiormente no se notara en el gesto. Pensé en la excusa que les daría a los padres de Dani, pero no se me ocurrió ninguna.

Además, la puerta no se abrió.

7

Pulso

Porque mi intento eres tú

El timbre de casa sonó y dejé todos los apósitos de las curas tirados sobre el lavabo. Debía darme tiempo a recoger antes de que mis padres llegaran. Esto solo me ocurría por listo.

—Mierda... —murmuré fastidiado.

No había regresado enseguida a casa una vez que Alan y yo terminamos de golpearnos en medio de la calle. Ni siquiera quería pensar en la cantidad de gente que nos había visto y que más tarde o más temprano se lo comentarían a mis padres. Los mismos que me habían ocultado a ojos de la gente durante dos años debido a mi situación con el resto, cuando me marché a vivir con mi tío, el hermano de mi padre. Reconocí que el último golpe a su hermana me había desquiciado del todo.

Alan y yo siempre nos habíamos llevado un poco mal. No era nada nuevo. Pasaba exactamente igual hacía dos años. Esto fue así desde que éramos bien pequeños: cada vez que me veía jugar con su hermana se lo llevaban los demonios. Nunca logré entender el motivo, tampoco se lo pregunté. Quizá fuera un instinto de sobreprotección hacia ella o quizá simplemente no me tragaba.

Tenía tanta rabia acumulada en el pecho que ni siquiera las dos horas de caminata me habían servido para calmarme. Apreté los puños mientras me dirigía hacia la puerta, con el corazón galopándome vigoroso. El rostro de Alan no se me iba de la cabeza. Las ganas de apuñalarlo tampoco. Y yo no era así.

En el pasillo, me clavé algo en el pie derecho. Iba descalzo y pisé la bola de juguete de Cristal, nuestra gata. No le di una patada, aunque por dentro lo hubiera deseado. Eso se debía a que aquella felina siempre había sido mi fuente de felicidad.

Hasta que llegó Aitana y lo cambió todo.

Cristal fue una sorpresa que me encontré al salir del colegio cuando estaba en cuarto. Siempre recordaré que fue durante un día de esos difíciles de abordar. Y ella fue mi salvación. Esa mañana, me habían pegado más que nunca. Ya no eran solo amenazas, sino que habíamos pasado a la siguiente fase del acoso escolar. Ese día probé el agua del váter, como si eso fuera lo más gracioso del mundo para mis compañeros, aquellos a los que les deseé la muerte en muchas ocasiones.

Ellos fueron los que provocaron que ese día estuviese a punto de tirarme desde el puente más alto de la ciudad, porque ya no soportaba mi vida. Y, entonces, la vi. Sola, abandonada, debajo de un cartón destartalado y muy pequeñita. Enseguida llamó mi atención. Tenía el pelaje blanco y los ojos tan grises como las nubes que había en el cielo ese día. Por primera vez me enamoré. Y digo «por primera vez» porque en casa nunca habíamos tenido animales y tampoco me habían llamado la atención hasta aquel momento.

Si no era capaz de cuidarme a mí mismo, ¿cómo iba a cuidar a una mascota? Pero ese día el destino quiso que mi pensamiento cambiase. Ella fue el motivo por el cual bajé el pie de la roca en la que me había apoyado para saltar, sin pensar en mi familia.

El sonido de alguien tocando la puerta por segunda vez regresó y me alejó de aquellos pensamientos. Me agaché, cogí el juguete y Cristal apareció para que se lo lanzara a la otra punta del pasillo. No me hice de rogar.

Aparté la mirilla, sin poder creerme que la persona que estaba al otro lado fuera la misma por la que tenía la cara hecha un cromo. Suspiré antes de girar la llave. Al soltar el aire, abrí sin pensármelo mucho más, porque lo que me apetecía era esconderme en mi habitación para no tener que verla, por lo menos hasta que estuviese menos cabreado.

Ella no era la culpable del carácter de su hermano, pero no podía evitar pensar que los problemas más gordos que había tenido en mi vida tenían que ver con su presencia. Se encontraba con la mirada gacha, retorciéndose las manos. Noté cierta vergüenza en su actitud. Esa también era una de sus cualidades, la de culparse por los actos de los demás, sobre todo si tenían que ver con su familia.

—¿Qué haces aquí? —le pregunté con tono hosco, sin querer.

No recapacité ni le pedí disculpas, y dejé que el orgullo fuera el que predominara. Elevó la cabeza de golpe y sus mejillas enrojecieron al instante. Ya no sabía si eso había sido provocado por mi manera de hablarle —no solía comportarme así— o si era porque iba descalzo y sin camiseta. Como única prenda me había dejado unos pantalones de deporte, los que llevaba después de salir de la universidad.

—Madre mía… —musitó, ahora mirándome a la cara. El pecho ya me lo había repasado bien—. Estás hecho un cuadro.

Me crucé de brazos, a la defensiva. Observó cómo se me marcaban las venas en los antebrazos. No me pasó desapercibido el movimiento de su garganta al tragar saliva. Acababa de ponerla nerviosa y eso me gustaba mucho.

—¿Vienes aquí para que tu hermano suba y acabemos alguno de los dos con la cabeza abierta? —Mostré en mi semblante el malhumor.

Qué bonita era.

Hasta cuando se ponía de morros por no comprender lo que acababa de soltarle. Sabía que las personas éramos así por naturaleza. Cuando nos gustaba alguien, siempre la cagábamos. A mí Aitana no me gustaba. Me encantaba, que era muy diferente. Había deseado tantísimo arrancármela del pecho que no podía hacerse una mínima idea de lo que había sufrido cuando me marché.

—Pero ¿qué...? —Estaba desubicada. No se esperaba mi pregunta—. ¡Serás sinvergüenza!

Abrí los ojos como platos. Si uno la jodía bien, tranquilos, que ya iba el otro a empeorarlo mucho más:

—¿Vienes a la puta puerta de mi casa a llamarme sinvergüenza? —gruñí y ella apretó los puños enfadada—. ¿En serio, Tana?

¿Podía una mujer ser más sexy con ese rubor en las mejillas? ¿Con esas ganas de escupir veneno? Porque la conocía muy bien y sabía que en tres, dos, uno...

Elevó un dedo en alto, amenazante. Aguanté la risa, pero supe que me había pillado, porque se fijaba mucho cuando se me marcaban los hoyuelos en las mejillas.

—¡Escúchame bien, Daniel! ¡¿Tienes los cojones de decirme que yo he provocado esa pelea en mitad de la calle?! —No le contesté. Puse gesto impasible—. ¡¿Eh?!

Se llevó las manos a la cintura y me dieron ganas de echármela al hombro y demostrarle que el Daniel que se había ido hacía dos años ya no existía, que el que había llegado era un tío arrollador que pensaba ir a por todas, aunque muriera en el intento.

Y mi intento era ella.

Mi prioridad era ella, aunque me arrancase el corazón en el proceso.

Tenía claro que no podía provocarme más dolor del que ya había pasado e iba a demostrarle que valía la pena. Pensaba arreglarlo, porque iba a sincerarme. Consciente de que eso significaban problemas grandes con la misma persona con la que me había dado de hostias en la calle por su puta cabezonería y por dos jodidos cartones de leche. Chasqueé la lengua con chulería, sujeté la puerta y la llevé al límite:

—Adiós, Tana. Paso de discutir.

No se creía que fuese capaz de cerrarle la puerta en las narices. Pues sí. Sí que lo era. El Dani del pasado no lo habría hecho. Ella plantó la mano con brío, evitando que terminara de cerrarse.

Me di la vuelta, sin importarme que viniera detrás de mí, estupefacta. Y sonreí como un canalla. Podía escuchar su respiración agitada desde la distancia. Oía sus pisotones y cómo había cerrado la puerta, quizá pensándose que estaban mis padres en casa.

Cristal apareció en mitad del camino y la muy traidora se puso a su lado, pasando de mí. Fui al baño mientras la oía andar despacio de fondo. Creí que se había tomado su tiempo por si se encontraba a mis progenitores. La saqué de dudas para que pudiera explayarse a gusto:

—No están —le dije desde el baño que había al lado del salón.

La distribución de mi casa era más o menos igual que la suya, solo que con algunas modificaciones que habían hecho mis padres con el tiempo. Cogí los botes y las gasas que necesitaba para desinfectar las heridas. Tenía la ceja con una raja, el labio inflamado con sangre y el pómulo izquierdo estaba adquiriendo un color bastante feo.

—¿Ibas a cerrarme la puerta en las narices? —me preguntó irritada.

La miré a través del espejo del lavabo. Se había vuelto a llevar las manos a esa cintura de avispa que deseaba tocar.

—Iba —le dije, echándome agua oxigenada en la ceja—. Pero has estado rápida y la has parado como Flash. A lo mejor tienes superpoderes y no lo sabes.

Iba a reírme por la comparación con el personaje de DC, pero no me dio tiempo, porque estaba tan agilipollado por su presencia que, como era obvio, se me metió agua oxigenada en el ojo y vi las estrellas.

—¡Serás idiota!

Salté. Salté mucho e hice otros tantos aspavientos con la mano para darme aire.

—¡Me cago en la puta! ¡Joder, joder, joder!

Iba dando bandazos sin fijarme en el sitio al que apuntaban mis manos. Me di un golpetazo en la cintura con el mármol, después en el dedo meñique del pie con el váter y al final acabé chocándome con Aitana. Si no le di un cabezazo fue porque no teníamos la misma altura.

—¡Para, para, bruto! —Noté sus manos frías en mis antebrazos y el estómago se me agitó—. Dulce diría que a esto se le llama karma. Ven aquí, listillo.

Tiró de mí, pero yo continuaba quejándome y maldiciendo por lo bajo —más alto que bajo—. Me empujó la nuca hacia abajo y agaché la cabeza hasta que casi toqué el lavabo con la frente.

—¿Karma por qué? —la interrogué.

—¿Por cerrarme la puerta e ignorarme? —¡Plas! Me echó agua con mala leche—. Por no mencionar lo mal que me has hablado. —¡Plas!—... Y lo que has dado a entender, ¡por supuesto!

¡Plas! Otro chorretazo de agua que casi me perfora el parpado y me deja ciego. Me la imaginé haciendo unos gestos muy pronunciados mientras intentaba quitarme el agua oxigenada a lo burro.

—¡Oye! ¡Que no me estás aliviando nada! —me quejé e intenté levantar la cabeza.

No me dejó. Apretó y continuó:

—¿Quieres que se te quede un ojo de cada color?

Los abrí con esfuerzo y la miré desde abajo. La cadena de oro con una pequeña cruz de Caravaca que me pendía del cuello resonó contra el filo del lavabo.

—¡Eso te lo has inventado!

Me imaginé con la cara empapada, las gotas chorreándome sin compasión y aquel rostro amoratado a lo Picasso que me había regalado el cabrón del hermano de la chica que tenía enfrente... Y de quien estaba enamorado hasta las trancas.

—¿Inventado? —Me soltó, pero pensé que me estampaba la cabeza contra el mármol—. ¿Tú sabías que antes nos teníamos el pelo en casa de rubio con el agua oxigenada sin que se enteraran nuestros padres?

—Tana, eso es tan antiguo como hacerse un *piercing* en la oreja con una patata detrás.

—Pero ¿se hacía o no? ¿Eh?

Cada vez que soltaba ese «eh» lo acompañaba con un golpe seco de cabeza. ¿Podría ser más salvaje? No, pero era una diosa salvaje preciosa. Entrecerré los ojos y ella dio un paso atrás, pero cuando se dio cuenta de que ese gesto solo lo hacía para intimidarla, se envalentonó. Adelantó un pie, elevó mucho la barbilla, como si quisiera llegar a mi altura, y enarcó una ceja. No tardó en soltar lo que pensaba, sin haberme dejado decir ni pío:

—¿Tú de qué vas, chulo? ¿Después de dos años, vienes en plan dios? —Chasqueó los dedos en el aire con chulería—. A mí no me intimidas, que te quede claro.

Lo dijo con la boca pequeña. Di otro paso y me quedé muy cerca. Si me acercaba un poco más y me agachaba, podría besar aquellos labios que probé en una sola ocasión. Los labios con los que había soñado todas las noches. También por los que había llorado innumerables veces.

—¿Segura?

Avanzó medio paso, valiente.

—Tan segura como que, si te pasas un pelo, te golpeo la otra mejilla para que se te ponga igual de morada —soltó con brutalidad.

Ahora me moví yo.

—No tienes narices para hacerlo, chulangana.

Mi rostro cada vez estaba más cerca del suyo.

Sin dejar de mirarnos el uno al otro.

Nuestras respiraciones, acompasadas al mismo ritmo.

La tensión era tan palpable que casi podía cortarse.

—Siéntate ahí —señaló el sofá a su espalda con tono ronco—, que te vas a enterar de lo que vale un peine.

Era un pulso. Y la ganadora había sido ella desde el primer momento que había puesto un pie en mi casa. Los dos nos quedamos bloqueados, a muy corta distancia, mirándonos en exceso, como si quisiéramos grabar a fuego nuestras facciones sin acariciarlas. Deseaba tocarla con toda mi alma. Aprecié su respiración agitada por el escote de la camiseta. Lo estaba mirando sin ser muy descarado. Mi pecho también estaba acelerado, y ella tuvo que verlo mejor que yo, pues seguía sin camiseta.

—¿Cuánto vale un peine, Tana? —Mi tono fue ronco, más de lo habitual, y tan lejano que me perdí en una vorágine de sensaciones que me tenían borracho.

Me alborotaba su sola presencia. ¿Era eso posible?

Sí, lo era.

Miró alternativamente mis labios y mis ojos, indecisa de cómo acortar ese escaso centímetro de distancia que nos separaba. Yo ya estaba dispuesto a rendirme a sus pies. A besarla hasta desfallecer si era necesario. Sin embargo, ese momento mágico e inusual que habíamos creado se rompió en un segundo. Apartó la mirada, carraspeó y me dijo:

—Siéntate, Sandokán, que voy a por el material de enfermería.

Regresó su distendida manera de hablar, una como otra cualquiera de disimular la tensión que seguía creciendo. Por fin, avancé hasta el sofá, que estaba a tres pasos. La vi desaparecer en el baño en busca de los cachivaches necesarios y escuché cómo revolvía todo. Me senté. No había otro remedio.

No tardó en colocarse delante de mí. Me observaba de reojo sin mirarme directamente. Lo único que significaba eso era que sentía una profunda vergüenza por lo que había ocurrido instantes antes. La tensión era evidente y ninguno de los dos podíamos evitarla. O tal vez no deseábamos evitarla.

Vertió un buen chorro de suero en un algodón antes de plantármelo en la ceja. Lo hizo con un golpe seco y a lo bruto... Entonces contuve una carcajada, porque parecía sacada de la Edad Media y no de aquella época en la que éramos de mantequilla. No tardé más de dos segundos en quejarme para armonizar la situación.

—¿Te recuerdo que tengo la ceja *casi* partida? —exageré, porque en realidad solo tenía una rajita.

Sus ojos marrones se clavaron en los míos. Era sumamente hermosa. El pelo lo llevaba alborotado, como de costumbre, suelto hasta la cintura y sujeto con una enorme pinza. Aitana tenía una buena estatura. No se me daba bien calcular, pero mediría casi un metro setenta. Me encantaba su estilo a la hora de vestir. Los vaqueros, las camisetas sencillas y las deportivas. Nunca la había visto con tacones. Y todos sabemos que con dieciocho años eres de todo menos una persona sencilla.

Las chicas que había conocido buscaban ser coquetas, las más guapas, las más inteligentes, las más, las más... Y se olvidaban de ser ellas mismas. Admití que mi cambio me había dado la oportunidad de abrirme a aquellas posibilidades que se me habían negado en un pasado. Un pasado en el que había estado más solo que la una.

—¿Te recuerdo que si no la desinfecto, lo mismo te quedas sin ojo? —Igualó mi tono quejicoso.

Guiñé mucho el herido y abrí el otro.

—¿Crees que estaría atractivo con un parche?

Dejó de dar toquecitos con el algodón. Lo depositó a un lado y agarró el Betadine.

—¿Como si fueras un pirata, a lo Jack Sparrow?*

Moví las manos en señal de que sí. Y, como si el destino estuviera ahí para empujarnos, Cristal apareció entre nuestros pies para sobarse con una de las piernas de Aitana. Traté de decirle que se marchara, pero la gata comenzó a dar vueltas en círculos alrededor de sus tobillos.

—¡Cristal! ¡Ven aquí! —la llamé con tono autoritario.

Ese tono se perdió en el aire cuando Aitana perdió el equilibrio y cayó sobre mí. Ella no pudo evitar un grito leve...

Me quedé sin respiración.

Mis manos actuaron rápido y la sostuve de la cintura. Se había quedado de lado, como si fuera una de esas princesas de cuento. Para mí, lo era. Después del gritito asustado, elevó la barbilla y sus labios quedaron tan cerca de los míos que me costó respirar. Sentí que mi pecho iba desacompasado, que el corazón tenía ganas de largarse de allí y que mi garganta se cerraba con ímpetu. ¿Cómo podía ser tan bella?

Ni siquiera supe qué decirle. Los dos nos miramos como si el mundo se hubiera detenido. Tragué saliva, porque notaba mi entrepierna apretada. Maldita sea. Eso solo podía significar una cosa, y no sabía si ella estaba preparada para cruzar esa línea por segunda vez.

No quería recordar la primera. Fue un desastre.

La Aitana que dejé atrás con todo el pesar del mundo hacía dos años había cambiado tanto que en algunos aspectos no la reconocía. Después estaban los ínfimos detalles que persistían. Entreabrió los labios, con la respiración agitada y las manos apoyadas en mi pecho desnudo. La situación era, cuando menos, surrealista. Y, como siempre en estos casos, solo se me ocurrió soltar una gilipollez:

—Entonces ¿crees que me quedaría bien el parche?

Mi timbre de voz fue muy bajo.

---

* Personaje de ficción de la saga cinematográfica Piratas del Caribe, de Disney.

Muy ronco.

Muy delirante. Porque eso era lo que ella me provocaba: delirio.

Aquellos ojos penetrantes aún seguían clavados en mí, y tragó saliva antes de contestarme:

—Te quedaría bien hasta una bolsa de basura en la cabeza, Daniel.

No puedo describir qué me llevó actuar de aquella forma. A lo mejor fue cómo pronunció mi nombre sin ningún diminutivo. Era muy raro que me llamara Daniel si no estaba cabreada.

Y aquel tono no era de cabreo.

Apreté una mano firmemente en su cintura y la otra la subí a la velocidad del rayo hasta su nuca. Sin embargo, antes de apoderarme de aquellos labios ansiados, locos y voluptuosos, quise asegurarme:

—¿Qué pasaría si te besara, Tana?

Los tenía a menos de un centímetro. Ni siquiera el aire era capaz de separarnos. El pecho de Aitana cada vez se movía más agitado. Creí incluso escuchar los latidos de su corazón. Desbocados. Hambrientos... Como los míos.

Sentí su aliento en mi boca y un mareo se apoderó de mis sentidos. La tenía tan cerca que iba a poder besarla de nuevo. Notaba la excitación de su cuerpo, cómo apretaba los muslos para apaciguar la quemazón que seguro estaba sintiendo entre las piernas. Cómo clavaba los dedos en mi pecho de manera disimulada.

La tensión iba a matarnos a los dos. Su labio inferior tembló y, cuando su mano izquierda subió hasta mi nuca, comprendí que tras ese beso nada podría detenernos hasta que acabáramos en mi habitación.

Hasta que nos quemáramos.

Hasta que apagáramos la hoguera.

Hasta que termináramos extasiados.

Porque esa vez sería diferente.

Pero ese momento se interrumpió cuando sonó la cerradura de la puerta de casa. Aitana dio un salto mortal para quitarse de encima de mis piernas, yo me coloqué el miembro, que pedía a gritos ser liberado y que me iba a reventar los pantalones... y al fondo del pasillo las voces de mis padres acabaron con la magia.

No sabía si reír o llorar.

8

Descubrimiento

El destino no nos tiene que importar

En una situación normal me habría desmayado de los nervios. O, en caso de ser fumadora, me habría cascado casi una cajetilla de tabaco entre pecho y espalda.

Ahí me encontraba yo, hablando como si no hubiera ocurrido nada con Laura y Antonio, los padres de Dani, mientras este se había escondido como una rata callejera en el dormitorio. Los coloretes me llegaban hasta la coronilla, que ya era decir. Apenas podía disimular el temblor de las manos y las piernas.

—¿Quieres algo de beber? —me preguntó Antonio, tan amable como de costumbre.

Siempre lo había visto como un buen hombre. De hecho, en el barrio lo amaban porque era el primero en organizar campañas para beneficiar a la barriada. Miraba por los vecinos y estaba dispuesto a echar un cable, pese a trabajar horas y horas en su tienda de bicicletas. Todo en compañía de su mujer, que era igual de querida.

Era tan alto como Dani, corpulento, con algunas entradas en el pelo y un rostro redondito y muy agradable. Solo tenías que mirarlo para saber que era una bellísima persona, campechano y sin alardes de grandeza.

—No, gracias. —Les sonreí. Lo cierto era que tenía la garganta seca—. ¿Cómo os va la tienda? —me interesé y me senté en el mismo sofá en el que había estado segundos antes, porque Laura me indicó cariñosa que me pusiese cómoda.

Aquella mujer era una dulzura. La típica madre que cuida de su casa, sin desatenderse ella misma, aunque un poco reservada y anticuada. Eso no le restaba puntos. Era un poquito más baja que yo y solía vestir con colores vivos, casi siempre con faldas o vestidos. Rara vez se ponía un pantalón. Su chaqueta, echada sobre los hombros, también la acompañaba a todas partes. De los dos, Dani había sacado más similitudes con Laura, como por ejemplo los ojos almendrados y el pelo castaño.

Me persigné mentalmente al imaginarme lo que habría ocurrido de no ser por la aparición de Laura y Antonio. No solo había visto el deseo en los ojos de Dani, sino que creí sentir un destello inhumano en los míos. ¿Se podía desear a alguien con tanta fuerza? Sí, sí, ya os digo yo que era posible.

Notaba esa leve quemazón entre las piernas, esa que hablaba de asuntos inacabados. Mis experiencias con el sexo habían sido un tanto nefastas. Si sabía lo que era un orgasmo, había sido gracias a mí y al descubrimiento de proporcionarme placer en solitario. Como consejo, nunca pretendáis que otro u otra os enseñe lo que es disfrutar. Quizá os paséis toda la vida esperando la maravillosa experiencia de un orgasmo.

Eso lo aprendí la segunda vez que me lo monté con un tío. Él terminó en cero coma y yo me quedé pensando que si el sexo era eso… Para mí había sido un aburrimiento y no entendía por qué le gustaba tanto a la gente. Cuando me masturbé esa noche por primera vez, descubrí América —y a los americanos, casi—. Desde ahí, supe que si no era yo la que buscaba su propio placer cuando estaba con un chico, lo más probable sería que el chaval en cuestión no lograse dármelo, a no ser que tuviera un mínimo de experiencia o, en el mejor de los casos, que se interesara un pelín por satisfacerme. Esos casos eran prácticamente inexistentes.

—Bien. No igual que antes, porque ya sabes cómo está todo con la porquería de los patinetes eléctricos.

—Encima se creen los dueños del barrio —apuntó Antonio—. ¡Qué narices! ¡Del barrio y de la ciudad!

Me había despistado momentáneamente y no sabía de qué me hablaba Laura. Recordé que le había preguntado por la tienda, y, claro, los patinetes eran una competencia pura para las bicicletas. Que se lo dijeran a Maca, que era la chica sin ley. Asentí, para que no advirtieran que estaba en las nubes o más bien fantaseando con la cantidad de posturas que podría hacer con su hijo. Sonreí con complicidad y añadí:

—Si os sirve de consuelo, yo soy más de bicis. A los mellizos les encantan.

Milo y Alex no habían tenido oportunidad de montar en bici muchas veces, tan solo cuando mi padre trajo una que se encontró abandonada al lado de un contenedor cercano a casa. Claro, había un motivo de peso: la cadena estaba rota. Trató de arreglarla varias veces, pero no hubo manera de dejarla en condiciones.

Antonio me palmeó el hombro con cariño antes de entrar en el baño. Entonces reparó en todos los artilugios de curas que había repartidos por la mesita de mi derecha, al lado de la lámpara. No lo habían visto porque Dani se había metido en la habitación corriendo con la excusa de que iba a cambiarse de ropa. La sonrisilla de los dos me puso muy colorada.

—Me alegro, Aitana. —Alargó la mano para coger un paquete de gasas—. ¿Ha ocurrido algo?

Sellé los labios, los fruncí y no supe qué decir. No me correspondía a mí contarles la verdad, ¿o sí?

—Pues...

Ambos me prestaron suma atención. Dani apareció como si fuera un salvador, colocándose una camiseta de manga larga blanca. Estaba guapísimo con aquellos vaqueros ajustados y una chaqueta *sport* muy de moda en aquel momento. Soltó la chaqueta y se bajó la camiseta con la otra mano. Antes de que llegase a ponérsela del todo, atisbé que tenía un gran cardenal en las costillas. «Maldito Alan».

—Controversia de opiniones. —Dani me miró—. ¿Nos vamos?

—¡Daniel! —Laura se alarmó, evidentemente. Su hijo tenía un aspecto regular. Corrió hacia él, y este puso cara de circunstancia—. ¡Madre mía! ¡Que te han dado una paliza!

Dani sujetó las muñecas de su madre, las cuales ya le tocaban con cuidado las mejillas para ir recorriendo las señales de la pelea.

—¡No me han dado una paliza! —contestó ofendido.

Antonio soltó el paquete de gasas sobre la mesa, de un golpe seco, y se acercó a él.

—¿Has visto cómo llevas la cara, hijo?

Me levanté de un salto, busqué la atención de Dani y sus ojos se cruzaron con los míos. Moví el cuello como si me hubiera dado un tic, indicándole que era hora de inventarse algo poco ingenioso y largarnos a la carrera.

—¡Mamá, por favor! —se exasperó él, cuando Laura lo estaba toqueteando cada vez con más saña en los porrazos.

En realidad se estaba comportando como una buena madre, quería que le doliese de verdad para que se lo pensara antes de pelearse de nuevo. Contuve una risotada por el acorralamiento.

—Daniel… —El tono de Antonio era de advertencia, pero su hijo lo cortó antes de que continuara:

—Tengo que marcharme. Luego hablamos, ¿vale?

—¡¿Cómo que luego hablamos?! —se alarmó Laura.

—Esto no puede seguir así, Daniel —le advirtió su padre, ahora cabreado.

Un momento. ¿Cómo que no podía seguir así? ¿A qué se refería con eso? Dani palmeó para que su madre lo soltara, los tres hablaban y se pisaban, y Cristal regresó a mis pies para que la sobeteara. La muy bandida sabía cuándo aparecer. Me agaché y metí los dedos en la masa de pelo. Qué esponjoso.

—¡Papá, ya! —Dani lo detuvo.

No pude evitar mostrarme más atenta.

—¿Ves normal que vengas amoratado cada dos por tres? ¡Te ocultamos de la sociedad cuando te marchaste con tu tío y…!

«Así que se marchó con su tío…». Ahora entendía el motivo de los padres de Dani al no decirme dónde se encontraba. Ahora sabía por qué no lo había visto en dos años.

—¡Papá!

—Tu padre lleva razón.

Elevé la barbilla y me encontré con los ojos de Dani.

Laura había apartado sus manos de él y ahora estaba cruzada de brazos, en esa postura que tanto me gustaba. ¿Por qué llegaba a casa amoratado? La pregunta se fue dibujando en mi cabeza y de momento no tenía respuesta.

—Tana, vámonos. Llegamos tarde —sentenció malhumorado.

El Dani que desconocía había regresado otra vez. Sus padres continuaban con la bronca en todo su auge, pero él los ignoró y se encaminó hacia la salida. Dejé de sobetear a Cristal con pesar, me puse de pie y caminé detrás de él, despidiéndome con un pequeñísimo «Adiós», sin atreverme a mirarlos.

Al salir de su casa, cerré la puerta mientras los seguía oyendo de fondo. Dani ya no estaba ni en el rellano. Descendí los primeros escalones, asomé la cabeza y lo vi esperando el ascensor en la siguiente planta, como si nadie fuera a encontrarlo allí.

Ya no había rastro de mi enfado. Me metí las manos en los bolsillos del pantalón, me detuve a su derecha y él mantuvo la mirada al frente, hacia la puerta gris oscura. Su ceño estaba fruncido, tremendamente atractivo. Dani estaba siendo un completo descubrimiento para mí. Por lo menos para mi yo de ahora.

—Pues, bueno —dije al aire—. Aquí vamos a coger el ascensor y, aunque no sé si puedo hablarte, ¿tengo que irme contigo o me quedo en casa?

Se dio la vuelta muy despacio. Me contempló largo y tendido.

—Tú siempre puedes hablarme. —Volvió a mirar el ascensor—. Vamos a dar una vuelta.

Fue tajante, y me guardé los comentarios inoportunos para más tarde, así como la retahíla de preguntas amontonadas en la cabeza. El teléfono me vibró en el bolsillo. Mi padre siempre decía que no podía entender la manía que teníamos los jóvenes de llevar el móvil en silencio o no coger las llamadas y, sin embargo, estar siempre en línea con el WhatsApp. Lo saqué, vi que era el grupo de las chicas y también me percaté de que tenía como cinco wasaps de Maca.

Me entristecía y me cabreaba a partes iguales pensar que habíamos estado tirantes por una tontería… Por un tío. Durante el fin de semana meditaría sobre lo que nos había pasado y trataría de aplacar la furia y el arroyo de emociones encontradas que estaba viviendo.

El sonido del ascensor nos indicó que había llegado a su destino. Nos metimos dentro en silencio. Sin embargo, en vez de bajar, subió hasta la novena planta. Qué rabia me daba.

Allí vivían dos familias numerosas; una de ellas, para que os hagáis una idea, estaba formada por unas trece personas. Cuando las puertas se abrieron, apareció una de esas familias al completo. Dani y yo nos miramos. Ellos nos miraron. El ascensor era grande, pero…

—Empuja, empuja, que cabemos —aseguró el anciano que los acompañaba.

No sería yo la que pusiera en duda a un señor de doscientos años. Me arrinconé en una esquina, y a Dani no le quedó más remedio que echarse casi sobre mí. Aguanté la risa porque la familia empujaba mucho. Estábamos como sardinas en lata, y mi amigo de peleas —léase con tono bromista— soltó un suspiro que me despeinó.

Yo aproveché ese momento para mirar hacia arriba y embobarme un poco más con su atractivo. Tenía el mentón fuerte, despoblado de barba y con un aspecto que me llamaba como el canto de una sirena. Deseaba tocarlo. Sentir su piel, saber si pinchaba. Besarlo como habría hecho de no ser porque Antonio y Laura hubiesen aparecido de la nada. ¿Podías enamorarte de una persona sin darte cuenta? ¿O quizá ya estaba enamorada cuando nos separamos hacía dos años y ese fuego se había avivado al verlo de nuevo?

Me encontraba embelesada admirando cada facción, cada línea, cada movimiento de sus ojos…, escuchaba las voces de nuestros acompañantes en el ascensor en la lejanía, como si el mundo se hubiera detenido y solo estuviéramos los dos solos allí. Escondidos del mundo.

Y sentí que el corazón me latía tan fuerte en el pecho que me dio miedo.

Mucho miedo.

Tan atontada estaba que no me di cuenta de en qué momento me había pillado observándolo, atenta. Sus ojos acaramelados estaban clavados en los míos. Me puse roja, siempre me pasaba. Esa burbuja que yo misma me había creado se reventó, y allí estábamos, siendo protagonistas de un descenso interminable.

—¿Tengo algún grano en la cara?

La risotada fue espontánea, pero es que la suya fue tremenda. Me había cazado de lleno. Aun así, Dani no había perdido esa cualidad de hacerme reír. Me enseñó aquella hilera de dientes perfectos y blancos con tanta sinceridad que me reí con mucha más fuerza.

Puede que fueran los nervios.

Puede que fueran las sonrisas bonitas.

Los vecinos nos miraban de manera rara cuando el sonido del ascensor indicó que habíamos llegado a la planta baja. Dani no dudó en enlazar una mano con la mía y tirar de ella para arrastrarme a la calle entre carreras y risas. El aire fresquito me dio en las narices cuando salimos del portal. Eso me hizo arrepentirme de no haberme puesto una chaqueta como él.

—¿Adónde vamos? —le pregunté, todavía sin que me hubiera soltado.

Se colocó a mi lado.

—Estoy esperando a que me digas lo del grano. No sé por qué te ha hecho tanta gracia —me soltó de sopetón.

Intentó mantenerse sereno, pero en sus hoyuelos adiviné que deseaba explotar porque le encantaba reírse de esas tonterías tan cotidianas. Al final ganó nuestra tontuna, como de costumbre.

—Estaba mirando a ver si te habían salido canas ya.

—¿Lo haces para meterte conmigo?

Me guio calle arriba. Chasqueé la lengua.

—Me has pillado.

—¿Te recuerdo que tenemos la misma edad?

—De eso nada. Tú has nacido una semana antes.

—Dale gracias a que el tuyo es el dieciséis, que si llega a ser el veinticinco… —Me observó con gracia—. No te digo la que te hubiera caído.

Puso los ojos en blanco y reí. Me alegré porque había logrado despistarlo. Dani había nacido el once de diciembre y yo el dieciséis del mismo mes. ¿Casualidad? Dulce diría que no.

—¿Vas a decirme adónde vamos? —le pregunté curiosa.

—Vamos a por la moto. ¿Te dan miedo las motos, Tana?

Sus ojos brillantes me buscaron. Le iba a responder que mi hermano tenía moto y que no me había quedado más remedio que montar con él muchas veces, pero preferí no decir nada para no liarla parda. Durante el trayecto hablamos de temas banales, aunque el principal fue cómo nos iba a ambos en las clases.

La moto estaba en la calle donde me había bajado al llegar de la uni.

—¿Por qué no has dejado la moto en el garaje? —Ya sabía yo que mi boca no era capaz de mantenerse cerrada.

No me miró, sino que se agachó para quitarle el candado de cadena.

—Estaba por aquí. —Movió los hombros con desinterés—. Te vi —me miró, abriendo el baúl para sacar los cascos— y pensé que era buena opción darte por saco.

Aguanté una sonrisilla. Lo que realmente me interesaba saber era por qué me había seguido después. Acepté el casco y nuestros dedos se rozaron. Ese contacto fue suficiente para que los dos miráramos hacia abajo, como si fuera un hecho insólito rozarse con alguien. ¿Qué estaba ocurriendo?

—Que sepas que sí tienes granos. Un montón —recalqué de mentira.

Él sonrió como si con eso hubiera captado la indirecta de que le estaba observando detenidamente. Aparté la mirada durante un segundo, quizá me dio mucha vergüenza cómo me estaba analizando. No lo hacía de cualquier forma. Me miraba con deseo, con ganas, con anhelo. Recordé de manera fugaz el casi beso que nos habíamos dado en su casa. Sentí que los coloretes me llegaban hasta las orejas.

—¿Te apetece un bocadillo de tortilla para cenar?

No sabía muy bien cómo decirle que no podía permitirme ese bocadillo. Carraspeé.

—No. Ahora mismo no tengo hambre, pero gracias. ¿Vas a decirme adónde vamos, después de que compres tu bocadillo de tortilla? —Quise dejarle claro que, aunque yo no cenara, no era necesario que hiciera lo mismo.

Yo lo haría en cuanto llegara a casa. No me contestó y sonrió triste antes de colocarse el casco. Extendió una mano hacia la moto y se montó. Lo imité y apoyé una mano en su hombro. Cuando el cuero del asiento hizo contacto con mi entrepierna, me puse un poco nerviosa. Todo empeoró cuando arrancó y, al darle gas a la moto, mis tetas impactaron contra su espalda y mi barbilla quedó muy cerca de uno de sus fuertes hombros. Cerré los ojos para deleitarme con el aroma que desprendía.

Fueron los quince minutos más maravillosos de todo el día. Me concedí el momento de poner la cabeza recta, seguir con los ojos cerrados y dejar que el aire me golpease con violencia en el cuerpo. ¿Por qué me sentía tan feliz estando con Dani? ¿Cómo no me había dado cuenta antes?

Se detuvo en una calle, donde supuse que hacían aquellos bocadillos de tortilla de los que hablaba. Se bajó de la moto, pero no me pidió que yo lo hiciera. Colocó la pata de cabra para asegurarla mientras yo lo observaba, sin quitarme el casco. Elevó un dedo en el aire y me solicitó:

—Dame cinco minutos, que me desmayo de hambre.

Sonreí, aunque no lo vio. Había un montón de gente en la entrada, y, para mi asombro y satisfacción, Dani entró en ese local de barrio saludando hasta a la última persona. Todos lo conocían. Me emocioné hasta tal punto que no estaba segura de poder contener las lágrimas. Las mantuve a raya, aunque en realidad lo que deseaba con todas mis ganas era dejarlas salir. Me perdí observando el ambiente, a los chavales que andaban de un lado para otro, y entonces me fijé en una de las esquinas de un parque gigante que había a la derecha. Había muchachos y muchachas fumando marihuana, con litronas en el suelo, riendo muy fuerte y hablándose muy mal. «Típico de todos los adolescentes de ahora», habría dicho mi padre. Y era cierto. No era necesario insultarse para ser más guay que el otro, aunque en esas edades era difícil de entender. A mí no me había costado comprenderlo porque nunca había tenido la necesidad de sentirme superior a ninguna de mis amigas.

Oí el nombre de Dani en la boca de alguien de la entrada del local de los bocatas y comprobé que había tardado muy poco en salir. En ese instante, aparcó un coche delante de mí, con la música a todo volumen y las ventanillas bajadas. No era la típica canción house que reventaba cristales.

Era una canción que provocó que lo mirase, ensimismada.

Como si el destino nos la hubiera puesto aposta.

Y Dani también se quedó estático, de pie, en la entrada del local, mirándome.

«Cómo mirarte», de Sebastián Yatra, me erizó la piel de una manera tan arrolladora que el frío se instaló en todas mis terminaciones nerviosas al escuchar que cuando se amaba no existía el tiempo. Que no era el final del cuento. ¿Nunca había sido el final del nuestro?, ¿de verdad el destino no podía separarnos? Lloré sin disimulo cuando los ojos de Dani profundizaron en mí, como si hubiera querido transmitirme aquellas letras. Como si estuvieran hablando sus sentimientos. ¿Era una señal? Ahora sí que tenía que hablar urgentemente con Dulce. Dani saludó rápido a un colega que entraba al local y se acercó a la moto con gesto confuso. Yo quise morirme, porque no quería que me viera llorar. Tenía que ser rápida y retirar todo rastro de lágrimas cuando desmontáramos los dos de la moto. Me tragué el nudo que tenía en la garganta, como el que se bebía un vaso de yeso.

No dijo nada.

Solo me miró con los labios fruncidos y con los ojos muy brillantes. Estiró la mano en la que llevaba la bolsa, rompiendo la tensión del momento.

—¿Sujetas la cena?

Lo seguí, por supuesto. Porque así éramos nosotros.

—¡Sí, hombre! A ver si te piensas que vengo de perchero.

—Anda, no esperaba menos de ti. No creas que le regalo a nadie un viaje en moto.

—¿No tendrás pensado soltarme aquí si no la agarro? —le pregunté con sorna.

—Por supuesto. O coges la bolsa o a patita para casa. Tú eliges.

Cualquiera que nos oyera… Lo miré como si me hubiera afectado muchísimo.

—Que sepas —levanté un dedo con gracia—, que voy a cogerla porque huele bien. No por tus amenazas, que me importan un pimiento.

Soltó una carcajada. Lo seguí, como era obvio. Le quité la bolsa de las manos, y se colocó el casco diciendo palabras que no oí porque fueron aplacadas por el movimiento de sus manos al ponérselo y por soniditos que yo hacía, dándole a entender que no me importaba lo que dijera, que no lo escuchaba. Como si fuéramos dos niños de cinco años peleando por unos juguetes. Mientras, el tío del coche parecía que tenía ganas de escuchar la canción en bucle.

Entonces miré la bolsa.

Había dos bocadillos, un par de refrescos y un montón de guarrerías. Patatas, chuches y mucho más.

Ese era Dani.

9

Miedo

Sentimiento que experimentas cuando algo sale regular

Miré a ambos lados del monte sin comprender qué hacíamos allí. Estábamos apartados de la civilización, sin luz, con la moto como única compañía y algunos personajillos de dudosa legalidad a nuestro alrededor. Lo corroboraban las jeringas que portaban en las manos. Busqué a Dani. Estaba asustada, aunque intentara no demostrarlo. De soslayo contemplé cómo saludaba a alguno de los yonquis que se apartaban en un lateral de la arboleda. Agarré la bolsa de papel con más fuerza, como si aquello pudiera salvarme de una fatídica muerte. Estaba volviéndome más dramática que Noe. Y eso era mucho decir. Nos encontrábamos en una montaña y debajo había un gran socavón de tierra. Era un solar en el que todavía no habían edificado, pues varias pancartas con el cartel de «Se vende» se encontraban repartidas por todo el recinto. Entonces reparé en lo que había en el centro de aquel descampado de tierra.

Era un jodido *ring*.

Un cuadrilátero en el que dos tíos se daban de hostias como salvajes mientras el público los rodeaba para ver quién era el ganador. Atisbé desde la distancia cómo asomaban los billetes por encima de las cabezas, pidiendo a gritos elevar las apuestas. Me giré de manera brusca hacia Dani, con el corazón palpitándome muy fuerte en el pecho y los nervios a flor de piel. ¿Adónde me había llevado el condenado?

—Daniel. —Mi tono de alarma fue inevitable. Me pareció escuchar el crujido de una nariz, viva la exageración—. ¿A esto lo llamas tener una cita?

No tengo ni idea del motivo por el cual aquella pregunta salió de mi bocaza, pero la hice. Dejó de hablar con la persona con la que había entablado una conversación. No sabía cuánto iba a tardar en desmayarme.

—¿Consideras que esto es una cita? —me preguntó con cierta gracia.

Moví los hombros con desinterés, o más bien cuestionándolo, porque no lo tenía muy claro.

—No lo sé. Te he dicho que no tenía ganas de cenar y me has comprado un bocadillo. —Moví la bolsa en el aire—. Pero ahora lo miro desde otra perspectiva. —Observé el descampado—. Hay una mínima posibilidad de que quieras asesinarme.

Se acercó a mí con una sonrisa en los labios y esos hoyuelos pretenciosos muy marcados. Sentí una de sus manos en la parte baja de la espalda. Me empujó hacia delante, hacia el borde del abismo. ¿Para qué quería que estuviera tan cerca?

—En ese caso, siéntate, vamos a cenar y así te asesino con la barriga llena.

Lo miré fatal.

—Daniel —lo advertí—. Cero gracia. Cero patatero.

Me quitó la bolsa de las manos y sacó los dos bocadillos. Sin prestarme mucha atención, me tendió uno y el otro lo depositó sobre sus rodillas. Le di las gracias con un tono muy bajito. Me daba bastante vergüenza, pero era una tontería negar que estaba deseando comérmelo. Sacó también dos Coca-Colas y una bolsa de patatas.

Lo contemplé durante mucho rato, esperando una respuesta que tardaba en salir. No comprendía si lo hacía por hacerse el interesante o porque no sabía cómo comenzar la conversación. Imaginé que sería por lo segundo.

Mientras tanto, desenvolví el bocadillo y oí de fondo cómo él abría la lata. No me demoré más en hincarle el diente. Con el primer mordisco, rememoré cuando mi padre también acudía al mismo local cuando Alan y yo éramos muy pequeños. Los mellizos aún no habían nacido. Era uno de los sitios más famosos de la ciudad, no solo por lo buena que estaba la comida, sino por el precio que tenía. Sobre todo si eras joven y llevabas la cartera un poco pelada.

Lo saboreé con una gratitud infinita. Para mí, aquel simple detalle era grandioso y un manjar que no podíamos permitirnos en casa. Sin embargo, no lo disfrutaría todo lo que había pensado en un primer momento.

Dani abrió la boca, y supe por su tono que la conversación iba a ser amarga.

—Voy a contarte por qué me fui.

El bocata se me resbaló un poquito de las manos, aunque lo sostuve.

—¿Te refieres a por qué te fuiste hace dos años?

Flexionó las rodillas y mantuvo la mirada al frente. Y, como si el Dani de siempre hubiera regresado, apartó un segundo el tono apesadumbrado con el que había pronunciado aquellas palabras.

—Sí. Pero primero vas a comerte eso —señaló el bocadillo— y después hablaremos.

—Dani… —lo advertí.

No admitió una sola réplica.

—He dicho que primero vamos a cenar —sonó autoritario—. Ya estoy viéndote la cara. Y no voy a permitir que me hagas ese feo en nuestra primera cita.

Tuve que sonreír.

Aunque estaba bastante preocupada. No era para menos. Ni siquiera sabía si estaba preparada para escuchar lo que tenía que contarme.

Alerta *spoiler*.

No. Desde luego que no estaba preparada.

Cenamos en silencio. Intenté disfrutar de la tortilla, pero no pude evitar las conjeturas mentales sobre qué me contaría. Por qué se marchó, qué motivos tuvo y por qué no me dijo ni media palabra… Pareció leerme la mente, porque cuando se terminó el bocadillo, habló:

—El día que encontré a tu madre con su amante fue por pura casualidad. —Me tensé—. Hice las fotos y las guardé en el móvil.

—Y preferiste dejármelas en la puerta de casa en vez de dármelas.

—No sabía cómo afrontar el tema, Tana. Ni siquiera sabía si me creerías.

—¡Cómo no iba a creerte! ¡Si tenías las pruebas en la mano!

Se mantuvo en silencio durante unos segundos. Era consciente de que ocultaba algo más. Recordaba la conversación que habíamos tenido a su regreso cuando me explicó que lo había hecho para protegerme. Porque no podía contármelo. ¿Por qué? Esa era la pregunta adecuada. Se aclaró la garganta antes de continuar:

—Me amenazaron, por eso no pude decirte nada.

A partir de ese momento creí fielmente que Dani podía leer la mente. Obviando aquel detalle, me impresionó lo que había soltado y no pude más que reflejar asombro.

—¿Cómo que te amenazaron? ¿Quién te amenazó?

Se lo pensó. Se lo pensó muchísimo antes de retomar la conversación. Antes de ser capaz siquiera de soltar un suspiro.

—Ese mismo día, mientras esperaba el autobús, escuché una conversación que no debía. —Mi atención estaba al cien por cien—. En la parada, un hombre hablaba de unas peleas ilegales. —Mis ojos se desviaron un segundo al gran descampado. «Por eso estamos aquí».

—¿Y qué pasó?

Desvío su mirada hacia el horizonte, como si no tuviera un punto fijo o como si no quisiera mirarme. ¿Qué motivos tendría para esquivarme de aquella manera? Quizá eran peores de lo que me esperaba.

—Hablaba sobre una gran apuesta en la pelea. Por la conversación descubrí que charlaba con alguien que solía frecuentar mucho este tipo de combates. Los dos trataban de ponerse de acuerdo sobre el porcentaje que le quedaría a cada uno. Y entonces apareció el autobús.

El corazón me latió a una velocidad vertiginosa. Ya no solo parecía que Dani podía leerme el pensamiento. Yo acababa de hacerlo en ese maldito momento.

—Y cuando subiste al bus, la persona que te amenazó lo hizo detrás de ti.

No fue una pregunta. Fue una afirmación que no quise creerme.

No podía ser cierto.

Giró su semblante hasta encontrarse con el mío estupefacto. Tal vez fue esa conexión a la hora de terminar una frase inacabada o tal vez fuera que me imaginaba lo que estaba a punto de descubrir.

—Sí.

Su respuesta escueta no me alivió. Ahora la que miraba al frente era yo.

No podía creerlo.

—¿Por qué no me lo contaste nunca?

Se hizo un silencio tenso, de esos tan incómodos en los que tienes ganas de salir corriendo, de los que no quieres esperar a que se rompan. Por un momento tuve el impulso de levantarme del suelo y marcharme muy lejos de él. No sabía si necesitaba pensar o quizá solo era cuestión de asimilar lo que ya llevaba tiempo presintiendo.

—¿Cómo pretendías que te dijera que tu hermano estaba metido en ese tipo de rollos y que además me había amenazado, Tana?

Los ojos me ardieron.

—Tendrías que habérmelo dicho.

—¿Cómo querías que te dijera que fue él quien me dijo que, si no me marchaba del barrio en una semana, quemaría la tienda de mis padres con ellos dentro?, ¿que me daría una paliza que me dejaría en el hospital y que después vendría a rematarme para que no tuviera oportunidad de contarte nada jamás?

Tragué y tragué y tragué. ¿Cómo podía haberle dicho eso aquel demonio? Me lo creía, ¡por supuesto! Alan tenía el pico muy grande, aunque no pensé jamás que fuera capaz de cometer aquellas atrocidades. Y me lo ponía peor aún conociendo la situación de los padres de Dani.

Todo el mundo sabía que sobrevivían en el barrio como podían.

¿Cómo había sido capaz de amenazarlo? ¿De decirle que le quitaría la vida? ¡Dios mío!

—Te habría creído —le aseguré, siendo consciente en lo más profundo de mi alma de que mentía.

Habría defendido a mi hermano por encima de todo. Por encima de él.

—Tana, sabes que eso no es verdad. Tu familia siempre lo ha sido todo para ti y es algo comprensible. —No fue un reproche, era una verdad como una catedral de grande.

Dani había sido una de las personas que más me habían apoyado desde que el caos se desató en mi casa. Nunca había puesto en duda mi manera de ser ni mi manera de expresarme.

—Debiste plantarle cara —seguí en mis trece.

Aquello lo sobresaltó un poco. De soslayo, aprecié la mueca de estupefacción que se perfiló en su rostro.

—¿Estás hablándome en serio? ¿Tú?, ¿tú? —Me repitió por si no lo había entendido—. Era un cobarde, tenía miedo, estaba solo y era más que evidente que no habría podido enfrentarme a tu hermano. El simple hecho de pensarlo me causaba vómitos.

Me limpié las lágrimas y hablé desde la rabia, desde donde nunca se deben tomar decisiones cuando estás en caliente:

—Pues no he visto que te haya costado mucho enzarzarte con él ahora.

—Tana, no vayas por ahí.

Me mordí la lengua con tal de no desatar a una bestia imparable. Sin embargo, ya estaba lanzada, cabreada, dolida y no sabía qué más. Intentó acercarse a mí unos centímetros. Cuando vi que una de sus manos iba directa a mi rostro para limpiarme las lágrimas, me aparté como si fuera la peste. Ese gesto lo molestó.

—¿Alan se enteró de que habías sido tú quien me había dejado la información en casa?

Negó con la cabeza. Lo había descubierto por una chorrada muy simple, porque en la parte trasera de una de las fotos había una huella muy familiar. Era la patita de Cristal. Y en nuestro edificio no había ningún vecino que tuviera un gato, excepto él. A eso teníamos que sumarle que detrás del sobre había un sello de la tienda de bicis de sus padres. Todo eso lo supe días después de que mi madre y él se marcharan, casi al mismo tiempo, mientras revisaba las imágenes y me preguntaba sin descanso quién se habría podido interesar por dejarme aquello. Como era lógico, los padres de Dani no iban a tener nada que ver.

—Si se hubiera enterado, habría venido a matarme al instituto al que hui, o a la casa de mi tío Juan.

Que mencionara al hermano de su padre disipó cualquier resto de duda sobre dónde se había metido.

—¡No digas eso! —bramé con enfado, aun sabiendo que era verdad.

—¿Estoy mintiendo, Tana?

Le asombró mi reacción. Lo cierto era que no sabía de qué me sorprendía. Conociendo a Alan…

Tragué el nudo de emociones, desvié mi atención al frente y observé aquella barbaridad desde lejos. Divisé los puñetazos, las patadas, los golpes sin control, sin filtro. Sin nadie que los detuviera. Con toda aquella gente gritando, pidiendo más. Siendo plenamente conscientes de que podían matarse a golpes. Pero la rabia, esa que en ocasiones no controlamos, regresó a mi garganta y salió por mi boca de manera dañina. Me di cuenta de que apretaba el papel albal del bocadillo con mucha fuerza, convirtiendo mi mano derecha en un puño.

—¿Y ya está? ¿Una amenaza y te largas sin dar ninguna explicación?

En el fondo lo comprendía perfectamente. Me reventó que no entrara al trapo. Actuábamos como una de esas parejas donde uno es peleón y el otro pasivo. Cuestión de equilibro. Solo que nosotros no éramos pareja y teníamos un conflicto del pasado que resolver.

—Yo también lo he pasado muy mal. —Se detuvo un segundo, no sabía si añadir algo más—: Te he echado muchísimo de menos.

—Si me hubieras echado tanto de menos, te habrías dignado a llamarme. A mandarme un mensaje. A darme una puta explicación, aunque no mencionases al macarra de mi hermano.

La alusión a Alan con ese adjetivo dejaba medio clara la postura en la que me encontraba, pese a mi cabreo. Ya no sabía qué pensar. Qué era lo más acertado, si darle prioridad a la disculpa de Dani y permitir que mis emociones salieran a flote o si preocuparme porque cualquier día podrían llamarnos desde urgencias para decirnos que habían matado a mi hermano. Madre mía, a ver cómo le explicaba yo esto a mi padre.

Me sobresalté al sentir la mano de Dani sobre la rodilla. La miré y tuve ganas de apartarla con rapidez tal y como había hecho antes cuando había tratado de limpiarme las lágrimas. Sin embargo, no lo hice. Me decanté por aprovechar aquel momento y sacar toda la información que pudiera. Se mantuvo en silencio, sin dejar de mirarme.

—¿A qué se dedica a Alan exactamente? —Soltó un suspiro muy fuerte—. Y no me mientas, Dani. O te juro que no volverás a verme el pelo en tu vida. Aunque vivas en el quinto —apunté completamente en serio.

Se tomó su tiempo.

—Desde que dejó de estudiar, ya has visto que sus compañías no han sido muy buenas. Un día le ofrecieron una pelea ilegal en la que se apostaban mucha pasta, y ya sabes cómo funciona esto.

No quise mirarlo, sino que observé a los dos hombres del descampado. Los alaridos de dolor se oían desde nuestra posición, los gritos eufóricos del público también. No entendía cómo la policía no había detectado aquello todavía. O quizá sí lo habían hecho, pero habían preferido hacerse los suecos como en la mayoría de las ocasiones. Y, como si fuera un recuerdo muy lejano, rememoré el momento en el que yo misma llamé a una comisaría para denunciar el maltrato psicológico que mi padre estaba sufriendo por parte de mi madre. Tal vez esa llamada explicaba la aversión que les tenía a las autoridades competentes. Me habían comunicado que al ser una menor, no podía hacer nada a no ser que la denuncia la hiciera él.

—No. No sé cómo funciona esto, porque yo no vivo en ese mundo, Daniel.

Que pronunciara su nombre con tanto énfasis no hizo más que acrecentar la tensión entre los dos. Oí como exhalaba un fuerte suspiro.

—Ganas dinero fácil y después quieres más.

—¿Y qué consecuencias tiene ganar dinero fácil para Alan?
—Los ojos me picaron de nuevo.

La respuesta no iba a gustarme. Dani se lo pensó. No lo había visto jamás tan titubeante a la hora de hablar conmigo.

—Las consecuencias son que si pierdes, debes dinero. Y si no pagas…

Lo dejó en el aire. Supe que ya había llegado el momento de finalizar la conversación. También de acabar esa supuesta cita que nos habíamos inventado —o que yo me había inventado tontamente— para que Dani me diera las explicaciones de por qué se había marchado hacía dos años.

Me levanté del suelo, recogí las cuatro cosas de basura y le pedí que me llevara a casa.

Me miró durante mucho rato y pensé que se negaría a que nos fuésemos. No tenía ningún problema si se negaba, porque andaría montaña abajo hasta encontrar una parada de autobús. Mi orgullo no me pararía, a pesar del miedo que me daba la zona. Se soltó las rodillas, las cuales había mantenido sujetas durante toda nuestra conversación, imitó mi gesto para recoger lo poco que habíamos depositado en el suelo y se levantó.

De regreso, no hablamos. Mientras él pensaba tal vez en cómo había reaccionado por lo que me había contado, yo me rompía la cabeza con lo que más me había preocupado. Y no había sido él ni su marcha ni dónde había estado.

Lo que no podía entender era por qué sabía todas aquellas cosas por escuchar una simple conversación. Y, entonces, como un rayo fugaz, apareció en mi cabeza la pregunta de Antonio cuando estábamos en su casa. Aguanté el aire, justo en el momento en el que entrábamos en el garaje de nuestro edificio.

Fui la primera en bajarme. Me quité el casco con celeridad, lo coloqué sobre el sillín y me propuse hacerle la pregunta del millón antes de subir como alma que lleva el diablo por las escaleras. Ni siquiera pensaba esperarlo. Adivinaba cuál sería la respuesta. Y tenía que digerir demasiada información. No me anduve con rodeos y le pregunté a bocajarro:

—¿Tú también participas en ese tipo de peleas?

Se encontraba de espaldas a mí, poniéndole el candado a la moto. Se giró y tardó un rato en contestarme. Comprendí que era porque no quería hacerlo o porque tal vez estaba buscando una mentira o una excusa que darme.

Y Dani no era de mentir.

En mi interior agradecí enormemente que eso no hubiera cambiado en él, aunque me rompiera en mil pedazos inservibles.

—Sí, Tana.

10

Arreglos

Las sesiones improvisadas son las mejores

Me había pasado el fin de semana encerrada en casa con mi padre y mis hermanos. Los mellizos se habían mostrado superentusiastas al saber que su hermana estaba allí sin calcular cuándo se marcharía. Jugamos sin parar. Si no era con la consola, nos chinchábamos por saber quién hacía más trampas en el *Monopoly*. O jugábamos a tonterías como cronometrar quién aguantaba más con el agua dentro de la boca. Nos partíamos de la risa con los caretos que poníamos. Os podéis imaginar cómo se puso el salón, pues era imposible que no se nos escapara más de una risotada. Y qué feliz había sido por brindarles ese fin de semana íntegro para ellos. Mereció tanto la pena que incluso olvidé lo que había ocurrido el viernes con Dani.

No lo vi después de que nos separásemos en el garaje. Tampoco es que tuviera oportunidad de encontrármelo. No había salido de casa, ni siquiera para pisar la alfombrilla de la puerta. Tenía que pensar, calmar mis emociones y asimilar el berenjenal en el que mi hermano estaba metido, y, por supuesto, aceptar que si me había enterado de aquello era porque la persona de la que estaba enamorada también se encontraba dentro. Sí, ya lo había admitido sin consternación alguna.

A pesar de todo lo que ya sabía, pensé que la vida era muy bonita cuando aceptábamos nuestros sentimientos. Cuando no los escondíamos en un recóndito lugar de nuestro sistema. Había que darles voz. Dejarlos salir. Y, en esa ocasión, pese a las circunstancias, sería yo la que pondría los ases sobre la mesa.

Porque no necesitaba ningún caballero andante.

Porque no necesitaba que diera el paso él.

Porque era consciente de que sentía lo mismo.

Porque Dani tenía miedo.

En sus gestos, en su mirada, en la forma en la que me deseaba sin palabras, me demostraba que no se abría a mí por el simple hecho de ser rechazado. Comprendí aquel calvario. Ahora gozaba de grandes amistades, o por lo menos eso era lo que había intuido el viernes, pero algo dentro de él seguía recordándome el niño antisocial que fue en su día. Todavía no me creía que hubiera logrado un cambio tan grande en dos años. Ahí teníamos la prueba de que si quieres algo, puedes conseguirlo.

Pero aquel fin de semana llegó a su fin, como todos. El odioso lunes estaba ahí, y me marché de casa a primera hora antes de que se despertaran los mellizos para ir al colegio. Esa mañana entré a matacaballo a la universidad. Cuando accedí al pasillo de la residencia donde estaba mi habitación, me encontré a un batallón de gente que corría para no llegar tarde a las clases. Yo, para no perder la costumbre, sabía que ya no iba bien de tiempo. Y, ojo, que intentaba ser puntual, pero es que el mundo se me ponía en contra.

—¡¿Dulce?! —dije con asombro al abrir la puerta a toda mecha.

Mi amiga se encontraba dando vueltas de un lado a otro de la habitación, con aquella vestimenta gótica y una coleta alta que recogía su melena castaña. Tenía las manos unidas, suspendidas en el aire y parecía estar pensativa.

—Tenemos que hablar.

Su tono sombrío no me hizo detenerme. Al contrario, me aceleró mucho más. Miré de reojo el reloj colgado en la pared y vi que no quedaba ni un jodido minuto. Lancé la mochila sobre la cama, me agaché en el suelo con urgencia y tiré de la cajonera para sacar la carpeta y el estuche.

—¡Luego lo vemos! —le dije exaltada.

—¿El qué tenemos que ver? —me preguntó con tono huraño.

—Lo hablamos, ¡lo que sea, Dulce! ¡Coño! ¡Que llegamos tarde otra vez!

—No. La que llega tarde por segunda vez a la clase de Lengua y Literatura eres tú.

Saqué la cabeza de donde la tenía metida y la miré desde el suelo.

—No te veo con mucha prisa. —La señalé, y en ese instante apareció Noe.

—¿Qué pa…? —Su saludo pasota se quedó en el aire al mirar a Dulce—. ¿Has matado a alguien este fin de semana y por eso estás con esa cara de muermo?

Puse los ojos en blanco y me levanté. Dulce la fulminó con la mirada. Noe se había vestido esa mañana con unos pantalones sueltos y un top de manga larga que dejaba a la vista la mitad del abdomen. No entendía la manía de pasar frío a lo tonto.

—¡¡Vamos!! —Las alenté a las dos para que salieran ya.

—¿Cuándo vamos a hablar?

Resoplé.

—¿Hay que hablar de algo? —se interesó Noe.

Casi las empujé fuera de la habitación y cerré la puerta con un sonoro portazo. No nos encontramos a Maca en el pasillo, por lo que supuse que ella sí iba a ser puntual en la primera clase. Tampoco había pensado en nuestra disputa durante el fin de semana. Era algo que tenía muy claro que se solucionaría esa mañana.

—Tenemos que sincerarnos sobre…

—¡Corred! —las apremié, sin esperarlas y avanzando con ligereza.

Dulce se quedó atrás, deseando que algún alma caritativa la dejara terminar de hablar, pero aquel momento no era el más adecuado para mantener una conversación de a saber cuántas horas. ¿Qué le habría sucedido el fin de semana para que tuviera tanta necesidad de charlar? Llegamos a la puerta de la clase con la lengua fuera. Por lo menos yo. Me recompuse como pude y, lógicamente, el resto de los alumnos ya habían entrado. Me preparé para la bronca del hippy. Perdón, de Francisco Javier. Toqué con los nudillos.

—¿Se puede? —pregunté al abrir un poquito.

Asomé la cabeza. Toda el aula se me quedó mirando. No soportaba ser el centro de atención.

—Se puede cuando se llega puntual. Cuando no, se puede, pero en el pasillo y hasta la siguiente clase.

Que viva la simpatía a primera hora de la mañana. Intenté omitir mi cara de perdonavidas. No fue posible. Alguien carraspeó a mi espalda y me invitó a apartarme. Se trataba de Noe. Antes de separar la cabeza del marco, observé que Dani ni siquiera me había mirado y que además estaba sentado al lado de Izan, y ambos mantenían una conversación animada. ¿Perdón?, ¿cuándo había sucedido eso?, ¿y qué hacía Izan en una clase que no debía? «Pues perder el tiempo porque no le gusta la carrera que estudia», me respondió mi mente.

—¿Me dejas pasar, por favor?

Os sonarán esas normas que teníamos en nuestros cuadernos, todas por igual. Pero, por si no lo recordáis, os refrescaré cuál era la de Noe:

4. Siempre que se precise SINCERIDAD hay que acudir a Noe. Ella sabrá elegir las palabras adecuadas y sin filtro.

Y eso es lo que haría a continuación. Sin pudor. Abrió la puerta, adelantó un pie y después lo siguió otro. Accedió así a la clase. El profesor se giró como si no pudiera creerse que aquella alumna descarada hubiera interrumpido su explicación por segunda vez. Desde atrás, Dulce y yo levantamos las manos, dando a entender que nosotras no habíamos sido.

—Buenos días, profe —remarcó mucho esa palabra con tono de Lolita caliente—. ¿Chicas?

Noe giró su rostro y lo movió como si le hubiera dado un tic, indicándonos que entrásemos de una vez a clase. Y nosotras, por supuesto, obedecimos a la carrera, antes de que al profesor se le ocurriera echarnos de allí a patadas.

—He dicho que…

Pero ella no estaba dispuesta a dejarlo continuar. Cerró de un portazo y soltó sin filtros:

—Hemos tardado dos minutos más porque estaba manifestando que iba a aprobar Lengua y Literatura. —Frené mis pies en seco y me giré, en mitad de la escalera, sin poder creerme que le hubiera soltado aquello delante de toda la clase. La muy perraca estaba sonriendo de oreja a oreja—. No volverá a ocurrir.

Francisco Javier dejó caer a plomo el libro que tenía en la mano. El golpetazo resonó en toda la sala y provocó que algún alumno despistado centrara su atención en la clase. Todavía estaba estupefacta por lo que había salido de la boca de la arpía que subía los escalones como si no hubiera dicho nada.

—Página veinticinco, párrafo cuatro —dijo en voz alta el profe. Y ese vozarrón iba cargado de malas pulgas.

Detuve mi marcha y me quedé en mitad de la escalera, sin saber dónde meterme. La bruja de Dulce se había sentado detrás de Dani con una sonrisa perversa. Maca encabezaba la fila, pegada a la pared. Mi amiga la choni asomó la cabeza sin entender por qué no entrábamos. Pero es que Noe tampoco decidía dónde colocarse. Y otro golpetazo del libro al cerrarse hizo eco en el aula.

—¿Vais a tardar dos horas en sentaros?

La voz de Francisco Javier no era para nada amigable. Miré a Noe. Mi amiga alzó las cejas, chasqueó la lengua y pasó por mi lado para adelantarme. Como si no hubiera escuchado nada.

Estaba muerta de la vergüenza.

Y Dani me miró.

Y toda la clase me miró por segunda o tercera vez ya.

—Lo siento —murmuré, siguiendo a Noe, quien me había dejado un hueco entre Dulce y ella.

El profesor retomó la clase con tono exasperado. Menudo gruñón era el tío. No entendía cómo podía gustarle a mi amiga. Dulce dio dos palmaditas en el asiento. La miré fatal.

—Zorras —musité.

Decir que presté atención a la clase sería mentir. Solo podía mirar hacia delante, sin ver los ejercicios que iba anotando en la pizarra el profesor, que no dejaba de hablar. De lo que sí estaba atenta era de cada movimiento que Dani hacía con la mano para apuntar lo que se suponía que yo debería estar anotando.

—Shhh. Shhh.

Busqué el origen de ese chistido. Era Izan, llamándome. Agaché un poquito la barbilla para que no se me viera desde la distancia. También aprecié la rigidez en los hombros de Dani. Todavía no comprendía cómo se habían sentado juntos y qué hacía el futuro ingeniero allí.

—¿Qué quieres?

—¿A qué hora nos vemos luego para empezar los entrenamientos?

Moví los hombros, dándole a entender que no lo sabía. De reojo sí que vi que Maca nos observaba con interés.

—¿A las ocho? —le pregunté—. Es a la hora que salgo de currar.

—¿Detrás del pabellón del gimnasio?

Fui a contestarle, pero solo me dio tiempo a asentir con un breve golpe de cabeza, porque el tercer porrazo de la mañana retumbó en toda la clase. En esa ocasión fue seguido de una afirmación muy brusca:

—El próximo o la próxima que hable de esa fila se va fuera de la clase una semana y le quito dos puntos en la nota final.

Contuve la risa, porque no era el momento oportuno para soltar una carcajada. Izan solicitó un perdón que no sentía, y mis amigas trataron de ocultar la gracia que les había hecho que nos llamaran la atención como si estuviéramos en el cole. Me alegré de que Maca también estuviera conteniendo ese gesto. El profesor ni siquiera había identificado que Izan no pertenecía a su clase, porque no conocía a ningún alumno. Excepto a Noe…

La hora se me hizo interminable. Tenía demasiadas cosas que arreglar. Yo no podía estar mal ni con Maca ni con Dani. Con mi amiga tenía claro de que lo iba a solucionar en cuanto hablara con ella. Con el guaperas no las tenía todas conmigo. No había girado la cabeza ni una sola vez más para mirarme.

Estaba tan enfrascada en mis pensamientos que ni me di cuenta de que sonó el timbre anunciando el final de la clase. Fue Noe quien me tiró de la mano para indicarme que ya podíamos salir. Me levanté a trompicones, sujeté la mochila e intenté no partirme la crisma cuando pisé otra vez las escaleras. Sin embargo, antes de salir, frené en seco cuando el vozarrón de Francisco Javier dijo con tono grave:

—Noelia Medina, espera un momento. Tengo que hablar contigo. —Las cuatro nos habíamos parado al lado de ella. Izan y Dani lo hicieron en el pasillo, sin alejarse de allí—. A solas.

Todas nos miramos.

El profesor no se movió del sitio.

Noe dio un paso muy en su línea de chula de playa, elevó la barbilla como si le hubiera dado un tic de verdad y pronunció con mucha lentitud:

—Lo siento, profe. No me gustaría aparecer la última en la clase de Matemáticas. Imagínate que quieren expulsarme por llegar tarde. A ver cómo chantajeo a la profesora.

Silencio.

Un silencio muy tenso.

La muy capulla le guiñó un ojo, se giró cual diva y salió del aula con una seguridad en sí misma arrolladora. Asentí con convencimiento y satisfacción al zasca que le había dado en toda la boca. Debo admitir que también cabeceé en plan «Toma, listillo». De lo que no tuve duda es de que con toda seguridad Francisco Javier nos cascaría un cerapio en la nota final por chulas.

Después de reírnos hasta lo indecente entre clase y clase, nos dirigimos las cuatro al césped del campus con la comida de mediodía. Sacamos las bandejas del comedor sin preguntar, como si aquel lugar ya fuera nuestro. Noe nos había confesado que no había pasado más nervios en su vida.

No sabía cómo iba a hacerlo para terminar todas las tareas que nos habían mandado a lo largo de la mañana, trabajar dentro de un par de horas y entrenar por la tarde cuando saliera. Y el entrenamiento de noche, con el fresquito.

Me tiré al suelo. Maca se colocó frente a mí; Dulce, a mi derecha y Noe, a mi izquierda. Nos pusimos las bandejas en las rodillas y comenzamos a comer sin hablar, cada una pensando quizá en qué quería compartir con las demás. Como ninguna empezaba, decidí que yo daría el primer paso. Ese día nos habían puesto arroz tres delicias y un guiso de pollo que tenía una pinta espectacular. Solté la cuchara con pesar y le dije a Maca:

—Voy a entrenar con Izan para el concurso.

Ella no dejó de comer. Tampoco me miró.

—Ya me he dado cuenta. Lo habéis dicho en clase —añadió, como si fuera obvio.

Esperé dos segundos.

—¿Por qué no me dijiste que te gustaba?

Resopló, elevó la barbilla y, por fin, me prestó atención. Las otras dos continuaban comiendo sin querer entrometerse en la conversación. Noté a Dulce nerviosa y no entendí el motivo.

—No lo sabía. —Enarqué las cejas—. No sabía que me gustaba tanto hasta que te vi besarlo. Pero no pasa nada. La culpa es mía por no habértelo dicho, y tú has llegado antes. Fin de la conversación.

Agarró su tenedor de nuevo. Yo solté mi bandeja con fiereza en el suelo, y entonces tanto Dulce como Noe levantaron la cabeza para mirarnos. Me enfadé porque se había rendido, como si sus sentimientos no valieran nada.

—¿Estás diciéndome que no pasa nada, pero llevas días esquivándome?

—Yo no te he esquivado —casi ni me dejó terminar.

—¡Sí que lo has hecho! —elevé el tono de voz un poquito.

Maca se incorporó hacia delante, dándome a entender que no iba a permitir que comenzáramos una bronca. Las manos de Noe ya estaban en posición para separarnos y, aunque trató de disimularlo, fue en vano.

—¡Te recuerdo que la que se fue del autobús una parada antes fuiste tú!

—¡¿Y eso qué mierda tiene que ver?!

—Aitana…

Dulce trataba de advertirme que bajase el tono.

—¿De verdad vamos a discutir por esto? —me preguntó Maca, abatida.

Y es que, pese a ser la choni del grupo —y de casi toda la universidad—, era a la que menos le gustaba el conflicto. Y mucho menos entre nosotras. Me estaba enfadando mucho. Me desquiciaba no controlar estos sentimientos tan intensos, pero por primera vez en la vida, decidí que había llegado el momento de darle la vuelta a la tortilla e intenté aplacar mis instintos asesinos.

—Lo hice para darle celos a Daniel.

Se escucharon tres tenedores caer a la vez. Solo estaba mirando a Maca, pero me llegaba la onda expansiva de mis otras amigas y sus ganas de enterarse de todo.

—¿Tú sabes que tenemos un grupo de WhatsApp? —me preguntó Dulce.

—Grupo en el que no has aparecido durante todo el fin de semana —recriminó Noe.

La única inteligente fue Maca, quien se lanzó directa a por la pregunta estrella:

—¿Qué Dani?

—¿Dani, tu vecino? ¿El de la clase? —Esa fue Noe.

—¿Daniel el marginado? —interrogó Maca. Le puse muy mala cara por esa salida de tono—. ¡No estoy diciendo ninguna mentira!

—¿Dani, el primer tío que te cepillaste? —inquirió Dulce.

Me pareció que todas hablaban a la vez.

—El que le partió el chochete, corrige —le exigió Maca, con un dedo en el aire.

Contuve la sonrisa. No podía evitar ser tan bruta. Todas abrieron la boca con una enorme exclamación en forma de O. Incluso Maca, que pareció pillarlo tarde. Me percaté de ese detalle porque fue la última en hacer el gesto, después de mirar a las otras dos. Asentí con pesar e intenté explicarme, contándoles todo lo que había acontecido desde que me bajé del bus. No entré en detalles respecto a la parte de Alan, aunque también era otro tema que quería tratar con ellas.

—Así que, chicas, no sé qué es lo que ha ocurrido ni cómo para llegar a esta conclusión…

—Yo me lo habría tirado en el monte —repuso Noe, muy en su línea.

—Ahí —Maca elevó los dedos en el aire como si estuviera expandiéndolos—, viendo las estrellas de fondo, con el fresquito de la noche. Con todos los yonquis como público…

Su explicación romántica se fue al traste. Dulce, la persona más sensata que teníamos en el grupo, abrió la boca:

—¿Y qué se supone que hacías en medio de un monte perdido de la mano de Dios? ¿No había ningún lugar más en el barrio para que pudierais hablar?

—¿Y tú no se suponía que no podías mencionar a Dios en vano? —le preguntó Noe.

Era una picona. La pitonisa de nuestro grupo puso los ojos en blanco. Se encontraba muy tiesa, con la espalda muy recta y la tensión visible en los hombros. Ahí estaba yo, dispuesta a contarles todo.

—Ni siquiera sabía adónde íbamos —me justifiqué, retomando el tema—. Pero tenía un cargo de conciencia tremendo después de lo que había ocurrido con Alan en mitad de la calle. Y cuando subí… Pues…

—Vamos, que no te lo follaste porque llegaron sus padres —añadió Noe, con naturalidad.

Envidiaba que fuera tan clara al hablar de temas tabúes, y es que le daba igual con quien lo hiciera.

—Puede ser que sí —dudé.

—No, Aitana. Puede ser que sí no. Es que sí —aseveró Maca.

Sin esperarlo, la bomba atómica cayó sobre todo el equipo, como si hubiera querido adelantarse a mi relato:

—Alan está metido en peleas ilegales. —No daba crédito cuando Dulce dijo eso. No tuve tiempo de preguntarle cómo lo sabía, si es que me había leído la mente o simplemente se lo había preguntado a Ágata. Recordad que no había que ponerla en duda—. Alan fue quien me rompió el chochete.

Creí marearme e incluso tambalearme un poquito hacia atrás, como si mi mente quisiera buscar otra alternativa a lo que acababa de confesar.

—¿Alan? ¿El Alan de esta? —Maca cabeceó en mi dirección.

—¿Alan, mi hermano? —le pregunté señalándome el pecho con el dedo.

—¿Alan, el macarra? ¿El guapetón que está para lamerlo de arriba abajo?

—¡Noelia! —Maca y yo la regañamos a la vez.

No repliqué ni hice un solo comentario sobre el adjetivo hacia mi hermano. Era un macarra y punto. Debía reconocer que las sesiones de arreglos improvisadas en el campus iban a convertirse en las favoritas de las cuatro.

—Dulce, ¿me estás diciendo que te has follado a mi hermano? —La pregunta me salió de sopetón y sin anestesia.

Respiró profundamente, soltó la tensión que había retenido en los hombros y ahí fue cuando comprendí que no hubiera querido decirlo nunca. Jamás había soltado prenda, pero habíamos sido muy insistentes.

Ahora, también os digo que igual que asintió para indicar que sí, selló la boca y no pronunció ni dio una explicación más en toda la reunión. Intuí que había necesitado soltarlo y hasta ahí podía contar.

Ese mediodía acabamos todas rodeándonos en un inmenso abrazo que nos alineó los chacras, como diría nuestra chica mística, mientras hablábamos de uno de los temas más importantes que tratar: las peleas ilegales.

11

Desastre

Hay gente que vale, y otra…

Después de una tarde odiosa en la que media universidad parecía haberse querido apuntar al gimnasio a última hora, me marché de allí con la energía por los suelos… y a la vez por las nubes. Iba a entrenar por primera vez en mi vida, pero lo que no tenía tan claro era que había gente que valía y otra…, pues que ni para tacos de escopeta.

Lo que más ilusión me hizo fue que el señor Gálvez me comunicó que esa misma semana cobraría mi primer sueldo, lo cual indicaba que como máximo el viernes tendría seiscientos eurazos en mi cuenta. ¡Estaba ansiosa por contárselo a mi padre! El cumpleaños de los mellizos era el fin de semana y la noticia me había quitado un enorme lastre de encima. Tendría posibilidad de comprarles un buen regalo, una tarta y llevarlos adonde ellos quisieran.

Me encaminé a la zona que me había indicado Izan con rapidez y sin ganas de llegar tarde. Al día siguiente tendría que madrugar y estaría destrozada. Daba gracias a que por lo menos había podido quitarme la tarea en las pausas que tuve durante mi intenso trabajo en el gimnasio.

Cuando llegué a la enorme pista trasera, me encontré a Izan apoyado en una grada. Era una pista de atletismo, si no me confundía. Yo con el deporte, menos tres. Me había puesto unos *leggings*, no tan apretados como los que llevaba Aurora; una camiseta bastante ancha y encima una sudadera dos tallas más grande de la que normalmente usaba.

—¡Ey! ¿Estás preparada?

—No lo sé —le respondí dudosa, deteniéndome a su lado. Solté la bolsa en el suelo—. ¿Qué es lo que se supone que tengo que hacer?

Me fijé en que en el pavimento había un montón de cachivaches para hacer ejercicio. Apenas sabía cómo se llamaban, exceptuando las pesas, una esterilla y una especie de goma que si se soltaba seguro que me dañaría un ojo. Izan me sacó de mi aturdimiento cuando dio un par de palmadas en el aire.

—¡Venga, loquilla! ¡Vamos a darle caña!

El cuerpo se me aflojó mucho y tuve ganas de marcharme a mi habitación para meterme debajo de las sábanas. ¿Eso era normal? Sin embargo, me animé a mí misma:

—Tengo que ganar este premio por mi familia. Es por mi familia —me repetí como un mantra.

—¡Esa es la actitud! ¡Vamos, vamos, Aitana! —me animó como si de verdad fuera un experto entrenador. Me vi supermotivada por él, por la fuerza de su tono y por…—. ¡Seis vueltas a la pista!

Lo miré sin creerme que aquella orden hubiera salido de su boca.

—¿Que qué? —le pregunté por si había oído mal.

Dio unas palmadas en el aire, asustándome.

—¡Vamos, vamos, vamos! ¡Seis vueltas a la pista!

Continué confundida. Di un paso atrás.

—Yo no sé correr.

—¡Pues aprendes! ¡Vamos, Aitana! ¡Que vas a ganar siete mil euros, coño!

Me sorprendí por la facilidad que tenía para animar. Sin casi darme cuenta de que mis pies se habían puesto en funcionamiento, comencé a andar hacia atrás hasta que cogí velocidad y corrí. Corrí muy rápido, como si me persiguiera el demonio.

—¡No tan rápido! ¡Afloja! ¡Vas a cansarte en medio minuto!

Enseguida noté ese cansancio del que hablaba. Un pinchazo, hasta ahora desconocido para mí, se introdujo entre las costillas y la cadera. Me costaba respirar y seguir corriendo. ¿Eso era el famoso flato?

—Me muero… —murmuré, más floja que un remache de mortadela.

Vi a Izan muy pequeñito, al otro lado de la pista. Tan solo había corrido medio ruedo. Era ridículo. Más bien yo era la ridícula. Me llevé las manos a las rodillas, flexioné la espalda y traté de coger aire en grandes cantidades. Se me había olvidado respirar de forma controlada mientras ejercitaba los pies.

Un desastre.

Era un puto desastre.

—¡¿Qué dices?! ¡No te oigo! —me gritó desde la lejanía.

Moví la mano de manera negativa, con mucho esfuerzo. En ese instante me pareció sumamente interesante mantener una conversación pendiente con él, confesarle que no sentía absolutamente nada y que todo lo había hecho para darle un pelín de celillos a Dani. Después me lo pensé mejor, porque lo mismo, si le soltaba la bomba, me mandaría a la mierda y no tendría más remedio que buscarme un nuevo entrenador que empezara de cero con un grano en el culo… o sea, conmigo.

—Vamos, Aitana, por lo que más quieras… —Traté de animarme.

Como siguiera así no iba a haber techo que no alcanzara. Eso era bueno, según Noe, especialista en quererse a uno mismo. Llevaba años indicándonos qué era el ego bonito, el amor propio, y que no lo confundiésemos con el narcisismo en el que algunos vivían. Así que yo seguía animándome.

—¡Aiiitaaanaaa! —me llamó Izan, como si llevara un milenio esperando a que llegase hasta él.

Madre mía, si es que todavía me quedaban cinco vueltas. ¿Cómo iba a lograrlo? Ni siquiera me percaté de que alguien más se encontraba en los alrededores. Lo identifiqué cuando escuché su voz. Tan profunda, grave, bonita, característica y única.

—¡Floja! ¡Que eres una floja!

Levanté la cabeza de sopetón, con tal ímpetu que si no me provoqué una cervicalgia en el instante fue de milagro. Iba con un pantalón corto y una camiseta de tirantes, corriendo a un ritmo que ni en mis sueños, y ni siquiera se detuvo para ver si respiraba. ¡Que viva el drama! Apreté los dientes y retomé la marcha, como si hubiera necesitado ese chute de energía para poner mis piernas en funcionamiento. Él mismo fue quien redujo la velocidad, supongo que a la espera de que lo alcanzara.

—¿Me has llamado mustia? —le pregunté como si estuviera enfadada.

No era el caso, sino que nuestra manera habitual de lanzarnos pullas había regresado. Me sentía tan bien con ese reencuentro…, pero teníamos que hablar seriamente. No quería demorarlo mucho más, pero ahora estaba en otra cosa, la verdad.

—No. Te he llamado floja.

Continuó con su carrera, sin mirarme. Tenía una cinta de esas que llevaban los deportistas en el brazo para sostener el móvil. No sabía cómo me escuchaba, porque llevaba también unos auriculares inalámbricos puestos.

—¡Es un sinónimo! —le rebatí.

Me miró, y casi se me paralizó el corazón. Sin darme cuenta acababa de pasar a Izan, quien me aplaudía eufórico aunque no le prestara atención.

—No es un sinónimo —especificó—. Es un adjetivo de melancólico, triste, que no viene al caso. Mustia puede quedarse una planta o una flor. ¿Tú eres una flor?

—De vez en cuando —repuse tozuda.

Me encantaba llevarle la contraria, aunque supiera que tenía razón.

—¿Con o sin espinas?

—A veces soy carnívora. Yo que tú no me fiaría ni daría esos sustos en mitad de una pista desértica. —Le enseñé los dientes, siguiéndole el juego.

Rio. Me pareció alucinante que pudiera reírse sin caerse redondo al suelo. Porque el tío no aflojaba la marcha y a mí me iba a dar algo. Desvié la atención hacia el otro lado de la pista y vi a Izan con el móvil, sin prestarnos atención.

«Un punto a favor». Eso podría significar que, tal vez, me había tomado por una de sus futuras conquistas y no había nada más. Me sentí aliviada con ese planteamiento. Aquello significaba que no le haría tanto daño como había pensado desde el primer momento. Entrecerré los ojos al ver que Izan resoplaba y marcaba en la pantalla del teléfono como si algo lo hubiera molestado. De hecho, creí que estaba cabreándose por algún motivo que desconocía. Y tan ensimismada estaba en mis pensamientos, sin apartar la mirada de Izan, que no me percaté de que la persona que había a mi lado se había esfumado. Lo supe por una breve corriente de aire, como si el calor instantáneo hubiera desaparecido. Me alarmé y miré a mi derecha. Lo busqué, sin encontrarlo, porque se había escabullido sin decir adiós. Tuve una leve punzada en el pecho. Rememoré el momento en el que se marchó sin darme una explicación, sin una despedida. Tragué saliva un tanto desilusionada porque el momento hubiera sido tan efímero. Apenas me había dado tiempo de saborearlo.

—¡Aitaaanaaa! —bramó. Me había quedado brevemente empanada, pero seguía corriendo, casi sin el flato—. ¡Empezamos con el circuito! ¡Dale a las piernas que te quedan tres vueltas más!

«Hijoputa», pensé, pero no lo dije, porque le había caído la del pulpo conmigo. Era muy consciente de ello. Llegué hasta él, me detuve con el corazón en la garganta y señalé el teléfono que había vuelto a pulsar con enojo. Me olvidé de Dani, centrándome en la persona que había decidido que entrenarme había sido buena idea.

—¿Con quién estás discutiendo?

No desvió la atención de la pantalla. De hecho, me dio la sensación de que necesitaba hablar con alguien.

—La gente tiene muy poca palabra, y yo muy poca paciencia —me respondió.

Me coloqué a su lado. De refilón vi que alguien le escribía, aunque no llegué a discernir quién.

—Pues apártate de esas personas que no te aportan nada y listo —le dije, sin saber cuál era el motivo real.

No me miró.

—Claro que me aportan. No puedo mandarlas a la mierda a la primera de cambio.

Me encogí de hombros y hablé por hablar:

—¿Y si le dices lo que piensas y listo?

—¿Cómo le digo que si no me paga mañana lo ma…? —Fui abriendo los ojos según pronunciaba la pregunta, pero entonces Izan se dio cuenta de con quién hablaba y selló los labios. De manera muy rápida me ordenó—: ¡Se acabó la conversación! ¡Al circuito! ¡Vamos, vamos, vamos!

Ese día me propuse hablar más con Izan. Intentar que se abriera más a mí. Quizá no en todos los ámbitos de su vida, pero sí que supiera que tenía una confidente, una amiga en la que apoyarse.

Una hora y media después, entré a la residencia al borde del desmayo. No me funcionaban las piernas, me dolían hasta las uñas de los pies —no era coña— e iba sudando como una guarra. «Demasiado has tardado en quitarte la sudadera», habían sido las palabras de Izan tras recorrer seis veces el circuito. Él se había puesto a entrenar conmigo, sin camiseta y sudando más que yo. He de reconocer que haberlo visto sin camiseta había sido todo un espectáculo, porque tenía esas tabletas de las que Maca hablaba muchas veces. Decía que se podía lavar la ropa en ellas, pero que también se podían chupar como si fueran chocolate. Yo no había tenido la suerte o la desgracia de encontrarme ninguna hasta que vi a Dani en su casa y ahora a Izan entrenando. Imaginé que eso era la famosa ley de atracción: que cuando algo venía, no llegaba solo. Y en mi caso había tenido suerte.

Abrí la puerta de la habitación con cuidado de no hacer ruido, porque Dulce me tenía un poco despistada con sus horarios. Lo mismo se tiraba contigo hasta la una dándole al pico o se amortajaba a las nueve de la noche hasta el día siguiente. Incomprensible.

Esa noche estaba amortajada. Lo vi cuando enchufé el móvil para no partirme la crisma en la habitación. Era muy coqueta, como las demás de la residencia. Habíamos decidido que cada una decoraría la mitad según sus gustos. Ambas teníamos un armario abierto, un escritorio y una nevera compartida. El baño era de las dos, pero se encontraba en el ala de Dulce.

Ella había decorado las paredes con pósteres oscuros y un poco sádicos. En el cabecero de la cama había colocado un crucifijo recto. No le había dado la vuelta en plan Satanás. Todo era muy oscuro, hasta la cortina que había colgado en la ventana, repleta de tumbas y calaveras. Con lo zen que era, no le pegaba mucho esa decoración, pero yo la quería igual.

Y yo… Yo era más simple que una receta de agua. Todo estaba decorado en tonos morados con florecitas y corazones, mantas blancas y mucha luz. Había cuatro pósteres de gatitos y perros, que los adoraba aunque no tuviera ninguno. Mi madre jamás quiso tener animales. Mi mesa estaba repleta de colorines y de algunos mandalas para colorear cuando tuviera tiempo —o sea, nunca—, y tenía alguna que otra maceta en la estantería del armario y también en la que había en lo alto del escritorio.

—Enciende la luz.

Aquella voz de ultratumba casi me entierra en la uni del susto.

—¡Coño, Dulce! ¡Un puto día me matas de un infarto! —le grité sin querer, con la mano en el corazón, como si eso pudiera tranquilizarlo.

No había advertido la música que se oía de fondo. Presioné el interruptor a mi izquierda y la miré. Continuaba amortajada, con unos auriculares de cable negros y… Agucé para escuchar qué estaba oyendo. Sí, era la banda de Slipknot. ¿Se podía ser más gore? ¡Qué barbaridad! Y la tía continuaba sin abrir los ojos, como si estuviera muerta. Me acerqué preocupada, porque en mi cabeza se formó una película que no tenía explicación. Dulce era muy mística. ¿Y si se había muerto y me hablaba su espíritu? Ella nos había dejado claro mil veces que, cuando moríamos, nos reencarnábamos y el alma seguía viva, a saber dónde. De verdad pensaba que era tan religiosa porque sus padres se lo habían inculcado desde pequeña, aunque en el fondo la fe la llevaba regular… Elevé un dedo para tocarla. Esa voz del inframundo resonó de nuevo, pero ¿cómo diablos me veía?

—Estoy despierta.

Se quitó un auricular, abrió los ojos como si acabara de resucitar y se sentó muy tiesa en la cama. Iba a hacerle un comentario fuera de tono, pero me lo pensé. No estaba como de costumbre. La veía distante, lejana, ¿preocupada? Me aproximé hasta el borde de la cama y planté el culo en el colchón sin preguntarle. Coloqué una de las manos sobre su izquierda, que tenía entrelazada con la derecha. Dentro tenía un rosario que no había visto. Dulce era bastante contradictoria.

—Cariño… —le dije con mucho tacto. Todas sabíamos que cuando usábamos aquel apelativo era porque no estábamos bien—. Sabes que yo siempre he respetado que seas muy creyente, que vayas a estudiar Ciencias Religiosas…, aunque todo lo que te rodea contradiga tu fe. —Me miró de golpe—. Pero creo que tener un rosario mientras escuchas a una banda con letras oscuras y muy agresivas… —Negué con la cabeza dándole a entender que no había por dónde cogerlo—. Así no puedes concentrarte en rezar.

—No tiene sentido… —musitó.

Le palmeé el muslo.

—No, no lo tiene. Pero por eso somos un aquelarre con pequeñas particularidades de las que no se puede habl…

No había terminado cuando me interrumpió:

—Sí, es cierto. Mírate tú.

No mostré disconformidad. Si ella se sentía mejor comparándose conmigo, era porque no estaba bien.

—Dulce, tendrían que haberte puesto de nombre Lilith. —Sus ojos brillaron de emoción—. Aunque ese no es el tema.

—Mis padres se habrían desmayado si me hubieran puesto el nombre de la mujer del diablo.

Me quedé en silencio solo unos segundos, sin desear alargar más mi verdadera pregunta.

—¿Qué es lo que te atormenta para que estés así?

Y suspiró con mucha fuerza.

—He estado muy nerviosa. El simple hecho de contarte lo de tu hermano… Lo siento. He sentido la necesidad de soltarlo ya, y ahora que he descubierto a qué se dedica… —Se avergonzó y miró hacia abajo.

Extendí la mano libre para alzarle la barbilla.

—¿Cómo te has enterado del trabajillo de Alan? —le pregunté con sorna, tratando de destensar el ambiente.

Se mantuvo en silencio unos segundos.

—Contactos. —Y no añadió nada más.

Asentí, siendo consciente de que Dulce era parca en palabras y en explicaciones. Imaginé que, cuando tuviera un arranque de los suyos, nos diría cómo se había enterado.

—Dulce, haya pasado lo que haya pasado con Alan, tienes que olvidar que es mi hermano y contarlo cuando estés preparada, como si fuera un tío normal…

—Normal, normal… —Movió la cabeza de un lado a otro.

Puse los ojos en blanco y la empujé para que me dejara sentarme a su lado en la cama.

—Es un tío normal —recalqué—. No es un dios del Olimpo.

—Ni siquiera sé decirte cómo pasó.

Volví a palmearle el muslo. La música seguía de fondo y saliendo por los auriculares.

—Es que no tienes que decirme cómo pasó hasta que no quieras. Y si no quieres hacerlo nunca, estás en todo tu derecho.

Qué manía teníamos en esta sociedad de tomarnos las cosas como obligación. Como si todo lo que nos ocurriera hubiera que justificarlo con nuestro entorno para contentar a todo el mundo. Había secretos que podías contar, pero es que también había otros que quizá no podías ni querías compartir jamás. ¡Era comprensible!

Sus ojos verdosos me observaron. Eran un poco extraños y a veces daban pavor, pero es que Dulce tenía unos ojos tremendos. Eran preciosos. Impactantes. Soberbios. Me miró durante un largo rato. Seguramente con esa indecisión que nos mata y nos hace dar muchas vueltas a la cabeza. Esa indecisión que te provoca un dolor incesante al final del día.

Me pegué al cabecero de la cama, consciente de que necesitaba una ducha y de que se me había pegado el sudor después del entrenamiento. No sabía si olía cochino o no, pero si mi amiga no me había dicho nada… Y luego estaba Daniel y su jodida presencia. Sí, lo llamaba por su nombre completo porque me cabreaba que apareciera y se marchara sin decirme adiós. Iba a quitarle esa puñetera costumbre a porrazos si era necesario.

Tan sumida estaba en mis pensamientos que no me di cuenta de que se me estaban cerrando los ojos. No era para menos, después de la paliza que me había dado Izan en la pista. No quería, ni por asomo, pensar en que eso sería una constante hasta el día del concurso. ¿Cómo podía existir gente que dijera que el ejercicio era maravilloso? ¿Serían los años? Quizá veinte tacos más tarde tendría otra perspectiva sobre este tema.

Ni siquiera me percaté del momento en el que Dulce apagó a la odiosa banda que me había estado perforando la sien. De haberlo hecho, le habría dado unas gracias infinitas, desde luego. Me sobresalté cuando la escuché con aquel tono tan profundo y tan mortífero. Parecía sacada de uno de esos libros de mafiosos italianos que leía últimamente.

—Como te quedes durmiendo en mi cama sudada como una guarra, te juro que apareces con las cuencas oculares vacías.

¡Hala! ¡Qué bruta! Era capaz y la creía. Sobre la mesa tenía aquel odioso libro que me daba tanto pavor.

—Vas a tener que dejar de leer al señor Tiziano* —lo señalé con el dedo—, porque estás empezando a darme miedo.

Ahora la que se puso un pelín frente a mí fue ella. Y digo un pelín porque la cama era de noventa y tampoco había espacio para más. Juntó el dedo índice y pulgar indicando algo muy pequeño.

—Con los Sabello ni esto.

Solté una risita irónica. O tal vez nerviosa, no estaba segura. Tuve la intención de levantarme de la cama, pero la blanquecina mano de Dulce me detuvo antes de que lo hiciera.

—Fue en las fiestas del barrio. ¿Recuerdas el día que me marché sola a casa?

Claro que lo recordaba. Eso había ocurrido hacía dos años y medio, antes de que mis padres se separaran. Menuda cogorza pillamos aquella noche. De ahí que Dulce se fuera sola y ninguna hiciéramos hincapié en acompañarla. Y de ahí tam-

---

* Personaje ficticio de la trilogía Tiziano, de Angy Skay.

bién que, a partir de esa noche, una siempre bebiera un poquito menos por si la situación se complicaba.

—Sí, lo recuerdo. Casi nos da un infarto cuando nos dimos cuenta de que no estabas.

—A la mañana siguiente —puntualizó con un movimiento de cabeza.

—A la mañana siguiente —repetí.

Era una soberana tontería llevarle la contraria. Nos habíamos quedado durmiendo en el banco de un parque y nos había despertado un vagabundo, con eso os lo digo todo. También os diré que esa mañana hicimos un acto de buena fe y a ese hombre a quien ni se le ocurrió robarnos le dimos entre todas el dinero que nos había sobrado de la noche anterior. Por supuesto, lo invitamos a desayunar. Existía gente buena en el mundo, aunque pareciera que no.

—Me marchaba a casa y Alan se cruzó conmigo en la salida del recinto de la feria. —La miré, prestándole más atención. Lo cierto era que me picaba muchísimo la curiosidad. ¿A quién no?—. Discutimos tontamente, porque, según él, una «niñata» de dieciséis años no podía marcharse de la feria sola a casa y encima borracha. Pero, cuidado, que él iba tibio —ironizó.

—Alan y su afán de machito ibérico, como dice Maca. —Dulce asintió.

—La cuestión es que pasé de él tres pueblos y medio, dejé de discutir y me dispuse a seguir mi camino. —Tragó saliva, como si recordarlo le provocara escozor entre las piernas—. Me gritó que me detuviera. Yo no le hice caso, por supuesto.

Respiró profundamente, giró la cabeza una milésima y chasqueó la lengua con desagrado.

—¿Tan malo fue?

Tragó saliva y negó con la cabeza.

—Al contrario de lo que todas decís de las primeras veces. —Me señaló y esperó unos segundos antes de terminar la frase—: Para mí fue impresionante, Aitana.

—No todas las primeras veces deben de ser malas, aunque ya sabemos que por norma general… suele ser así.

Asintió, sin quitarme la razón.

—No supe en qué momento se pegó a mi oído y me dijo: «A las chicas que se marchan solas pueden pasarle cosas muy malas». —No lo imitó, pero sí que se perdió en el recuerdo—. Lo miré y no se me ocurrió otra cosa que seguirle el juego y preguntarle si él también pensaba hacerme esas cosas malas. —Movió la mano restándole importancia—. Los dos sabíamos de qué hablábamos.

Me lo pensé antes de seguir con mi interrogatorio camuflado.

—¿Y qué ocurrió?

Una risita sarcástica brotó de sus labios.

—¿Conoces la frase esa de «no tienes huevos»…?

Cabeceé en señal afirmativa.

—Cuánto daño hace esa frase. —Me reí.

—El resumen es que me preguntó si quería que me hiciera esas cosas, y yo le respondí que no tenía huevos de ponerme una mano encima. Y ya sabes cómo es tu hermano de cabezón y de bruto.

Noté que el corazón se me aceleraba, como cuando te cuentan una historia de esas románticas que te llegan al alma. Sé que suena muy dramático, pero es que yo tenía claro que el secreto de Dulce era por algo muy grande. Joder. Había perdido la virginidad con mi puto hermano.

—¿En el recinto? —le pregunté, refiriéndome al sitio donde lo habían hecho, sin entrar en detalles.

—En el recinto —reafirmó—. Pegaditos a la pared de una de las atracciones. —Se llevó las manos a la cara en un acto vergonzoso—. ¡Madre mía! ¡Si llega a verme alguien! ¡Es que no sé cómo fui capaz de hacerlo!

No quería pensar en el dolor. En perder la virginidad con una postura rara, de pie y con un tío más bruto que un arado.

—Bueeeno, habría sido peor que hubieras salido en las noticias y tus amigas se hubieran enterado por el periódico. —Me dio un codazo fingido—. Imagínate a Noe con lo dramas que es. O a Maca. —Elevé un dedo en el aire—. Mejor imagínate a Maca endemoniada.

Las dos reímos por la situación y el ambiente se relajó un poco. Creí apreciar que se le habían distendido los hombros al soltar esa información que llevaba guardando durante tantísimo tiempo. Su tono cambió, predominando uno más débil, más susurrante.

—Me daba miedo que esto nos afectara.

—¿Por qué iba a afectarnos? —le pregunté confusa.

—Porque no deja de ser tu hermano, Aitana. Y ya has visto que no nos llevamos muy bien.

No quise hacer preguntas sobre el tema. Ya me contaría más cuando estuviera preparada. Tal vez lo que le ocurrió a Alan fue que se arrepintió de lo sucedido. ¿Y qué manera tenemos de esquivar el arrepentimiento cuando no sabemos cómo arreglarlo? Pues poniéndonos a la defensiva, que así la vida va mucho mejor —léase con ironía—. Una de mis reglas fundamentales era intentar hablar las cosas, aunque últimamente no estuviera llevándola a rajatabla. Me acerqué a ella lo poco que nos quedaba para estar casi encima la una de la otra.

—Dulce, eres mi amiga desde que tengo uso de razón. Ese capullo no va a separarnos.

Sonrió. Me tocó el hombro dos veces, porque ya sabéis también que Dulce no era mucho de contacto, y me ordenó:

—O te vas a la ducha ya o saco la alcachofa y hacemos una fiesta de agua.

Era toda una especialista en indirectas directas.

12

Felicidad

Ese sentimiento que alegra cada molécula

El fin de semana se acercaba, y no os podéis imaginar la felicidad que experimenté cuando el señor Gálvez me confirmó que ya me había abonado el sueldo. Inmediatamente, mis amigas me ayudaron a preparar la fiesta de cumpleaños que celebraríamos ese finde, concretamente el sábado, en un parque de bolas del barrio. Como estaba dentro del grupo de madres y padres del colegio, me lancé a enviarle una invitación a toda la clase. También habíamos comprado unos cuantos regalos por Internet. Y hablo en plural, porque ellas participaron en todo momento.

El entrenamiento estaba siendo tedioso, aunque merecía la pena. Cada día me encontraba más ligera, menos cansada, más fuerte y más motivada. Al final, ¿sería verdad eso de que el ejercicio era bueno? Me quedaban algunas dudas, pero era cierto que cada vez que Izan me mandaba correr las malditas seis vueltas a la pista, me daba tiempo a pensar en muchas cosas. Pensaba en Dani, por ejemplo.

Apenas habíamos coincidido en las clases, pero no sabía por qué motivo. Como no tenía su número de teléfono, no podía preguntárselo. Estaba segura de que se lo había cambiado cuando se marchó hacía dos años. Y tampoco quedaba bien presionar a Izan, con el que iba bastante —asombrosamente—, para saber si tenía su contacto. Lo más fácil sería subir al quinto cuando estuviera en casa y pedirle que habláramos con tranquilidad. Me sentía impaciente por hablar con él, aclarar lo ocurrido tras nuestra nefasta despedida en el garaje y decirle que dejaría reposar los problemas como los de Alan hasta que los asimilara. En realidad, me había chocado todo bastante.

Me urgía sacarme del pecho ese sentimiento extraño. El de echarlo de menos. El sufrir por no verlo. No tenía muy claro si comenzar una conversación diciéndole que sentía algo raro que no sabía si era bueno o malo. Pero ¿cómo le decías a una persona que estabas enamorada de ella?

Noe me habría dicho que diciéndolo simplemente.

Dulce, que valorara la situación antes de abrir mi corazón.

Y Maca, que ni muerta fuera yo la primera en dar el paso.

Me marché de la clase de Psicología del Desarrollo sin ver a mi amiga la de las puntas fucsias. Había salido diez minutos antes e imaginé que se debía a una llamada que llevaba esperando dos días… Una llamada de su madre.

Avancé por el pasillo escuchando las distintas opiniones de Dulce y Noe sobre la clase en general. Estaba más callada de lo normal, y eso hizo que me fijara en un punto del exterior del campus. En concreto, en un corrillo con el que todavía no nos habíamos topado…, gracias a Dios. En ese corrillo estaba la famosa exnovia de Izan. Ella y sus amigotas estudiaban otra carrera distinta y no coincidíamos, de momento, en ninguna de las clases. Podríamos definir a Raimunda —Ray para los amigos— como la típica Barbie que llevaba hasta la última uña perfectamente arreglada. Sí, estoy hablando de esas chicas que se ven solo en las películas, a las que no se les mueve ni un pelo de la cabeza. Evidentemente yo no era como ellas. Mi melena era muy similar a la de Maca cuando decidía que alisarse el pelo no era lo apropiado. Sí, ya sabéis, esa mata indomable de pelo que tenía. Vamos, que éramos dos tías que acababan de meter los dedos en el enchufe. Pero, bueno, sin ánimo de comparar, aquellas chicas eran perfectas. Todas ellas. La particularidad que tenía el grupito de Ray —parecía la marca de un insecticida, Raid— era que todas debían pasar por una prueba para entrar dentro de su equipo. Se parecía un montonazo a esas bandas chungas que había en algunas ciudades de España. Daba miedito.

El grupo de Doñas Perfectas estaba formado por su representante, Ray, de morros rojos, larga melena rubia, cuerpo esquelético, uñas largas en forma de pala —me preguntaba cómo se sacaría los mocos, porque todo el mundo, no nos engañemos, se los ha sacado alguna vez— y marquista de primera categoría. Sus amigas, Lorena y Vanessa, eran una copia exacta de ella. La única diferencia era que Lorena tenía un ojo mirando al País Vasco y el otro hacia Cataluña —se le notaba poco, diré a su favor—. Vanessa era más normalita.

Empujé la puerta de salida viendo que se formaba una especie de círculo alrededor de las susodichas, quienes mantenían a alguien en el centro. No veíamos a quién. Miré a Noe un segundo, con la ceja alzada y preguntándole de manera muda por qué estaba Maca frente a ellas, haciendo muchos aspavientos con las manos.

—¡Pelea! —anunciamos las dos al unísono.

Lo siguiente que recuerdo fue que llegamos a su altura cuando Maca ya le propinaba el primer tortazo a Ray, mientras sus otras dos amigas, Lorena y Vanessa, se lanzaban para enganchar a nuestra amiga por la espalda.

Tiré la mochila al suelo, lanzando la carpeta a la otra punta. Noe y Dulce hicieron lo mismo y acabamos enganchadas entre todas. No sabíamos cuál había sido el motivo de la disputa, pero no íbamos a permitir que tres personas golpearan a una. A eso siempre lo había llamado cobardía.

Entre tortazo y tortazo, atisbé que había una persona de cuclillas en el suelo, con las manos en la cabeza. Tal vez lloraba. No la conocía ni sabía quién era. Los gritos, insultos y galletones por doquier hicieron que bastantes universitarios se detuvieran para contemplar la pelea que se había formado en medio de un descanso. Detuve los movimientos de mis manos cuando alguien me sostuvo de la cintura y dejé de tocar el suelo con los pies. Eso sí, jurando en hebreo que le arrancaría los ojos a Lorena.

—¡Para, para, para! —Dani me depositó en el suelo sin soltarme la cintura—. ¡¿Qué coño hacéis?!

Con la respiración a mil, las piernas temblándome y las ganas de guerra en pleno auge, me fijé en que Izan había tirado de Maca, mientras que otros chicos se habían metido para apartar al grupito de las pijas. Dulce se había quedado paralizada de repente, y os vais a caer muertos cuando os diga qué profesor nos tocó en la tómbola para terminar con la batalla. Pues sí, el profe de Lengua y Literatura apartó a Noe con un pequeño movimiento de mano. Pero esa mano no se apartaba de su vientre, y mis ojos estaban clavados allí.

—¿Se puede saber qué demonios sucede aquí? —preguntó, y a ver quién era el listo que le contestaba el primero. O, en este caso, la lista.

Tragué saliva al ser consciente de que yo también tenía una mano que no se separaba de mi cuerpo. Era fuerte, grande, dura…, y la había echado de menos. Moví la cabeza lo justo para presenciar que Dani estaba atento al profesor. Menuda la que iba a caernos. El grito de Maca me apartó de mis variadas reflexiones.

—¡La gilipollas estaba metiéndose con esta chica! ¡Se piensa que está en una universidad de Estados Unidos y que eso le da derecho a joderla en su primer día!

Como si fuéramos muñequitos de Playmobil, la gran mayoría de los alumnos movimos la cabeza un centímetro para buscar a la chica de la que hablaba. Maca era la fiel defensora de las injusticias por excelencia.

—¡Yo…! —Ray fue a defenderse con un pisotón de pie incluido—. ¡Yo…!

—¡¡Estaban llamándola basurera adoptada y mil cosas más!! —Maca no cejó en sus explicaciones.

Me pareció ver que las facciones de Dani se relajaban un poco al ver que nosotras no habíamos sido las liantas. Tenía huevos.

—¡Eso no es cierto! —vociferó la rubia tonta de chorizos en la boca, pero el profesor enarcó una ceja, dejando en evidencia que no la creía.

Noe se cruzó de brazos, y ese gesto provocó que Francisco Javier retirase la mano de su posición. Una manita que se había olvidado ahí, casualmente, todo hay que decirlo. Dulce me miró de soslayo. Prometo que no quise reírme, pero me fue muy difícil aguantar.

—¡¿Mentira?! —Y Maca volvió a dar un paso para arrancarle los pelos. El profesor la detuvo extendiendo una mano en su dirección. Yo avancé de manera inconsciente y Dani me detuvo. Todavía no había apartado la mano de mi barriga—. ¡Si le habéis dicho que debería tener la entrada prohibida en esta universidad por el simple hecho de ser negra y extranjera! ¡Cabronas! ¡Que sois unas putas cabronas!

—¡¡Ya basta!! —gritó el profesor y cortó por lo sano—: ¡Raimunda, a mi despacho! Voy a avisar a la directora por lo que has hecho.

—Pero… —intentó justificarse ella.

Él no la dejó.

—¡He dicho que a mi despacho! —Miró a Maca para decirle claramente que tampoco se libraba—. Y tú, ya veremos.

Aquel torrente de voz tan firme, tan sexy y tan varonil me puso la piel de gallina. Noe dio un repullo, debido al escalofrío que acababa de provocarle esa voz.

Con pesar, toqué la mano de Dani para apartarlo y me encaminé hacia mi amiga, la choni más bondadosa de toda la universidad. Estaba agachada y ayudaba a la muchacha a ponerse de pie. Dulce y Noe también se habían acercado; esta última estaba un poco aturdida. No era para menos, ya que a mí me daba la sensación de que el profesor le tiraba la caña.

—¿Te encuentras bien?

La chica asintió. Me fijé en sus rasgos y he de decir que era preciosa. Tal vez eso había sido lo que había desatado la furia de Ray: encontrarse a alguien que le hacía la competencia. Tenía el cabello largo y negro muy rizado y unos ojos verdes impresionantes. Pensé que me había quedado embobada mirándolos por su belleza. La muchacha era más o menos de mi altura. Entonces recordé que una compañera de la clase de Ciencias Sociales había comentado con otras chicas una información sobre una nueva alumna que llegaría en las próximas semanas. Se habían enterado gracias a varios padres de algunas compañeras de clase, y la noticia había corrido como la pólvora por toda la universidad. Ahora lo entendía todo. Vi en los ojos de mis amigas que también sabían de quién se trataba, pues habían estado presentes en esa conversación.

Se llamaba Makena y sus padres biológicos eran de Tanzania. Hasta donde me había enterado, la madre dio a luz en España y la dejó tirada en un contenedor. Me pareció surrealista y muy cruel. De hecho, cada vez que alguna de estas noticias salía en televisión, yo era de las que lloraban a moco tendido. Tuvo la gran suerte de ser adoptada por una familia española, y hasta ahí podía contar porque no conocía nada más de su historia.

Makena miró a Maca con un agradecimiento infinito. Y ahí ocurrió algo. No tuve tiempo de analizar la situación, algo que mi amiga Dulce sí hizo en la distancia, como de costumbre, porque era muy observadora. No supe de qué se trataba.

—No les hagas caso a esa pandilla de inútiles. Suelen ser así con todo el mundo. Me llamo Izan. —Le tendió la mano a modo de saludo.

Makena se la aceptó con timidez.

—Yo soy Maca —le informó mi amiga, dos tonos más bajos de lo que solía hablar.

Uno a uno nos fuimos presentando, excepto Dani, quien permaneció apartado. Tal vez las heridas no habían sanado del todo. Le tocó el turno a la persona más sincera del mundo mundial.

—Yo soy Noelia, pero puedes llamarme Noe. Somos un grupo apartado de la sociedad por gentuza como las idiotas que acabas de ver. —Cabeceó en dirección al interior del edificio—. Creo que no es necesario que lo pregunte, pero si quieres unirte a nosotras, serás bienvenida.

Las tres restantes nos encontramos asintiendo.

—Gra... gracias —balbuceó la chica, contemplándonos.

—Faltan dos horas para la comida. Si quieres, podemos vernos allí. —Dulce le señaló un espacio del campus en el que solíamos sentarnos a comer.

Casi nunca nos quedábamos en el comedor, porque el aire libre nos sentaba mucho mejor. Makena cabeceó en señal afirmativa, como si le diera corte contestar. No quise argumentar nada más. Tal vez la muchacha se sentía sobrecogida por los acontecimientos y no era plan de atosigarla. Le habíamos ofrecido nuestra ayuda y nuestra compañía. Si la quería, bienvenida sería.

Cuando me giré para marcharme al interior de la uni y ya sabiendo que todas llegábamos tardísimo a nuestras respectivas clases, me fijé en que Dani había desaparecido por tercera vez. Di un pisotón en el suelo como una niña enfadada y me despedí de las chicas prometiendo que nos veríamos en un par de horas. Cogí mis pertenencias y me marché con paso decidido en busca del aula donde tenía la siguiente clase.

Iba ensimismada consultando en unos papeles el número de aula que me correspondía. En ese momento, los pasillos estaban desiertos, y cuando fui a torcer por otro una enorme mano me interceptó y tiró de mí. Podéis suponer el susto que me llevé y el grito que di.

—Shhh, shhh —musitó en mi oreja.

—¿Qué haces? ¿Ha pasado algo?

—¿Qué tiene que pasar? —susurró, y no entendí a qué venía aquel asalto.

Ambos miramos la entrada de la clase en la que estábamos cuando escuchamos un ruido en el pasillo. Si no me equivocaba, tenía pinta de ser de Anatomía o algo similar, debido a los instrumentos que había sobre las mesas.

Apenas hacía un rato me había enfadado con él al comprobar que había desaparecido del campus después de la pelea. Fruncí el ceño, me separé de él y me coloqué de frente, con los brazos cruzados a la altura de las tetas en esa posición que tanto las realzaba. Di un paso hacia atrás, queriendo buscar una distancia que dejara de marearme. Tenía que ser aquel perfume que llevaba, ese de macho ibérico.

—¿Tú qué? —le pregunté con tono mordaz.

—¿Yo qué?, ¿de qué?

Entrecerré los ojos, deseando fulminarlo.

—Es la tercera vez que desapareces sin dar una explicación —objeté muy en desacuerdo con la manera que tenía de actuar.

Alzó ambas cejas sorprendido.

—¿Te refieres a marcharme de una pelea en la que no tengo ni voz ni voto? Demasiado es que te haya separado para que no os sacarais los ojos.

—Es que yo no te he pedido que me separaras —le dije con mala leche.

—Mejor que haya sido yo y no la directora.

Ahora el que dio el paso hacia delante fue él. El movimiento me puso nerviosa.

—Por lo menos podrías haber dicho adiós. Lo estás tomando por costumbre.

—¿El qué estoy tomando por costumbre, Tana?

Otro paso. Ya no había ni medio centímetro entre los dos. Y empezó a faltarme el aire.

—El marcharte sin despedirte de mí —musité, más bajo de lo que me hubiera gustado.

Estaba en fase de atontamiento mirando sus ojos y su boca. Y, entonces, ocurrió lo que nunca pensé que podría ocurrir en aquella circunstancia en la que casi estábamos discutiendo.

Avanzó el escaso centímetro que le quedaba. A una velocidad vertiginosa, me colocó una de sus manos en la nuca y la otra en la cintura. No preguntó. Por primera vez no preguntó, sino que me besó.

Me besó con tal arrojo que pensé que era imposible que ese Dani fuera el que ahora estaba allí. El que ahora era mi presente. Sentí la calidez de sus labios impregnándose de los míos mientras su lengua buscaba una batalla que ya estaba vencida. Mis manos subieron por su pecho hasta convertirlas en puños. Y me vi desbocada deseando su boca con más fervor, con más ganas de él.

Me rozaba los muslos de manera inconsciente, y el beso se volvía más intenso, más arrollador. Diferente al que una vez nos dimos… El cambio me pareció irreal. Algo llamado celos se apoderó de mis sentidos de manera instantánea. ¿Con cuántas chicas habría estado para saber besar de esa forma? Y, lo peor de todo, ¿de verdad quería saberlo?

No.

La respuesta era no. Y aquel momento no era el más adecuado para preguntárselo.

Habíamos comenzado a danzar por el aula, rozando nuestros cuerpos, restregándolos con desenfreno, con ansias, con vivacidad. Me entraron unas ganas irrefrenables de besar cada centímetro de su cuerpo y noté que las manos se me colaban debajo de su camiseta para delinear cada músculo de su vientre.

Odié el instante en el que nos separamos para recobrar el aliento. Aquello nos sirvió para conectar. Sus ojos echaban fuego. Yo era consciente de que mis mejillas irradiaban un calor sofocante, un calor que a esas alturas también era palpable en el centro de mis piernas. Había olvidado lo que era sentir la necesidad de unirse a alguien. La necesidad sexual de acostarse con alguien. Y ese alguien era Dani.

—Tana… —murmuró con la voz muy ronca.

Una charla no podía estropear aquel momento. La clase ya la había perdido y me pondrían un negativo gigante, porque esa mañana me tocaba presentar un trabajo que me había tirado una semana haciendo. Ni siquiera me había acordado de ese detalle.

Me lancé de nuevo a su boca. Le sostuve las mejillas entre las manos y las apreté con tanta fuerza que temí hacerle daño. Intuí que por aquel gesto ya dejaba muy claro lo que sentía. O por lo menos lo que pensaba de él. Le mordí la boca, la delineé con mi lengua como nunca me había atrevido a hacerlo con ningún chico. Me dejé llevar y cuando quise ser consciente de dónde estábamos, me importó una mierda. No dejamos de besarnos. El calor era cada vez mayor, pero lo que provocó que perdiese los nervios —o la cordura— fue su siguiente movimiento.

Me empujó hacia atrás, barrió con una mano la mesa en la que había cuatro papeles y un lapicero, me agarró el culo, lo estrujó y me sentó sobre el escritorio de los profesores.

Enrosqué las piernas alrededor de su cintura y lo empujé para que se pegara más a mí. Ese gesto también ocasionó que nuestros labios se separaran para coger el aire que tanto necesitábamos. Aquello no hizo más que reforzar nuestra fuerte conexión.

¡Joder! ¡Cómo lo deseaba!

—¿A qué estás esperando? —le pregunté jadeante, como si fuera una perra en celo.

Tragó saliva. Yo notaba que algo más salía de mi sexo y me empapaba el tanga. Estaba muy cachonda, y lo más grave fue notar su enorme miembro en el centro de mis pantalones.

Porque lo recordaba.

Y precisamente pequeño no era.

—Tana… —Me restregué con más delirio. Gimió y apretó los dientes. Su mirada criminal me encantó—. Se acabó esto de hacer el tonto —sentenció con rudeza.

Casi me desmayé por el tono. Mis manos volaron hasta la cinturilla de su pantalón, con las ansias palpables de desabrocharlo. La urgencia nos había poseído, pero como en todos los momentos más idóneos de mi vida, alguien abrió la puerta del aula.

13

Gratitud

Las cosas se hacen de corazón

No podía pensarlo.

No quería.

Me empalmaba cada vez que lo recordaba, y eso que habían pasado dos días desde aquello y no había vuelto a verla. Menos mal que la persona que entró fue Dulce. De haber sido un profesor, nos habría caído una buena. Me reí cuando su amiga se tapó los ojos, pidió muchas veces perdón y después admitió que podía encontrar a sus amigas gracias a una aplicación que tenía. Imaginé que eso se le escapó por los nervios.

Y todo el plan se jodió.

Era sábado y esa mañana iba a hacer una cosa de corazón. Había estado hablando con mis padres para exponerles la situación en la que se encontraba la familia de Aitana —por lo que había podido ver e intuir—. Y, entre todos, habíamos decidido ayudar de tal manera que a Alan no le diese por darme un paliza.

Sí, les había contado el motivo de las heridas y los cardenales en la cara, los cuales habían desaparecido casi del todo. Menos mal que los del resto del cuerpo no los habían visto. Mi madre se había llevado las manos a la cabeza, pero terminó tranquilizándose, pues sabía que no nos habíamos llevado bien desde pequeños.

En ese momento me encontraba en el mostrador de la tienda y estaba viendo cómo mi padre se acercaba con Carlos. El padre de Tana tenía unas ojeras muy pronunciadas y estaba visiblemente abatido. Iba muy descuidado. Entonces comprendí que, por culpa de la depresión, difícilmente iba a encontrar un puesto de trabajo. Se acercaban charlando amigablemente. Ellos siempre se habían llevado bien. Mi padre le palmeó uno de los hombros con cariño antes de entrar. No pude reprimir una sonrisa.

—Eres un buen muchacho, hijo mío.

La voz de mi madre me sobresaltó. Estaba al lado de la primera estantería con los complementos para las bicicletas.

—Gracias, porque después de las broncas que me echas... —le dije de broma.

Ella sonrió. Podía leerle el pensamiento desde la distancia y tardó solo unos segundos en preguntarme:

—¿Te gusta esa chica? Aitana —puntualizó, por si no había quedado claro de quién hablábamos.

Cabeceé de manera positiva varias veces, pero no me dio tiempo a especificarle más porque entraron Carlos y mi padre. Carlos me saludó con la cabeza, luego se puso a mi lado, me tendió la mano y la apreté con fuerza.

—¿Qué tal estás, chaval? Te veo muy bien.

Tras eso, me palmeó el hombro y sonrió. Pero aquella sonrisa no me mostró al Carlos que yo siempre había conocido, sino a uno más triste y con menos ganas de vivir. Y, de corazón, esperaba que eso cambiara a partir de aquel día. Que volviera a ser el hombre alocado de antaño, como su hija. El que iba por la calle con una radiante sonrisa, al que nunca le faltaba una palabra de cariño, el hombre que siempre brillaba y a quien todo el barrio esperaba encontrarse para hablar con él sobre cualquier tema banal. Incluso el tiempo valía, porque Carlos era especial; y su compañía, muy agradable.

Mi padre no le había comentado todavía el motivo por el cual desayunarían juntos esa mañana. No era nada extraño porque solían hacerlo de vez en cuando, aunque fuera cada cierto tiempo debido a la situación de la familia de Aitana. Mis padres no necesitaban a nadie más en la tienda. Era de barrio y tampoco es que vendieran una millonada de bicicletas al mes. Sin embargo, y pese a las reticencias de mis progenitores, les había convencido para que ampliaran el negocio.

Por descontado, era consciente de que el tema de los patinetes eléctricos los ponía de los nervios, pero si deseaban tener una visión de negocio más amplia, era una opción más que viable para expandirse. Y, al contarles la situación de Aitana, pasaron por el aro y admitieron que tal vez podrían contratar a una persona para que se dedicara exclusivamente a ellos. Y esa persona era Carlos. Y se lo diríamos en aquel momento, pues él no tenía conocimiento de nada.

—Bien, gracias —le respondí escueto, deseoso de que mi padre se lo comunicara ya.

Mi padre me miró de manera rápida, y Carlos se dio cuenta del gesto:

—¿Ocurre algo? —preguntó, dudoso.

Mi padre estaba bastante nervioso. Me extrañó, porque para poner nervioso a Antonio Martín había que echarle muchos huevos. Carraspeó antes de decirle:

—Carlos, verás, es que mi hijo —me señaló. Yo continué con los brazos cruzados en el pecho, a la espera. El padre de Aitana me miró— me ha dicho que estabas buscando trabajo y, bueno, hemos valorado la posibilidad de abrir una pequeña zona con los puñeteros patinetes eléctricos que están ahora de moda.

Mi madre rodeó la esquina del mostrador donde se había apoyado, se colocó a mi lado, pero delante del tablero, y continuó la conversación:

—Como nosotros llevamos el tema de las bicicletas, hemos pensado en contratar a una persona para los patinetes. —Los ojos de Carlos brillaban tanto que sentí la emoción en el pecho—. ¿Qué te parece?

Tragó saliva, sin poder responder. Me miró.

—¿Que qué me parece que expandáis el negocio? —Se señaló con el dedo.

Ahora los ojos de mi padre fueron los que me buscaron. Mi madre, sin embargo, contemplaba la escena sonriendo. Descrucé los brazos y llamé así su atención.

—Sí, ¿qué te parecería llevar esa sección del negocio?

Carlos tragó saliva por segunda vez. Me di cuenta de que estaba a punto de echarse a llorar. No había hablado con Aitana en profundidad sobre cómo se encontraban en casa, pero eran muchas las señales que había percibido para pensar que no iban nada bien. Tampoco habíamos tenido tiempo para ello, aunque intuí que en ese momento el gran problema de Carlos era que no encontraba trabajo debido a su situación. Me había impresionado verlo junto a mi padre. El padre de Aitana no consiguió articular una palabra. Mi madre la retomó por todos:

—Sé que tienes consulta con el psicólogo y que ahora van a ser más asiduas. —Fruncí el ceño. ¿Por qué sabía mi madre aquella información y yo no? Supuse que se debía a los chismes de barrio—. No habrá problema con eso. Cada vez que tengas que salir al médico o que tengas que atender a los niños, nosotros nos encargaremos sin descontar ni un céntimo del sueldo.

—Sobra decir que estarás dado de alta durante toda la jornada de trabajo y tendrás tus derechos como cualquier trabajador. Además, si te tenemos a ti, habrá una excusa perfecta para comprar cestas de Navidad. —Mi padre sonrió con cariño, mi madre lo siguió y los ojos de Carlos se inundaron de lágrimas.

Salí del mostrador para colocarme al lado del padre de Aitana. Palmeé su hombro con cariño y lo insté a salir del trance:

—¿Qué dices, Carlos? ¿Te interesa la oferta?

Ni siquiera preguntó cuánto iba a cobrar, como habría hecho cualquier persona con dos dedos de frente. En aquellas cuestiones no iba a meterme, aunque conocía a mi padre y tenía claro que no era un ratero. Carlos cabeceó, temblando.

—Gracias —musitó, sorbiéndose la nariz—. Gracias. —Nos miró a todos—. Gracias, gracias, gracias. ¡Cuando se lo diga a Aitana...! ¡Madre mía cuando se lo diga a mi hija!

Los dejé en la tienda, eufóricos, y me marché a casa a preparar unos exámenes que tenía en las próximas semanas. Si no hincaba los codos, no aprobaría.

Cruzaba la calle cuando alguien llamó mi atención. Era Alan. Estaba recostado en la farola. Me había estado esperando hasta que salí de la tienda. No pretendía que volviésemos a partirnos la cara en medio de la calle y me acerqué a ver qué quería.

Tenía una pierna apoyada en el metal, mientras se fumaba un cigarro con aquella chulería innata que lo caracterizaba. No había dejado de retarme con la mirada. Me detuve a una distancia prudencial que no lo intimidara, que le indicara que no pretendía empezar una guerra.

—¿Qué quieres? —le pregunté, con la certeza de que estaba allí por algo.

—El Botas quiere que pelees la semana que viene.

Su tono me mostró la indiferencia y la poca gracia que le hacía tener que darme el mensaje. Suspiré, me llevé las manos a los bolsillos y le dije como si no tuviera importancia:

—Hace meses que no peleo. —Negué con la cabeza—. Ahora mismo no puedo. Ni quiero. Puedes quedarte con la apuesta.

Fui a girarme, dándole a entender que no lo haría. Y, en realidad, no estaba mintiendo. Llevaba tiempo sin participar en una pelea ilegal. Era cierto que ganaba un dinero, pero más dinero recibía el tío que organizaba la pelea, en este caso, el Botas. Un camello de poca monta, pero al que todo el mundo temía en el barrio. Una especie de dios de la ilegalidad dentro de un mundo de niñatos que se buscaban las pelas partiéndose la cara.

—Ha dicho que te quiere a ti.

No seguí avanzando y le repetí, mirándolo por encima del hombro:

—Te he dicho que no voy a ir. Puedes decírselo de mi parte.

El hermano de Aitana se separó de la farola y se puso a mi lado. Tiró el cigarrillo, extendió uno de los pies y lo pisoteó con saña, delante de mí. Aguanté el aire en los pulmones porque aquella chulería me desquiciaba.

—¿Te recuerdo quién te sacó de la vida de mierda, marginado? —Miré un punto fijo en el horizonte y escuché su voz con potencia—: ¡Se lo debes!

Dos años atrás, cuando me marché, lo hice con la excusa de todos los problemas que tenía en el colegio. Como era lógico, mis padres solicitaron la matrícula en otro centro, aunque muy cercano a aquel en el que seguían estudiando el resto de mis compañeros. Si es que se les podía llamar así. No a todos, pero a la gran mayoría. Me mudé temporalmente con mi tío, y mis padres decidieron que era mejor no dar pistas sobre mi paradero, pensando también que todo se debía al tema del acoso.

Una vez allí, conocí a un perla en mi clase. Él fue quien me habló del famoso Botas, el que me lo presentó. Y aquel tío que organizaba gran parte de las peleas ilegales en la ciudad me dio la oportunidad de convertirme en otra persona. No le debía nada, pues con el dinero que había ganado conmigo había tenido más que suficiente.

Yo no sabía luchar.

Yo lo que tenía era rabia acumulada.

Una ira descontrolada.

Y eso, sumado a la codicia, me llevó a pelear semana tras semana hasta memorizar cada golpe de mis rivales. Muchas veces complementaba mis estudios con movimientos de artes marciales que ensayaba a solas en casa de mi tío. Y todo ese camino, de nuevo, volví a aprenderlo solo. Os asombraríais de la cantidad de cosas que pueden descubrirse y lograrse a través de un canal de YouTube.

Lo miré cabreado.

—No le debo nada a ese tío —escupí a un palmo de distancia de la cara de Alan—. Si no me hubieras amenazado, no tendría que haber cambiado mi vida de mierda y habría seguido siendo un marginado sin que a ti te importara. —Entrecerró los ojos. No le había gustado mi tono—. Que te den por el culo, Alan.

Quería marcharme para no tener una bronca gorda. Sin embargo, él no estaba por la labor y me cogió el antebrazo. Miré ese punto y le di a entender que, como no me soltara, le partiría la mano.

Pero alguien nos salvó de esta situación extrema.

—¿Ocurre algo?

La pregunta de Aitana hizo que nos separásemos. Quizá Alan tuvo dos dedos de frente y además sabía que su padre estaba dentro de la tienda de los míos. En realidad, yo sabía que Alan no era un mal chico, pero tenía que curar su prepotencia insana y aquella rabia por la vida que sentía. Todo era fruto de lo que le había afectado la situación con su madre y que esta les hubiera abandonado cuando más la necesitaban. Yo también era muy consciente de que Alan se movía en aquel mundo oscuro por salvar a su familia, aunque nadie lo supiera.

Un tiempo después de marcharme de casa y mudarme con mi tío Juan, la vida me había vuelto a poner en el camino a Alan y a aquel hombre con el que había hecho negocios en la famosa parada de autobús. Pues bien, ese día decidí seguirlos y descubrí el mismo sitio que le había enseñado a Aitana. Un lugar donde la gente se pegaba por pegarse, donde se ganaba dinero fácil y donde no había leyes.

Esa fue mi oportunidad, no solo de sacar la rabia que llevaba dentro, sino de devolverle la jugada a Alan, con quien no había tenido la oportunidad de pelear, pero a quien sí había dejado ojiplático al encontrarme allí. La suerte había estado de mi lado, y el tan reconocido Botas me había tenido en gran estima, por lo que más le valía no tocarme ni un solo pelo de la cabeza. Pensé que, tal vez, a partir de ahí, me había cogido un poco más de manía.

—Voy a subir a por los regalos de los niños.

Esas fueron las últimas palabras que dijo antes de desaparecer. Esa mañana celebraban el cumpleaños de los mellizos en el parque de bolas que había frente a la tienda de bicicletas. No me habían invitado, pero tenía una sorpresa muy especial, pues las amigas de Aitana les habían comprado entre todas dos bicis a los niños. En este regalo habíamos participado también Izan y yo cuando nos enteramos. Eso había reducido un poco las cantidades que cada uno debía poner.

Carraspeé, pues no sabía cómo mirarla. Tenía en la cabeza el último momento en que la vi. Habíamos dejado un asunto sin terminar.

No me había quitado el ojo de encima.

—Tengo que marcharme. —Señalé nuestro edificio, el cual se encontraba a dos calles.

Se cruzó de brazos, en esa postura que tanto me gustaba. Tragué saliva y apreté los puños a ambos lados del cuerpo. No quería olerla, porque me daban ganas de abalanzarme sobre ella en un impulso completamente salvaje y desquiciante. Pero no estaba de acuerdo con dejarme marchar. Cuando ya cruzaba la segunda calle, me detuvo como lo había hecho su hermano.

—¿No vas a decirme nada?

Me aparté con cuidado y seguí avanzando hasta nuestro edificio. Dejé la mano apoyada en la puerta del portal al escucharla resoplar.

—¿Qué se supone que debo decirte?

Pareció asombrada.

—No lo sé. Por ejemplo, «¿dónde has estado? ¿Cómo es que no te he visto en estos días?».

Su tono me pareció enfurruñado y precioso.

—¿Quieres saber dónde he estado, Tana?

Abrió los ojos como si no hubiera entendido la pregunta.

—¡Me refiero a dónde he estado yo, alcahuete!

Sonreí con disimulo. Ella entrecerró los ojos. Abrí el portal y empujé. Iba detrás de mí.

—Está bien, dime, ¿dónde has estado? Aparte de en la uni y entrenando con Izan cuando sales de trabajar.

—¿Me has estado siguiendo? —preguntó con guasa.

—Siento decirte que es lo que vas a hacer a partir de ahora todos los días de lunes a viernes.

Toqué el botón del ascensor.

—¿Sabes que te habría quedado muy bien decir que sí? —cuestionó; noté en su tono que estaba un poco molesta.

Accedí al interior del cubículo y me siguió. Las puertas se cerraron cuando pulsé el botón del quinto y, de nuevo, esa maldita tensión cegadora nos avasalló. Retuve el aire todo lo que pude y más en los pulmones.

—¿Y por qué tendría que quedar bien? —inquirí con cierta suspicacia.

Nos encontrábamos muy cerca el uno del otro. Solo nos separaba un único centímetro. Era tan sumamente bonita... Aquellos ojos marrones, tan vivarachos y letales, me observaron. Aprecié que durante un instante no supo qué contestarme, pero habló unos segundos después y no se fue por las ramas. Directa, siempre directa.

—Nos besamos.

Asentí con una caída de ojos. Recordarlo me tensaba la bragueta.

—Nos besamos —repetí.

Ella se puso frente a mí, pero yo no me moví y seguía teniendo delante las puertas del ascensor.

—Si Dulce no llega a entrar, ¿qué?

Cómo me gustaba, amaba su claridad cuando aparecía. Tras esa escueta pregunta, me moví para colocarme también frente a ella. Se puso nerviosa y dio un paso atrás.

—¿Qué, Tana? —le pregunté con tono ronco, sin apartar la mirada.

Dejó de mirarme, como si le diera vergüenza seguir aguantando el pulso y, con disimulo, retrocedió dos pasos más. El ascensor continuaba subiendo.

—Nos lo habríamos montado —añadió flojito.

Avancé como un depredador.

—¿Y el problema es...? —Moví una mano en el aire para que terminara de explicarse.

En sus gestos me di cuenta de que no sabía cómo expresarlo, o tal vez lo que sucedía era que le daba corte decirlo. En mi avance y su retroceso, acabó pegada a la pared de metal, justo cuando la pantalla del ascensor indicaba que habíamos llegado a la planta.

—¿Te da igual? —Se fue por otros derroteros.

Dos pasos más y casi estaba sobre ella. Por supuesto que los di. Miré hacia abajo, anhelando esos labios que no me cansaría nunca de devorar. Ella trataba de que no se le notase el nerviosismo. No di más vueltas al asunto y fui directo:

—¿Querías acostarte conmigo?

La contemplé con intensidad.

—¿Querías acostarte tú conmigo? —Me devolvió la pregunta.

—No me has contestado, Tana —musité, bajando la cabeza.

Si descendía un poquito más, solo un poquito, si la picaba, si la empujaba lo más mínimo, volvería a probar su esencia. Quizá tendría la oportunidad de saborearla como tantas noches había soñado. Quizá...

—Hemos llegado.

Su respuesta me causó una sonrisa canalla. Ni siquiera me había percatado del momento en el que las puertas del ascensor se abrieron. A lo mejor habría sido más factible tirar de su mano y encerrarla en mi habitación hasta el lunes. Pero aquel pensamiento era el de un cavernícola y no el de una persona sensata que sabía que tenía un cumpleaños muy especial esa misma tarde. Me separé de ella sin ganas, suspiré para que se diera cuenta de que no era eso lo que deseaba y le dije:

—Hasta luego, Tana.

Cierto es que le di la espalda para salir; sin embargo, antes de abrir la puerta de mi casa, miré de soslayo hacia donde se encontraba y la noté bastante abatida.

Eran las cinco de la tarde cuando mi padre me llamó para que fuera a la tienda. A mitad del trayecto atisbé que el cumpleaños de los mellizos ya había comenzado y que debían de estar en el momento más álgido. Había un montón de niños, supuse que de la clase de Milo y Alex, quienes sonreían y saltaban en la colchoneta gigante que se veía desde las cristaleras del local. Qué feliz me hacía ver tan contentos a esos dos. Abrí la puerta de la tienda con urgencia. Mi madre me instaba a que aligerase mis pasos desde la ventana.

—¡Vamos, vamos! ¡Han venido las chicas para decirme que van a darles los regalos ya! ¡Corre, Daniel!

—Mamá —la llamé—. ¿Tú has visto que tengo que llevar dos bicis? ¿Cómo quieres que corra?

Los regalos en cuestión llevaban unos enormes lazos en los manillares. Uno era azul y tenía puesto el nombre de Milo en gigante. El otro era rojo y tenía puesto el nombre de Alex.

—Anda, quejica ibérico. Que yo te ayudo.

Fruncí el ceño al no entender qué quería decir con eso de «ibérico» y desvié la atención hasta Maca, a quien no había visto llegar. Tiró de la de Alex y yo cogí la de Milo sin perder de vista a mi madre, que continuaba diciéndome con la mano que aligerara. Crucé la calle detrás de Maca. Nunca se lo había dicho, pero me caía muy bien. Cuando abrimos la puerta del local de bolas, la sorpresa fue mayúscula. Aitana y los mellizos estaban sentados en la cabecera de una enorme mesa y los invitados, los amigos del colegio, iban entregándoles los regalos de cumpleaños.

Sus ojos se desviaron un momento hasta que se encontraron con los míos. Me pareció que ese instante se hizo eterno. Y, entonces, aquella forma de ser tan especial que poseía salió a la luz. Se llevó las manos a la boca con los ojos llenos de lágrimas e incapaz de contener la emoción. Carlos estaba justo a su derecha y sonrió con ternura. Yo estaba seguro de que ese hombre iba a salir de la depresión, que volvería a ser el que fue... Igual que yo conseguí vencer mis demonios, él también lo conseguiría.

—¿Eso..., eso...., eso...? —balbuceó Aitana, aún con las manos en la boca.

Otros padres presentes en la fiesta también se emocionaron. Alan se encontraba en una esquina, solo.

Y algo en mí se partió.

Yo había estado como él.

Y tampoco me había dejado ayudar.

Izan se acercó a mí dando palmas. La verdad es que le había perdonado los desprecios que alguna vez me hizo cuando íbamos al instituto. Ahora estaba siendo un buen apoyo en la universidad y nos llevábamos bien. Tenía un gran corazón, aunque fuera un fardón. Le seguían Noe y Dulce, quien tomó la palabra. Vi que Alan no le quitaba los ojos de encima a la chica gótica y, por primera vez desde hacía mucho tiempo, me sentí bien.

Me sentí bien y rodeado de un grupo de amigos, peculiar y loco. Pero amigos.

—Hemos pensado que a los niños les gustaría tener una bici y se la hemos comprado entre todos.

—¿Todos? —preguntó Aitana.

—Sí. Izan y Dani también han participado. A ver qué dicen los dos renacuajos del inframundo.

Me reí al escuchar cómo los había llamado. Aitana me miró. Estaba tan agradecida.

—¡¡Son unas bicis!! —profirió Alex a grito pelado.

—¡¡Halaaa!! —Milo lo siguió, dejando a un lado los regalos de sus compañeros.

Todos entendieron que los mellizos no siguieran abriendo más regalos. Es más, el resto de los padres los animaron a que se subieran en ellas y arrastraron a sus hijos para que aplaudieran y no se enfadaran porque sus amiguitos no continuaran con la ronda de abrir paquetes. La alegría se contagió por todo el local. Sí, había gente buena en el mundo. Había mucha gente buena que no conocíamos... y nunca me cansaría de decirlo.

No me enteré del momento en el que Aitana se puso a mi lado, tan solo me percaté por su dulce olor. El motivo de ese despiste fue que los niños reían a carcajada limpia, sin controlar muy bien cómo pedalear, y me había puesto al lado de Milo para sostenerle las manos y que no perdiera los dientes. Alan estaba ayudando a Alex y, por primera vez en la vida, lo vi sonreír.

—¿Qué haces esta noche? —me preguntó con timidez.

—¿Estás pidiéndome una cita en el cumpleaños de tus hermanos, pedazo de descarada?

Rio, sin apartarse de mi lado.

—Me gustaría invitarte a cenar.

Cómo me alegraba verla feliz, aunque fuera por un maldito sueldo recién cobrado. Y, tenía que decirlo, qué asco daba el dinero.

—Mmm... —Me hice el interesante—. Depende de lo que quieras que cenemos. Mira que soy un poco exquisito.

—Entiendo que eso es un sí, aunque te encanta hacerte el duro.

La miré unos segundos, moví las cejas con socarronería y después sonreí, antes de preguntarle en nuestro habitual tono de pullitas:

—¿Cuándo y dónde, chulangana?

14

Amor

Ese sentimiento es lo más bonito que podemos experimentar

Los niños entraron como caballos desbocados en casa. Íbamos cargados de regalos hasta las orejas. Al final habían asistido al cumpleaños más de veinte críos. ¡Hubiésemos podido montar una tienda de regalos! Mi padre todavía no entendía muy bien cómo habíamos podido celebrar ese cumpleaños. Le dije que en cuanto acabara el día se lo contaría todo con pelos y señales. Y eso era exactamente lo que pensaba hacer antes de la cita con Dani.

Alan atravesó el pasillo con las dos bicis, una en cada mano, sin dejarse ayudar y como un becerro. Lo había visto relajado en el cumpleaños. No al principio —todo hay que decirlo—, pero según transcurrió la mañana, incluso me pareció verlo sonreír. Un hecho insólito. Evidentemente no iba a hacerle ningún comentario, porque el Alan que un día fue mi hermano ya no existía.

Lo recordaba de manera fugaz, divertido y sin preocupaciones. Gastando bromas, ayudando a la que había sido su madre en la cocina o simplemente llevándose a los mellizos al parque para terminar él subido en los columpios. Mi padre y yo siempre dijimos que era una excusa para rememorar viejos tiempos, y Alan reía a mandíbula batiente, corroborando que no estábamos inventándonoslo. Era triste recordarlo así.

Era triste no verlo así.

Ahora, y sin ánimo de crear conflicto, pensaba decirle de manera sutil que podía dejarlo, sin meterme en más complicaciones. No podía obviar más lo de Alan. Le diría que yo me encargaría de todos a partir de ese momento, sin pedirle explicaciones y sin saber más de lo que ya sabía. Mi padre se metió en el baño con los mellizos, y yo aproveché el momento para correr detrás de mi hermano. Yo ya había dejado los regalos en la cama y le alcancé rápida como el viento. Me coloqué las manos en la cintura y llamé su atención de manera desenfadada:

—Oye, Alan. —No había soltado todavía las bicis, pero ya me miraba fijamente como si quisiera adelantarse a los acontecimientos—. Quería comentarte una cosa... —dudé.

Sus enormes manazas soltaron las bicis. De manera inevitable me imaginé un guantazo suyo y pobre de aquel que se lo llevara en las peleas.

—¿Te ha hecho algo el gilipollas de Daniel?

Me asombré de que lo mencionase y con ese asco.

—¿Qué? ¿Dani? —Me puse nerviosa enseguida, pues quizá había notado algo entre los dos—. ¡No!

—¿Entonces? —Casi ni me dejó terminar.

—Pues... —titubeé, porque al hablar con Alan había que tener cuidado para evitar que se desatara una guerra.

—¡Aitana! —bramó, al límite de la paciencia.

Lo solté tal como me vino:

—He empezado a trabajar en el gimnasio de la universidad hace un mes. Me pagan seiscientos euros. —Alzó las cejas como si no tuviera importancia lo que estaba contándole—. Con eso y con lo que cobra papá, no es necesario que... Bueno, que... Que nos apañamos y llegamos bien a fin de mes. Justitos pero bien. Te da tiempo a buscarte un trabajo estable y...

Elevó la mano en el aire cortando mi verborrea de golpe:

—¡Para, para, para! ¿Quién te ha dicho a ti que tengo que buscarme un trabajo estable? —Fui a abrir la boca, pero no me dejó—: ¿Y quién coño te ha dicho a ti en qué estoy *trabajando* ahora? —Traté de separar los labios cuando hizo ese énfasis. Sin embargo, me cortó con otra pregunta—: ¿O tú qué sabes de dónde saco el dinero? ¿Eh?

Su mirada se enturbió. Busqué en mi cabeza las palabras adecuadas, porque aunque no lo hubiera dicho, podía leer entre líneas que ya había apuntado a un culpable y pensaba ser su juez y verdugo.

—No es lo que estás pensando. Solo digo que…

Nada. Con él no se podía hablar. Se giró, cabreado como una mona, y se largó de la habitación, no sin antes decirme alto y claro:

—¡Métete en tus asuntos!

Mi padre nos observaba desde el quicio de la puerta. Se subió las gafas un poco y movió la cabeza para darme a entender que no tenía solución. En cuanto terminara de bañar a los niños, hablaría con él. Y menos mal que era un hombre razonable, no como el neandertal de mi hermano. Me senté en el sofá y me entretuve durante un rato con las redes sociales, sin fijarme en nada en particular, hasta que me entró un wasap en el móvil. El corazón me dio un vuelco al comprobar que era un número desconocido. Lo abrí con las manos temblorosas y sonreí.

> **Desconocido**
> ¿Hay que llevar algo para nuestra cita?
> No sé. Cuchillos, machetes, bolsas de basura…
> Tú me dices.

Le respondí de inmediato. ¡Había guardado mi número, aunque no me hubiese vuelto a escribir desde que se marchó!

Aitana

Me parece muy mal que todavía no tenga tu número de teléfono y ni te hayas dignado a dármelo.

Estaría bien que trajeras todas esas cosas, pero te lo advierto: estás muy confiado y yo creo que con el pincho de cocina voy bien.

Desconocido

¿Tú has visto el tamaño de mi cuerpo?

Aitana

He visto todos tus tamaños, Dani.

Reconozco que me había dejado llevar y ni siquiera supe por qué le había puesto eso. Pero había sonado muy guarro, las cosas como son. Tardó lo suyo en responderme, imaginé que quizá noqueado por esa contestación.

Desconocido

¿Y te parecen pequeños?

—¿Aitana?

Que mi padre me hablara provocó que bloqueara el teléfono como si tuviera doce años y me hubiera pillado haciendo algo malo. Carraspeé incómoda al pensar que podría haber visto algo de la conversación, y eso que no había nada extraño. Bueno, había tiritos, pero a fin de cuentas nada extraño. Me moví hacia un lado para que se sentara conmigo.

Entonces me fijé que la puerta de la habitación de Alan se encontraba abierta. Una de dos: o quería enterarse de nuestra conversación o se había dado un golpe y estaba inconsciente. Lo segundo lo comprobaría cuando termináramos de hablar.

—¿Tenemos una conversación pendiente? —me preguntó, frotándose las manos en el pantalón.

Asentí, intentando transmitirle la confianza que le faltaba. Y no di las mismas vueltas que había dado con Alan. Total, no me serviría para nada.

—Empecé hace un mes a trabajar en el gimnasio de la uni. —Antes de que fuera a interrumpirme lo detuve, alzando una mano. Deposité otra con toda la confianza del mundo sobre una de las suyas. Y ahí sí que deseé que notara mi paz—. Tú lo necesitabas, yo lo necesitaba, el garrulo de Alan lo necesitaba y los mellizos se lo merecían. No pienso permitir que esta casa pase penurias mientras esté en mi mano poder solucionarlo.

—Pero tus estudios…

—Puedo perfectamente con mis estudios. —No quería que se preocupase por nada—. Mis amigas están echándome un cable. Puedo asegurarte que duermo por las noches. —Mejor no le decía que a medias y que encima estaba entrenando para un concurso—. Estoy aprobando todos los trabajos y aprobaré los exámenes que me vayan poniendo. Papá, estoy bien. Estamos bien —corregí.

—Aitana…

No estaba dispuesta a quedarme con nada en el buche:

—Los niños ya tienen los zapatos nuevos —había aprovechado para metérselos como uno de los regalos—, tú tienes cita la semana que viene en la óptica para cambiarte esas gafas, que están hechas polvo —se las señalé y las tocó— y también tienes cita con una nueva psicóloga que ha encontrado Maca, en el barrio de al lado. Dice que es muy buena. Se llama Teresa. —Me asustó que no hablara—. El resto del dinero voy a dejártelo en la cuenta. Si Alan lo necesita, no tenéis que darme explicaciones para cogerlo.

Dejó reposar la espalda en el sofá, miró a un punto fijo de la pared y me alarmó. Me moví hacia delante, sin saber qué le ocurría, y con el rabillo del ojo atisbé que Alan se encontraba como la vieja del visillo en su habitación.

—La vida nos sonríe…

No lo comprendí.

—¿Qué? —le pregunté confundida.

Él me observó con media sonrisa.

—Que la vida nos sonríe, Aitana.

—No sé a qué te refieres, pero…

No me dio tiempo a decirle que si era para bien me parecía estupendo. Cogió carrerilla, tal y como lo había hecho yo, y me encontré a Alan en el pasillo en menos que canta un gallo.

—Antonio y Laura me han ofrecido trabajo en la tienda. Dicen que van a abrir una sección con patinetes eléctricos y quieren que la lleve yo.

«Daniel…». Otra vez estaba llorando. Me fijé en que mi hermano, estupefacto, había detenido la caminata antes de entrar al salón.

—¿Has encontrado trabajo? —le preguntó Alan sobresaltado y eufórico.

Me alegró que no retuviera esa emoción.

—Sí… —Se rio, de manera un poco histérica, pero ahí estaba, riendo sin parar. Entonces me miró a mí—. Todo ha sido gracias a tu amigo.

«Amigo…». No iba a sacarlo de su equivocación, porque hasta ahora solo éramos eso. Alan me observó de reojo con una ceja levemente pronunciada. Solté un grito de alegría, levanté los brazos hasta el techo y me abalancé sobre él.

—¡Papá! ¡Eso es estupendo! ¡Madre mía, qué bien te va a venir! ¡Cómo me alegro!

Sin esperármelo, noté que unas grandes manos nos arropaban en ese abrazo improvisado en el que casi asfixio a mi progenitor. Sonreí, permitiendo que las gotas saladas se deslizaran por mis mejillas sin ningún reparo. Vamos, como de costumbre. El corazón me latió muy fuerte al pensar en la cita que tenía en dos horas escasas. Y, por una vez desde hacía mucho tiempo, sentí un gozo indescriptible.

Las dos horas más largas de mi vida habían pasado entre que me despedía de mi padre y de Alan —asombrosamente este se había quedado con él y con los niños cenando una pizza—. Salí de casa y tomé rumbo a la primera hamburguesería o local para comprar lo que más me apetecía: comida basura.

Después anduve de un lado a otro de la azotea, con los nervios a flor de piel, y sin dejar de mirar la tienda cursi que había restaurado. Algunas cosas había tenido que comprarlas nuevas, pero gracias a mis amigas las había conseguido sin preguntas. También sabía que no necesitaban hacerlas para entender lo que ocurría. Estaba claro que no era necesaria una declaración de amor profunda para que me comprendieran. Ahora, después de lo de mi padre… No podía explicar el agradecimiento tan inmenso que sentía. Y ya no solo era eso, sino que ese amor hacia Dani parecía haberse intensificado.

Mi mesita para esa cena se basaba en un mantel estirado en el suelo, al lado de la caseta rosa, plagada de luces de punta a punta e incluso por dentro. Me había encargado también de subir alguna manta y unos cojines de mi habitación para no pasar frío.

Dani me había soltado alguna que otra tontería y se había atrevido a preguntarme si era necesario que se pusiera un traje chaqueta para acudir a la cita. Le dije que era muy tonto, aunque en el fondo me tranquilizó bastante.

La puerta se abrió.

Dejé de respirar y me retorcí las manos.

Y mi mirada se quedó clavada en el chico que entraba con paso seguro, enfundado en unos pantalones vaqueros y una chaqueta *sport*. Tragué saliva cuando cerró con un golpe seco.

Se metió las manos en los bolsillos a una distancia prudencial y me observó.

—Hola, Tana —me saludó. Comenzó a andar con galantería—. Espero que hayas traído la cena, porque estoy muerto de hambre. Ni he merendado de los nervios.

En el fondo sabía que no solo habría estado nervioso por eso. Y, en vez de articular una palabra como haría cualquier persona corriente, me acerqué a él y le toqué las mejillas con las manos. Se sorprendió cuando lo besé.

Sí, lo besé.

Sin medias tintas, sin preguntar nada. Era una necesidad pura y dura. Y esperaba de todo corazón que entendiera la profunda alegría que sentía dentro de mí. Era impresionante el amor que crecía en mi pecho, cada día con más fuerza. Me apasionó el grosor de sus labios. Su manera de moverlos. La profundidad de ese beso. No podía compararlo con ninguno, ni siquiera con el que él me dio dos años atrás. Me separé a regañadientes cuando noté que me faltaba el aire. Otra vez estaba húmeda. Reparé entonces en que me había colocado las manos en las muñecas y las tocaba con delicadeza, mimo y pasión.

—¿Esta es la cena? —me preguntó, sobrevolando mis labios.

Noté el cosquilleo de su aliento y tuve la intención de volver a besarlo.

—Eres mi ángel, Dani, aunque todavía no lo sepas.

¿Cómo había tardado tanto en verlo? ¿En descubrir que era la persona que podría acompañarme en la vida? Le apreté las mejillas, pues no las había soltado todavía. Sonreí.

—¿Estás gastándome una broma de las tuyas? Porque no la entiendo —musitó, sin soltarme las muñecas.

Rocé mis labios con los suyos, cerré los ojos y sentí un cosquilleo en el estómago.

—¿Has probado alguna vez una hamburguesa congelada? —le pregunté en un susurro.

Le solté las mejillas y coloqué las manos en su pecho.

—No.

Fue cortante, porque estaba igual de intranquilo que yo.

—¿Qué me dices, entonces? —inquirí, rozando con cariño su labio inferior.

—Si el motivo de que se quede fría es bueno, podría ser una primera vez. —Se refirió a la hamburguesa, aunque la frase llevara doble sentido—. No me has contestado a una pregunta esta mañana.

Solté el aire como si fuera una suave brisa, dejándome llevar por el mágico momento que habíamos creado. No había dicho nada, pero sabía que había apreciado cómo había arreglado nuestro refugio.

—Sí… —murmuré.

Caminamos hacia atrás.

—Sí, ¿qué, Tana?

Me soltó las muñecas y me rodeó la cintura con las manos. Me llamó la atención su firmeza. No conocía nada del nuevo Dani.

—Que sí quiero acostarme contigo, Daniel.

Ese fue el pistoletazo de salida para que nuestros pasos retrocedieran con celeridad. Su boca se estampó contra la mía en un beso lujurioso, cargado de sentimiento y de ansia. ¿Se podía desear con tanta fuerza a alguien? Mis manos se convirtieron en puños sobre su chaqueta, se la quité y desesperadamente tiré de la camiseta. Me separé de él para darnos el espacio justo y poder sacársela por la cabeza. Y nos miramos. El corazón le bombeaba como un tambor en el pecho. Me mantuve unos segundos con la prenda en la mano, paralizada, como si el pánico se hubiera apoderado de mí de manera momentánea. Entonces escuché con claridad:

—¿Estás segura, Tana? —No supe de dónde venía esa paralización de última hora—. Podemos seguir siendo amigos.

Mis ojos brillaron. Su tono iba cargado de sinceridad, de amor incondicional, sin reproches.

—No, Dani —bisbiseé. Tiré la camiseta al interior de la caseta y me quedé a un palmo de él—. Ya no podemos seguir siendo amigos. Nos merecemos algo más.

Tiré de él hasta que estuvimos en el interior de la tienda de campaña. Se quedó de rodillas, me coloqué a horcajadas sobre él, sin dejar de besarlo, con ganas de deshacerme de todas las prendas que nos estorbaban. Escuché el sonido de la cremallera de la tienda al subir, lo cual me indicó que la cerraba a tientas, concediéndonos la privacidad absoluta.

—Te habría venido bien un cerrojo para la puerta de la azotea —añadió, clavándome los dientes en el cuello.

Arqueé la espalda, me eché hacia atrás y nos miramos. La cara de canalla que puso me apasionó, porque vi a un tío con una seguridad aplastante.

—Que se abstengan de entrar, entonces.

Se rio de mi comentario y me tiré de nuevo a su boca con fervor. Noté la humedad en mi tanga. La urgencia por sentirlo se incrementó tanto que no creí que fuera posible. Sin embargo, sus manos corroboraron que nos encontrábamos en igualdad de condiciones, porque cuando quise darme cuenta me había quitado el jersey y ya tiraba de mi sujetador. No sentí vergüenza, sino que deseé que calmara mis pezones erectos, que ya apuntaban hacia él.

—Sé quién no se abstendría de entrar y tirarme por la azotea.

Al contrario de lo que podría haber pasado, sonreí. Si Alan aparecía y me encontraba de aquella guisa… No tendría ciudad para correr. Pareció leerme el pensamiento, aunque en vez de responderme, se llevó a la boca uno de mis pezones y lo lamió con una provocación impresionante.

Aquello no podía compararse con nuestra primera vez. Mis manos tiraron de su nuca y busqué su boca de nuevo. Mi sexo chocó con su miembro, pero seguíamos en vaqueros. Los odié al instante, gruñí por lo bajo y escuché su risa lejana. Me empujó hacia atrás. Aquella imagen de Dani, como si fuera un dios todopoderoso, me secó la garganta. Qué tableta. Deseaba lamer cada uno de sus cuadraditos marcados, de arriba abajo.

Me mordisqueó los labios y aproveché el momento para soltar el botón de su pantalón e introducir la mano. Alcancé su falo. Gruñó. El sonido salió de lo más profundo de su garganta, así que me atreví a ir un poco más allá y deslicé la mano hasta tocarle el glande. Abrí los ojos, sin dejar de corresponderle con un beso frenético. Él ya los tenía abiertos.

Fieros.

Temibles.

Delirantes.

—No juegues con fuego, Tana —murmuró.

Bajó los labios por mi cuello. Ahí tuve la obligación de soltar su escopeta, como diría la bruta de Maca, porque aquella parte estaba bien dotada, tal y como la recordaba. Me quejé también. Lo siguiente que sentí fue una lengua caliente que se deslizaba entre mis tetas, las saboreaba y después llegaba hasta mi estómago. Jadeé, histérica, con ganas de mandar a tomar por culo los preliminares. ¡No tenía más paciencia!

—Dani… —gemí, notando sus manos en la cinturilla de mi pantalón.

Elevó la mirada y lo busqué. Se mostró confuso, y yo tan solo sentí que me ardía la vida, que ya no podía respirar más y que iba a desmayarme de un momento a otro. ¿Dónde estaba el frío?

—¿Soy el único que tiene una sensación rara? ¿No está el ambiente muy cargado? —Se burló para no perder la costumbre de nuestra manera de bromear con todo.

Fui a darle un rodillazo, pero estuvo rápido y me agarró la pierna. Me fue bajando los pantalones lo necesario para que le cupiese la mano.

—Daniel… —Rechiné los dientes, pronunciando su nombre con tono huraño.

Su mano caliente tocó mi sexo. Iba a morirme en cuanto pusiera un dedo sobre mi abertura y… Noté sus ojos clavados en mí de manera lasciva, disfrutando. Entreabrí los labios con expectación cuando sentí que recorría mi rajita de arriba abajo y en dirección contraria. Se abrió paso entre mis pliegues y terminó colocándose sobre mí.

Su mirada había cambiado.

No detuvo el movimiento de los dedos, pero cada vez con más dificultad. Tragué saliva, enlacé las manos alrededor de su nuca y tiré de él. Cuando estuvo a un escaso palmo de distancia, murmuró:

—Te juro que voy a enseñarte todas las constelaciones juntas, Tana.

Con aquella promesa, me sentí morir, porque adiviné que no era ningún farol y, por la manera que había tenido de tocarme, también supe que no tendría que marcharme a casa para rematar la faena bajo las sábanas. No serían necesarias mis manos ni el vibrador que guardaba en la cómoda.

—¿Y a qué estás esperando? —jadeé, y ahora fui yo quien se la devolví—: Está el ambiente cargado.

Introdujo un dedo en mi sexo.

—Ya lo veo. ¿A qué hora tienes que volver a casa? —me preguntó, aunque sabía que mi padre había dejado de ponerme hora hacía unos años.

—Me quedan unas cuantas para que cumplas tus juramentos. —Gemí.

Él gruñó al sacar los dedos.

—Solo he hecho uno —repuntó con gracia.

—Mentira. Has hecho varios, así que cumple o no cenas. Tú mismo.

Soltó una carcajada antes de comerme otra vez la boca. En un visto y no visto, ambos nos desprendimos de toda la ropa, rozándonos, mezclando nuestros fluidos, sintiéndonos, devorándonos… Cuando me corrí en su mano, alcanzó la carterilla

de su pantalón y sacó un preservativo. Se apartó para colocár-
selo, quedándose de rodillas como un dios omnipotente, y
supe que esa noche no la olvidaría jamás.

Y lo sentí.

Duro.

Firme.

Salvaje.

15

Contratiempos

Pues vamos a ver si podemos saltarlos sin heridos

Vivía mis días saltándolos como si fueran nubes de algodón con sabor a fresa. Eso estaba buenísimo. Notaba sensaciones de paz, amor y satisfacción, sin seguir un orden determinado. Esas sensaciones se mezclaban con distintos sentimientos. Mi cerebro era un caos.

Dani y yo éramos un caos.

No había momento del día en el que no pensara en él, en el que no deseara que la noche cayera y cobijarme en su habitación o él en la mía. En la suya solo podíamos quedarnos cuando su compañero se marchaba con el novio, y en la mía… Bueno, en la mía habíamos hecho un apaño. Mis amigas estaban hasta las narices de mí, pero emocionadas por verme tan sumamente feliz. Eran las únicas que sabían que algo se cocía entre los dos, que esta relación marchaba viento en popa. Dulce se quedaba la mayoría de los días a dormir en la habitación de Noe y Maca e incluso habían llevado un colchón hinchable sin que nadie se diera cuenta. Siempre trataba de ir a buscarla sobre la una de la madrugada para que regresara a la habitación. A veces Dulce no tenía problema alguno con que Dani se quedara a dormir conmigo, pero otras la pillaba con el cuerno torcido y me decía que me fuera a cagar, que quería dormir en su cama. Totalmente comprensible.

Los fines de semana eran un espectáculo. Ya no iba a casa en el bus, sino que montaba en la moto de Dani y nos dedicábamos a recorrer la ciudad para pasar el día dando tumbos. Habíamos decidido entre los dos que ninguna de nuestras familias nos viera juntos de momento.

Un fracaso.

Aunque no habíamos comentado nada, porque ni siquiera lo habíamos hablado entre nosotros, nos habían pillado. Él pasaba mucho tiempo en mi casa; yo pasaba mucho en la suya. Y, hay que ser realista, la primera vez que Laura me vio salir del dormitorio de su hijo, le vi la sonrisilla desde la otra punta del pasillo.

No sucedió lo mismo con mi padre. No contamos con que podría llegar antes de trabajar. Un día se encontró mal debido a un virus, y Antonio le pidió que se marchara a descansar.

Yo estaba dándolo todo.

Dani estaba respondiendo a mi vocabulario fuera de tono.

Podéis imaginaros la cara de mi progenitor cuando nos lo encontramos en el salón. Casi me da algo. Todavía no había tenido el valor de afrontar una conversación de tal calibre, pero agradecí infinito que no fuera Alan el que estaba ahí observándonos.

Hablando de todo un poco, no tenía muy claro si eran las hormonas o que estaba enamorada —bueno, ya sabéis eso que cuentan de la primera vez que te enamoras o de la pasión del primer año—, pero daba igual el sitio. En la residencia, sobre la moto en un aparcamiento, en el ascensor, en el cuarto de la luz, en la azotea, en los baños de cualquier cafetería… En fin, fuera donde fuera que se avivara el fuego, había que apagarlo.

Y Dani era un experto bombero.

Y yo una fiera que se rendía a sus encantos.

Aquel día iba tan ensimismada en mis pensamientos, que se reducían básicamente a la ropa que me pondría en la fiesta del final del cuatrimestre, que no me di cuenta del momento en el que mis pies se cruzaron entre sí a mitad de la quinta vuelta. Izan, tan buen entrenador como de costumbre —a quien todavía le debía una cita y no le había contado nada sobre Dani—, ni se percató de mi tropiezo porque estaba enganchado al teléfono.

A veces me preocupaban sus distracciones. No porque no fuera capaz de enseñarme bien el circuito. Eso ya me lo sabía de memoria. Era porque había visto movimientos extraños que podrían indicar claramente que tonteaba con el trapicheo de drogas. De hecho, ese dato podía darlo claramente, porque en una semana tanto Maca como yo habíamos visto que entregaba paquetitos a un coche en la entrada de la uni.

Le había cogido mucho cariño. No deseaba por nada del mundo que se buscara la ruina que todo el mundo vaticinaba antes de tiempo. Me recompuse con rapidez, llegué a su lado y frené en seco. No me lo pensé dos veces. En ocasiones, consideraba una cualidad valiosa el tener una bocaza tan grande.

—¿Qué haces? —le pregunté de sopetón.

Dio un respingo, porque no me esperaba a su lado. Me miró, carraspeó y se guardó el teléfono en el bolsillo.

—¿Tú no tenías que estar corriendo? Te quedan dos vueltas. Venga, que hoy tengo que salir diez minutos antes.

Otra cosa no, pero aunque estuviera despistado el tío era listo de cojones. Coloqué una de las manos sobre la cadera.

—¿Has quedado con una chica?

Pareció asombrado por mi comentario, aunque yo sabía que ese gesto se debía a que intentaba ocultar los verdaderos motivos. Justo antes de que hubiera bloqueado el teléfono para guardárselo, había visto una conversación abierta. No me había alcanzado la vista para saber con quién, pero todos sabemos que cuando ocultas algo con rapidez es por un motivo de peso. Se apartó de la grada para acercarse a mí. No me moví del sitio. Esa postura de chulo intimidatorio no iba a amilanarme. Él lo sabía porque sonrió, aunque no detuvo sus movimientos.

—He quedado con una chica. —Movió la cabeza de manera graciosa—. Pero está dándome largas para que tengamos esa cita. Y me ha contado un pajarito que le gusta alguien.

Mi pecho subía y bajaba a gran velocidad debido al esfuerzo de la carrera.

—Ya sabías desde el primer día que esa chica no iba a cumplir su promesa.

—Me parece fatal que la chica no me lo haya dicho. —Se hizo el indignado, lo que hizo que me riese. Izan era un payaso cuando quería, pero un payaso que te ganaba con sus tonterías y sus salidas de tono.

Su sonrisa me confirmó lo que ya imaginaba. Había hablado con Dani. Me centré en el tema principal. En el que me interesaba:

—¿Y qué haces cuando te vas de la uni?

—¿Dormir en mi casa? —cuestionó.

—Estabas hablando con alguien —le dije poniéndome seria—. ¿Con quién has quedado entonces si no es con una chica?

Le extrañó mi insistencia.

—¿Quieres saber adónde voy después de la uni, Aitana?

—Me has dicho que tienes que irte diez minutos antes —añadí, a ver si de esa manera largaba.

Me miró mucho.

—Sí. Aunque si me dices que quieres venirte conmigo, cancelo la cita que tengo ahora.

—Entonces no es nada importante y tampoco has quedado con nadie especial —dictaminé. Estaba burlándose de mí, para no variar.

Avanzó un paso hacia mí. Nos separaba una distancia muy corta.

—¿Esto es un tercer grado?

Fui a levantar un dedo para colocarlo en su pecho y detener ese avance, acompañado de una sonrisilla picarona en su semblante. Sin embargo, una voz chillona y horripilante me detuvo:

—¿Izan? ¿Podemos hablar un momento? —Me giré para ver a Ray, tan perfecta como de costumbre. Parecía sacada de la caja de la Barbie—. A solas —recalcó, por si no me había quedado claro.

Mi amigo se apartó unos pasos con cierta molestia. No me extrañaba, porque la muchacha era repulsiva. No era por su aspecto ni mucho menos, ya os he dicho que siempre iba impoluta. Eran sus maneras. Por cómo miraba al resto de las personas por encima del hombro, creyéndose un ser superior. Ahí me quedó claro que Izan la quería cuanto más lejos, mejor. De hecho, era algo que me había comentado en alguna de nuestras charlas.

Nuestra tremendísima pelea había acabado en una expulsión inmediata para Ray y sus colegas. Maca tuvo la suerte de que el profesor la defendió, porque si no también nos hubieran expulsado. Los humos de Doñas Perfectas habían bajado tres cuartas partes, aunque eso no quitara que cada vez que la rubia se encontraba con mi amiga volaran las miradas asesinas. Y las miradas significaban que en cuanto pudieran iban a arrancarse los pelos. Yo había jurado mucho en hebreo con Lorena. Sin embargo, cada vez que me cruzaba en un pasillo con la muchacha, le faltaba introducir la cabeza en un cubo de basura para no mirarme a los ojos. Y me apiadé de ella, porque yo era buena gente.

Makena se había unido a nuestro grupo desde aquel día, y todavía no le habían asignado a nadie en la habitación de la residencia. Cierto era que entre todos los alumnos había corrido el rumor de su llegada, al igual que aquella noticia de cuando solo era un bebé, pero nadie se había vuelto a meter con ella. Así debería de haber sido desde el primer momento. Se llevaba muy bien con Dulce y también había hecho muy buenas migas con Maca. Como habréis adivinado, yo no había tenido tiempo para profundizar mi amistad con ella, y Noe iba por la vida como una cabra loca.

—Terminaré el circuito para que puedas salir antes —le informé, retomando la marcha donde la dejé.

Y entonces la escuché:

—¿Crees que sería posible que me entrenaras a mí también para el concurso? Ayer me enteré.

—¿Tú? —le preguntó Izan con cierto tono de estupefacción.

—Yo, sí, ¿qué pasa? ¿Acaso no puedo apuntarme a un concurso en el que voy a ganar siete mil euros?

«¡Ja! No te lo crees ni tú, pava huevos», pensé, pero no lo dije. Eso habría provocado que tuviera que fregar con sus pelos toda la pista. ¿Adónde iba aquella demonia? No quería ni imaginarme el drama que supondría que se partiera una uña en medio del circuito.

—Apenas queda tiempo para que puedas prepararte.

Tras el comentario de Izan, sostuve una de las pesas y comencé con el ejercicio, cronometrando el tiempo sin que él me lo dijera.

—¡Todavía falta un mes! ¿Qué pasa? ¿Es que no quieres entrenarme? Con ella bien que no has puesto pegas.

«No entres al trapo. No entres al trapo. No entres al trapo», me repetí como un mantra. El tono chillón de Raimunda me perforó el oído. Su actitud me estaba tocando los ovarios. Hubiera deseado tener unos auriculares para ponerme música mientras hacía los ejercicios. Así no habría escuchado cómo empezaba una discusión que fue subiendo de decibelios. Y no vayáis a pensar que Izan se quedaba atrás, no. Que el tío estaba hecho un león y se puso a la altura de su exnovia, casi a punto de mandarla a tomar por culo. Continué con mis movimientos acompañados de la respiración, recordando las palabras de Izan de que no entrara en apnea mientras me movía. Era sumamente difícil, pero casi lo tenía controlado. La escandalosa voz me sacó de esos pensamientos por segunda vez. ¡Así no había quien se concentrara!

—¡Eres un chulo de mierda! ¡A ver qué te has creído!

—Muy bien, Ray. Adiós.

Esas fueron las últimas palabras de Izan. Entonces lo oí muy cerca de mí y, pese al frío que hacía, me lo encontré a mi lado sin camiseta. Lo miré. Estaba cabreado. No era para menos. Y Ray se acercaba a nosotros mientras él la ignoraba o por lo menos pasaba de sus comentarios fuera de lugar.

—Vamos, Aitana. —Se concentró en mi entrenamiento—. Mil uno, mil dos, mil tres… —contó, saltando una especie de escalera que habíamos formado en el suelo.

—¡¿Es que no me escuchas?! —gritó enajenada la rubia de chorizos permanentes.

Estaba al lado de mi amigo y se movía a gran velocidad, a la misma vez que él. Lo oí resoplar como un toro. Estaba de muy mal humor. Sus facciones, esas tan risueñas, tan atrevidas y desenfadadas de siempre, ahora se mostraban hurañas, con el ceño más fruncido que de costumbre y una clara presión en la mandíbula. Se estaba conteniendo para no mandarla a la mierda.

Pero es que Raimunda era mucha Raimunda. Me era imposible prestar atención al entrenamiento y no hacía más que fallar. Miré reojo a Izan y sus movimientos cada vez eran más bruscos, incluso se le marcaban más las venas.

Ella seguía erre que erre con su pataleta de niña pequeña, sin comprender que tal vez lo que necesitaba era callarse la boca e intentarlo en otro momento. Todo esto contando con que Izan olvidara que lo había puesto de vuelta y media y, ojo, él no le había faltado al respeto ni una sola vez. Pero ella sí. Ella ya le había llamado muchas más cosas aparte de gilipollas, capullo engreído y un largo etcétera que no quise escuchar, porque iba a terminar metiéndome en algo que no me correspondía.

Y me quedaba un segundo de contención.

Un segundo para que limpiara de verdad la pista, ahora con los dientes.

Quizá fue el movimiento en seco lo que ocasionó que mi amigo se detuviera también. Me quedé estática, giré la cabeza hacia Ray y le solté con sequedad:

—¿Te han lavado la boca con lejía alguna vez?

La Barbie abrió los ojos sin creerse que esa pregunta hubiera cortado de raíz la retahíla de insultos hacia su ex. Pues sí, sí que la había cortado, y encima la había dejado patidifusa. Por lo menos ya no se movía tanto, pues me había puesto realmente nerviosa.

—¿Cómo dices? —me preguntó asombrada.

Fui a contestarle, pero una mano de Izan en mi antebrazo me retuvo. Ray contempló aquella mano con celos, porque pensaba que Izan seguía siendo suyo. No se sabía muy bien lo que había ocurrido entre los dos, pero sí que lo habían dejado unas cuantas veces y habían vuelto otras tantas. Todos somos conscientes de que esos amoríos no funcionan.

—Hemos terminado de hablar hace un rato. Lo mejor es que te vayas a casa y pienses bien si de verdad quieres entrenar, Ray. Ahora no puedo prestarte más atención.

Ella, aún sin poder creerse que la estuviera echando de allí, dio un paso atrás, me observó, apretó los dientes y dijo con maldad:

—Muy bien, te dejo con esta zarrapastrosa. —Hizo un movimiento chungo con las manos, como si se sacudiera, igual que el que hacían algunas veces en las pelis—. Se ve que es mejor compañía que yo. Ya me buscarás cuando necesites contactos para tus negocios.

Y, con los dientes bien apretaditos, se marchó de allí. A lo mejor mi advertencia camuflada le había servido para saber que tenía que enjuagarse la boca con lejía. Lo que sí se me quedó grabado fue el último apunte de su despido estelar. Lo busqué con la mirada. Él me estaba esperando, pero enseguida quiso que continuáramos el entrenamiento y me hizo un gesto para proseguir; en realidad, no quería que le hiciera la pregunta que todavía no le había hecho.

—Sigamos. Ya queda poco.

Hice un mohín con los labios sin querer darle más importancia. Él se había adelantado en el ejercicio y yo lo seguí, pero no paré de dar vueltas a la cabeza. Solo esperaba que se alejara de lo que fuera en lo que estaba metido. Durante el resto del entrenamiento no hablamos absolutamente de nada y eso era muy difícil estando en su compañía, porque Izan era un loro andante.

Una hora más tarde atravesaba la residencia casi vacía. Había muy poca gente y apenas quedaba nadie. La hora de la cena había pasado, como todos los días, y di gracias por tener a una buena amiga como mi chica gótica, porque ella me recogía la bandeja y se la llevaba a la habitación.

Caminaba por el pasillo sin dejar de mirar el teléfono, buscando la última conversación con Dani. No me había escrito desde que salí de trabajar y eso era raro en él. Sí, no podía contar con los dedos de la mano la cantidad de veces que nos escribíamos a lo largo del día.

Noté que alguien tiraba de mí hacia el interior de otro pasillo. Me llevé un susto de órdago y lo siguiente que hice fue darle un manotazo en el pecho. Él ya me estaba rodeando con sus enormes brazos, acompañando el gesto con una sonrisa deslumbrante.

—¡Qué manía tienes de hacer esto! ¡Un día vas a matarme de un infarto!

—Es lo que pretendo, pero todavía no te has enterado —repuso con gracia.

Dejé caer la mano en el mismo sitio, con un golpe flojo.

—Pues que sepas que no te queda paga hasta que no llevemos diez años casados.

—¡¿Tanto?! —se alarmó, y me contagió su risa.

—Idiota —le dije, acercándome mucho a su boca—. ¿A qué viene este asalto?

Mi ronroneo provocó un roce de mis labios con los suyos. Enseguida sentí que me vibraba el cuerpo, que ya deseaba unirme a él y olvidarme de la cena, del enorme trabajo de matemáticas que tenía que hacer para presentarlo en la clase en dos semanas y de que tenía a Dulce esperándome en la habitación.

—Marcos, mi compañero de habitación, se ha ido hoy —musitó, con media risilla.

—Mmm… ¿Estás insinuándome algo?

Él aprovechó la situación para morderme el labio inferior, y busqué sus esponjosos labios. Nos fundimos en un apasionado beso. Deslicé las manos hacia arriba por su camiseta de deporte, buscando aquel contacto que había tenido esa misma mañana y que ya echaba de menos. ¿Era eso posible? Pues parecía ser que sí. Se separó unos segundos, recogió un mechón de mi pelo detrás de la oreja y, tras depositar tres castos besos en mis labios, murmuró en tono ronco:

—Estoy insinuándotelo todo, Tana.

Cómo me ponía aquella voz tan profunda… Eso tenían que ser las hormonas, porque no era ni medio normal. De hecho, me había atrevido a hablar de sexo con Dani, algo que siempre había escuchado que estaba sumamente prohibido. Nunca comprendí el motivo de los temas tabúes y yo estaba dispuesta a romperlos todos con él.

—Dame un argumento convincente.

Lo que acababa de decirle era una tontería. Mi cuerpo ya se restregaba con el suyo, notando cómo su enorme miembro se clavaba en mi pelvis, pidiendo atenciones. Solo yo sabía las locuras que me dieron ganas de cometer en medio de ese pasillo cuando lo escuché:

—Prometo darte jabón en la ducha. —Me besó el cuello—. Un masaje en las nalgas. —Imaginarme sus manos apretándome el culo me desarmó—. Y después puedo ponerme de rodillas hasta que te apiades de mí.

Se separó para mirarme.

—No te reconozco, Daniel. —Casi solté un gemido cuando me embistió con un golpe seco.

—¿Qué me dices? ¿Te parece bien? —susurró.

Elevé la cabeza para apoyarla en la pared, tragué saliva y carraspeé antes de poder articular un sí extasiado. Le apreté la camiseta con las manos para indicarle que ya podía empezar con el recorrido en dirección a su habitación. Me faltó decirle que a qué estaba esperando.

Sin embargo, alguien llamó mi atención.

Un contratiempo.

Una persona que para nada hubiera esperado que apareciera en la universidad.

Una persona que hacía dos años que no veía.

Alguien a quien odiaba.

—¿Aitana?

No fui capaz de moverme. Dani lo hizo por mí; se separó con cautela mientras aquella señora nos inspeccionaba con cara de haber visto a dos extraterrestres. Me quedé pasmada, sin poder apartar la vista de ella. Iba con un elegante traje chaqueta beis, unos tacones con mucha altura de color rojo y un bolso a juego. Lucía aquel peinado sumamente cuidado con el mismo tono rubio de hacía dos años. Y qué decir de esos ojos azules que no me quitaban la vista de encima. Entendí por su mirada de desaprobación que jamás hubiera permitido aquel comportamiento si ella nos hubiera criado. Pero como no era el caso, esperaba que no saliera de su boca un solo comentario. De lo contrario le faltaría el respeto, algo a lo que nunca me había atrevido —y la noche que más cerca estuve de faltárselo nos cambió la vida a todos—. Pero aquella mujer detestable ya no era mi madre. Ya no era nada para mí.

—¿Tú qué haces aquí? —le pregunté con una arrogancia impropia en mí.

De hecho, me percaté de que había dado un paso firme hacia delante. Dani no se separaba de mi lado. Amanda se movió para quedar de cara al pasillo donde nos encontrábamos. Me dieron ganas de salir corriendo en dirección contraria, como ella había hecho el mismo día que decidió marcharse de casa sin ni siquiera despedirse.

No hubo un adiós.

No hubo un volveré.

No hubo nada. Solo un silencio doloroso que los cuatro tuvimos que superar, cada uno a nuestra manera, hasta darnos cuenta de que, por mucho que fuera nuestra madre, era veneno. Era la toxicidad de la que necesitábamos librarnos toda la familia, y a la larga nos había hecho un gran favor abandonándonos.

Quizá fue mi tono determinante el que provocó que Amanda se llevara las manos al vientre y las entrelazara. Fue un gesto nervioso. Agudicé la mirada para darle a entender que no le debía nada, ni siquiera un mínimo respeto, pues ella no lo había tenido ni con mi familia ni conmigo.

—Aitana, necesito hablar contigo. He pasado por casa, pero tu padre no está allí y…

Me alarmé. Mi padre se encontraba en un buen momento con su nuevo trabajo y su nueva rutina hecha a medida para recuperarse de una depresión de caballo. No iba a permitir que aquella zorra le jodiera la vida una segunda vez.

No estaba dispuesta a consentirlo.

Me acerqué los cuatro pasos que me separaban de ella. Lo hice con una determinación aplastante, lo que la sorprendió. Dani no se separaba de mí, como si estuviera cubriéndome las espaldas. La contemplé con altivez y sentencié, antes de desaparecer y dejarla allí plantada como una seta:

—Lárgate de nuestras vidas y no vuelvas jamás. Para nosotros estás muerta.

16

Orgullo

Es maravilloso sentirse orgulloso de alguien

Llevaba una semana fatal. Fatal de fatal. No me concentraba en nada de lo que hacía, todo me salía al revés y no dejaba de pensar en Amanda y en por qué se habría presentado de nuevo en nuestras vidas. La misma noche en la que se atrevió a aparecer en la uni, saqué el móvil del bolsillo de mi pantalón trasero y llamé a Alan insistentemente. El muy capullo no contestó a ninguna de mis llamadas e incluso lo apagó. ¡Era desesperante! Le mandé un mensaje, muy histérica, en el que le comunicaba que la zorrasca de su madre se había presentado en la uni y que papá no podía enterarse bajo ningún concepto. Y mucho menos los mellizos. Ellos habían dejado de preguntar por esa señora, y nos había costado lo nuestro que poco a poco la olvidaran y que no recordaran que su madre los había abandonado.

De qué manera me vería Dani, que incluso se ofreció a llevarme a casa. Por supuesto, me olvidé de las clases al día siguiente, se me pasó el calentón del pasillo y agarré mi bolso como si fuera una escopeta. Iba dispuesta a reventarle la vida si era necesario, pero no dejaría que hundiera por segunda vez la nuestra. Justo cuando ya salía a toda prisa de la habitación de Dani, me llegó la respuesta de mi hermano:

> **Alan idiota**
> A casa no entrará.
> Nos vemos el viernes.

No supe qué me impactó más. Si que su mensaje tuviera más de una palabra, la determinación con la que había dicho que no entraría en casa o que escribiera que nos veíamos el fin de semana. Él, que no estaba nunca. Dani sonrió al ver cómo lo tenía puesto en el contacto. Cosas de hermanos. Alan había sido siempre el ojito derecho de Amanda. Para esa señora no existía nadie mejor que aquel gruñón buscabroncas. Los demás éramos un cero a la izquierda, y mi padre estaba incluido en esa ecuación.

Dani me tranquilizó y, aunque intenté distanciarme del tema, terminamos poniendo de vuelta y media a Amanda. Le enumeré todos los motivos por los que había que odiar a esa mujer. Él se dedicó a escucharme sin juzgar.

A escucharme de verdad.

No obstante, terminé buscándolo con desesperación y acabamos hechos un rollito debajo de sus sábanas. Adoraba la forma que tenía de mimarme, pero más adoraba que comprendiera cada palabra o incluso cada lágrima que salía de mis ojos.

¡La que se montó al día siguiente antes del desayuno! Las del Aquelarre coincidimos en la clase que había antes del descanso matinal e hice un breve resumen de lo ocurrido en una frase: «Amanda estuvo aquí anoche». Para no variar, la clase era la de Lengua y Literatura.

Aquello fue el caos. Maca le buscó la boca a Noe. Dulce se metió en medio como si estuviera separándolas de una falsa bronca. Dani no entendía nada. Izan tampoco sabía qué ocurría, pero se le veía con ganas de marujear. ¡Era la segunda vez que se colaba en una clase que no le correspondía! Makena intervino para ver qué demonios estaba ocurriendo. Y yo me mantuve sentada en la silla. Al final todos terminaron expulsados de clase menos Dani y yo.

Dani me observó desde la fila de delante sin poderse creer que aquello lo hubiera organizado la loca de las puntas fucsias con tal de enterarse de qué había hecho la madre que me parió. Nunca mejor dicho. Al final, tuvieron que esperarse un poco para saberlo… Les conté con pelos y señales lo sucedido delante de un rico desayuno.

Y mejor no hablamos del señor Gálvez. Parecía haberme cogido más manía de la que ya me tenía. Se había pasado toda la semana ordenándome cosas como limpiar los aseos del gimnasio porque la persona que se encargaba antes se había marchado. Comprensible, porque nadie lo soportaba. Entonces, en uno de los momentos en los que me inspeccionaba, escuché un comentario que dejaba muy claro que conocía mi situación familiar y que sabía que aguantaría carros y carretas por conservar el puesto. «Menudo cabronazo».

Ya era viernes y ese día Dani tuvo que marcharse unas horas antes para ayudar a sus padres con la reposición de algunas bicicletas y también de los patinetes eléctricos que acababan de llegarles a la tienda. Me comunicó que tenían trabajo hasta altas horas de la noche y que llevaban casi toda la semana haciendo hueco en el almacén para cuando llegara el pedido. Mi padre estaba encantado con su trabajo y le gustaba bastante la nueva psicóloga, siempre atenta a cómo le iba. A partir de la semana siguiente empezaría con grupos de terapia. Ahí podría contar cómo se sentía sin ser juzgado, con total libertad. Eso le garantizaba encontrar un grupo de gente con el que salir a tomar un café, darse un paseo o, simplemente, vivir. Ya hablaría con el tozudo de mi hermano para que se ocupara de los mellizos cuando yo no estuviera.

—¿Me esperas? —Oí a lo lejos que me preguntaba Maca.

Asentí en la entrada, con la mochila colgada y una bolsa con algunas pertenencias para lavar en casa. Y entonces me fijé en un detalle que había pasado desapercibido para mí hasta ahora. Cierto era que desde que tuvimos la «medio discusión», entre comillas, Maca no había vuelto a hacerme ningún comentario sobre Izan. Parecía haberle puesto una cruz, porque es que ni se hablaban. Durante el entrenamiento me llamó la atención que Izan se interesara bastante por Maca. En ese momento, mi amigo salía por la puerta principal y elevó una mano en dirección a ella, que charlaba animadamente con Makena. Izan se aproximó a ellas. Y ahí hubo algo raro. Me acerqué también y me percaté de que Maca no prestaba ninguna atención a Izan. El chico trataba por todos los medios de que lo mirara, pero ella seguía metida en una conversación que parecía muy interesante con nuestra nueva integrante del grupo.

—Maca —la llamó—. Un segundo, que tengo que…

Mi amiga lo interrumpió con un corte, algo inusual en ella:

—¿Puedes esperar a que termine de hablar? No siempre eres el centro de atención o al que hay que atender primero.

Izan no podía creerse que le hubiera soltado aquel comentario. Yo tampoco me lo esperaba. Noe y Dulce aparecieron para coger otro autobús diferente, porque vivían en el barrio de al lado.

—¡Nos vemos el sábado! —exclamó animada Noe.

Dulce se despidió con un movimiento seco de mano, porque ese sábado por la mañana iría con ella a la iglesia para ayudarla a hacer galletas para los niños de catequesis. Me lo había comentado, y pensé que me serviría para distraerme del tema de Amanda. Sin embargo, ahora que lo pensaba no sabía si era una buena idea. Y entonces Maca sí que tuvo tiempo de contestarles efusivamente, con una sonrisa en los labios:

—¡Hasta mañana!

Izan me miró. Me aguanté las ganas de preguntarle qué le ocurría. Se despidió de mí con un golpe de cabeza y se marchó hacia su coche sin esperar a que mi amiga terminara. Volví a ver a Izan enfadado por segunda vez en muy poquito tiempo.

Esperé unos minutos más, pero sin dejar de mirar el móvil, porque temía perder el autobús. El próximo salía en veinte minutos y quería llegar pronto al barrio. No tuve que intervenir en la conversación animada, porque Makena se despidió de mí con un movimiento de mano y Maca ya estaba dispuesta a que fuéramos a la parada. Una vez allí, no le di cuartelillo antes de preguntarle a bocajarro:

—¿Se puede saber qué te pasa con Izan?

No me pudo decir nada porque llegó el bus. Tras sentarnos en la parte trasera, me giré en el asiento y la observé, intimidándola. Bufó. Ese movimiento de aire hizo que su pelo suelto ondeara un poco.

—No me pasa nada con él.

—A mí no me mientas.

—No estoy haciéndolo —canturreó.

—Sí. Sí que lo haces, porque estás rara con él desde que nosotras nos enfadamos.

—Nosotras no nos enfadamos. A mí me sentó mal un acto determinado, que son dos cosas muy distintas.

—Según tú —le rebatí.

—Según yo. —Hubo un silencio y, como era costumbre cuando quería cambiar de tema, me preguntó—: ¿Vas a hacer algo especial hoy, aparte de estar con tu amado Daniel?

Y lo mencionó con ese tono que evidenciaba un pelín de celos. Ninguna me lo había dicho, pero era consciente de que pasaba menos tiempo con ellas. Supuse que cuando comenzabas una relación —algo que ni siquiera sabía si teníamos—, las cosas sucedían así. No deseaba apartarlas de mi vida, pero también debían comprender la revolución de mis sentimientos. Mis ganas de estar con él.

—No me cambies de tema, que te conozco. —La señalé con el dedo—. ¿Ha ocurrido algo para que estés tan tirante con él?

—¡Y dale! —se quejó, soltando los puños a ambos lados de los muslos, como si fuera una niña pequeña.

—¡Y toma! —la imité, dándole un golpe a mi bolsa.

—Eres una cansina.

—Y tú una ocultadora de información. —No añadió nada—. Imagino que cuando quieras nos lo contarás.

Ahí se terminó nuestra conversación, porque a raíz de eso comenzamos a hablar de otros asuntos que no venían a cuento. El tema había quedado zanjado, de momento.

Me despedí de mi amiga hasta el día siguiente por la tarde, porque habíamos quedado para comprarnos la ropa de la fiesta. La habían organizado un par de clases de la universidad y les habían cedido el espacio de uno de los recintos del campus para después del concurso. Pretendían hacer algo tipo americano, pero a la española. Eso significaba que cada alumno aportaría lo que le hubiera tocado en el sorteo, previamente hecho hacía un par de semanas.

Por instinto, cambié el rumbo de mis pasos. Los dirigí hacia la tienda de los padres de Dani. Había un enorme camión en la entrada, y dos hombres bajaban cajas gigantes. Los saludé al llegar y entré. La mirada de Dani fue lo primero que me encontré, como si algo lo hubiera empujado a buscarme conforme accedía. Noté cómo me sonrojaba con aquellos ojos que mostraban no solo la ilusión que le hacía verme allí, sino los besos, los abrazos, las caricias, las promesas sucias… Me estremecí.

—¡Aitana! —Laura salió del mostrador para darme un beso de manera cariñosa.

Una costumbre que se había convertido en algo recurrente. Estaba segura de que esa mujer sabía que su hijo y yo hacíamos más cosas que estudiar juntos. Antonio me guiñó un ojo, casi enterrado entre esas enormes cajas, y también me mostró una dulce sonrisa como saludo. El canalla de su hijo se apoyó en el segundo mostrador, tamborileó los dedos y me contempló con chulería, sabiendo que me ponía nerviosa cuando me miraba de esa manera.

Mi padre me saludó desde la distancia con una sonrisa. Iba a soltarle una de mis tonterías, cuando me percaté de que su rostro se transformaba. No tuve tiempo de comentarle que quién le iba a decir que terminaría vendiendo patinetes eléctricos a adolescentes con las hormonas revueltas, porque la verdad es que a mi padre le gustaban tan poco los patinetes como a Antonio y a Laura…, a pesar de que le habían dado un trabajo. De repente, en la tienda, se notó tal tensión que podría haberse cortado con un cuchillo.

—Hola, Carlos.

Mi padre soltó la caja que sostenía entre las manos con mucha lentitud. Hubiese reconocido esa voz hasta en los confines de la tierra. Me erguí de manera involuntaria y tensé los hombros. Mi padre se quedó de pie, sin pestañear. Decidí que había llegado el momento de darme la vuelta, porque la sentía muy cerca de mí. No quise prestar mucha atención a Dani, que me contemplaba preocupado. Alcé una ceja con arrogancia. La tenía a un palmo de distancia. Sus ojos azules me inspeccionaron hasta la médula. Iban impregnados de un desprecio indescriptible, pero tardaron poco en apartarse del segundo foco —es decir, yo— y centrarse en el primero. En el que le interesaba. Su lengua viperina no tardó en moverse y lo hizo a lo grande:

—¿No te ha contado tu hija que fui a verla a la universidad?

Mi padre carraspeó. Yo la fulminé con la mirada y apreté los puños. Me dieron muchas ganas de estamparle la cabeza contra las cajas. Laura y Antonio dejaron de mover cosas y se quedaron alerta por si tenían que echarla de la tienda.

—Amanda —pronunció mi padre con una serenidad que me sorprendió.

Sentí el pecho subir y bajar a gran velocidad. Estaba a punto de darme un ataque de ansiedad. Ella movió su perfecta y arreglada mano hacia el lateral en el que me encontraba como si quisiera apartarme, como si fuera una mierda que se había encontrado en el camino. Y aguanté. Se colocó delante de mí, no sin darme un breve empujón. Cerré los ojos un segundo, porque no quería llorar de impotencia. Y los abrí de nuevo. Laura me miraba con tristeza, y Antonio estaba bastante cabreado con la situación. Me di la vuelta para mirarle la espalda y tuve unas ganas tremendas de agarrarle la cabellera rubia y sacarla de la tienda a rastras.

—Imagino que tampoco te habrá dicho que se dedica a restregarse —miró a Dani con toda la intención de señalarlo— en mitad de los pasillos con sus compañeros de clase.

Apreté la mandíbula. Dani se puso tenso y, cuando fui a contestarle que se metiera en sus asuntos y que se fuera a tomar por culo, mi padre habló y me sorprendió de nuevo:

—No. No me dedico a preguntarle a mi hija de dieciocho años con quién se restriega y con quién no. Sé que es lo suficientemente adulta como para saber lo que hace.

Rio sarcásticamente y me sacó de quicio. Pasó las manos por encima de las cajas, como si quisiera quitarles el polvo. Qué hostia más grande tenía.

—Por esas pocas preocupaciones vienen los embarazos no deseados y los niños que luego cuidan los abuelos.

Y mi padre la observó con fijeza. Fue una mirada cargada de determinación que la hizo retroceder. Perdió la altanería en un solo momento. Mi progenitor se sacudió las manos en el aire y sentenció con normalidad:

—Muy bien. Pues el día que llegue, tranquila, porque no tendrás esa preocupación. No será tu nieto. —La respuesta me dejó en el sitio—. Y ahora, si me disculpas, estamos trabajando.

Pero Amanda Castillo era una tocapelotas y no iba a darse por vencida tan pronto.

—Tengo que hablar contigo. Es urgente. Deja ese trabajo de chatarrero que tienes ahora y sal a la puerta conmigo. Así no molestaremos al resto.

Empecé a temblar de impotencia y estaba a punto de arrancarle los pelos, pero sentí que Laura me sujetaba. La miré, con los ojos llenos de lágrimas. Ella negó con la cabeza, dándome a entender que lo que me disponía a hacer no era lo más acertado. Antonio no se calló:

—Amanda, márchate de mi puta tienda de chatarreros. —La nombrada lo contempló, como si no creyera lo que le estaba diciendo. El padre de Dani se reafirmó—: Ahora mismo o llamo a la policía.

—Antonio, por favor, déjate de tonterías. Tengo que hablar con tu «trabajador» —dijo con despotismo—. Muy amigos, pero al final estás a sus órdenes.

Solo salía maldad por su boca. Mi padre no se amilanó, sino que le echó unos huevos que jamás hubiera imaginado.

—Y estoy encantado de estar a las órdenes de mi amigo, Amanda. Ahora, si nos disculpas, hazte un favor y márchate. Nadie te quiere en el barrio.

Eso le dolió a Amanda. Lo vi reflejado en sus ojos azules. Se rio irónicamente. Se sentía más indecisa de lo que hubiera querido mostrar, porque éramos una jodida piña. Contempló a Laura por encima del hombro y, cuando mi padre se dirigía hacia nosotras, alguien más se metió en la tienda con los puños apretados, la mandíbula rígida y los ojos inyectados en sangre.

Alan.

Y detrás de Alan iba… ¡¿Dulce?! La miré extrañada y ella elevó las palmas muy rápido, moviendo los labios y diciéndome un: «Me lo he encontrado en la puerta».

—Mi padre trabajará en una chatarrería —escupió, a un palmo de su cara—. Pero ¿tú en qué trabajas, Amanda? —le preguntó con inquina.

Me encontré en medio de los dos y no supe si separar a Alan o empujarlo para que la lincháramos.

—¿Acabas de llamarme por mi nombre? —Aquello le dolió.

Mi hermano soltó una carcajada, negó con la cabeza y entrecerró los ojos.

—¿Te importó marcharte sin una explicación?

—¡Oh, vamos, Alan! —añadió como si fuera su colega—. Eso fue en el pasado, mi amor. Ahora he vuelto y…

Quiso tocarle el pecho con las manos. Alan se las retiró de un manotazo, seguido de un bestial rugido:

—¡No me toques!

Amanda intentó seguir pareciendo afable con su hijo predilecto, pero la careta se le estaba resquebrajando.

—No puedo creerme que te comportes así conmigo. ¡Con lo que hemos sido los dos!

Ahí venía la dramática de Amanda. Sin embargo, Alan no estaba por la labor de darle coba, porque la cortó con unas formas que no me hubiera esperado tampoco:

—Eres una zorra sin escrúpulos y encima tienes la vergüenza de plantarte aquí para…

No lo vimos venir.

Amanda le cruzó la cara a Alan de un guantazo.

No pude aguantar más; pareció que me había poseído un demonio. En cero coma me lancé a por ella para arrancarle hasta el último pelo de la cabeza. Dulce y Dani trataron de sujetarme. Le había cogido bien la melena y pensaba dejarla calva. Todo sucedió a una velocidad de vértigo. Nunca tendría que haber aparecido de nuevo ni por la universidad ni por la tienda para tratarnos como a una pandilla de gilipollas.

—¡Te mato! ¡Como vuelvas a tocar a mi hermano, te mato! —grité con rabia.

—¡¡Suéltame, niñata!!

Me arañó, pero se quebró al escuchar cómo Alan exponía en alto sus verdaderas intenciones:

—Has venido porque estás arruinada y pretendes comerle la oreja a papá para quedarte con lo que tenemos, incluido *nuestro* piso —enfatizó mucho la palabra y se jactó de ella sin remordimientos. Siguió, dañino—: También te han mandado a chuparla y ahora estás más sola que la una. ¿Qué pasa? ¿Ya eres mayor para el jovencito por el que dejaste a papá?

Detuve los manotazos en el aire, pues mis pies habían dejado de tocar el suelo y ahora me sujetaba Dani. Ni siquiera escuchaba a mi amiga, tratando de calmar a la fiera que había salido de mi interior. Imaginé que Alan habría conseguido toda esa información tirando de algunos hilos con sus amigos.

Mi padre se colocó frente a ella, quedándose más o menos en medio de todos. Antonio y Laura custodiaron a Alan, cada uno se puso a un lado, como si estuvieran protegiéndolo de un posible ataque. Y aunque yo sabía que Alan no necesitaba protección, el gesto me conmovió. Me encontré a mi progenitor asintiendo de manera lenta antes de solventar el asunto de manera cortante:

—Amanda, o abandonas la tienda y te marchas de aquí o llamaré a la policía y te denunciaré por todo lo que he aguantado. —Se puso roja de rabia, pero él no le dio margen para que replicara—: Y en esas denuncias incluiré que has venido hasta aquí para golpear a tus dos hijos también. Y ten por seguro que ninguno de los dos está de tu parte.

—Carlos… —El tono de Amanda cambió a uno suave.

La altanería se había evaporado.

—No hay Carlos que valga, Amanda. ¡Lárgate de esta tienda! —Señaló la puerta, dejando claro que no la queríamos allí.

Ninguno, porque la piña al completo estábamos muy satisfechos.

Era maravilloso sentirse orgulloso de alguien. Y más maravilloso aún era ser consciente de que la persona a la que más querías en el mundo acababa de romper un patrón que ya no se repetiría.

Por fin era libre.

Mi héroe sin capa era libre.

17

Locura

Qué bonito es estar loco a veces

Esa noche, después del tremendo altercado de la tarde, decidí que Aitana debía pasar el sofocón a lo grande. Y qué mejor que hacerlo con una buena película, un largo paseo por el río y atiborrarnos de porquerías como los algodones de azúcar. Sabía que le encantaban desde que era una niña. Había buscado la cartelera de ese día en el cine más cercano. Había elegido la película con más acción y más palos, porque pasaba de ver una romanticona. Además, las de acción eran las mejores para generar adrenalina, y podía meterme un poco con ella y con la actitud que había tenido con Amanda. Menuda sinvergüenza.

Siempre me lo había parecido, aunque me lo callara. Se había pasado de la raya y lo peor es que se había creído que la familia al completo era idiota. Ni qué decir de sus comentarios dañinos sobre cómo nos encontró en el pasillo de la uni. Mis padres todavía no habían dicho nada, pero...

Tres, dos, uno...

No me dio tiempo a irme a hurtadillas de casa. Mi madre me interceptó antes de tiempo. Pero ¿es que las madres podían oler a su hijos?

—Daniel.

Puse los ojos en blanco, di un pequeño brinco con un pie en el aire y me giré. Estaba al final del pasillo con los brazos cruzados en el pecho. No era una postura de defensa, era una pose de mamá que iba a dar la chapa.

—Tengo dieciocho años —la informé, como si no me hubiera parido ella.

—¿Tomáis precauciones? —«Ya lo sabía yo».

Ojos en blanco por segunda vez en menos de un minuto. No me daba vergüenza hablar de aquellos temas con ella. Era una persona más chapada a la antigua, pero si me lo había preguntado era porque sabía que mi padre no lo haría.

La primera conversación que tuve sobre sexo con él fue cuando tenía catorce años. Os la resumiré en dos líneas:

—Daniel —ese era mi padre—, ¿te has acostado con alguna chica?

Mi respuesta, evidentemente, fue un no rotundo. Me puse totalmente rojo. Él argumentó que conforme estaba la vida... blablablá, y después culminó su discurso:

—Pues espérate unos años mejor.

Fin.

Más seco que la axila de una momia.

Comprendí que a mi madre, más remilgada que una monja de clausura, le costara hablar sobre el tema. Qué manía tenía el mundo de esconder las cosas bonitas de la vida. Yo siempre había sido partidario de que algún día se impartiesen clases obligatorias sobre sexo desde primaria en todos los centros. ¡Cuántos males podrían evitarse!

Por los clavos de Cristo, si mi madre se hubiera enterado de la cantidad de posturas que investigábamos los dos juntos y cómo experimentábamos para procurarnos placer... Me llevé la mano a la parte de atrás del pantalón, abrí la cartera —muy abultada—, saqué una ristra de condones y se la enseñé con una sonrisa. Le llegaron los coloretes a las orejas.

—Aitana toma anticonceptivos también, pero dice que hay más de treinta enfermedades sexuales y que ella no se la juega.

Se aguantó una risilla. Dio un paso, obviando la tira de mi mano derecha.

—¿Vais en serio?

Fruncí el ceño sin entender la pregunta, o más bien sin querer comprenderla. Me guardé la ristra en el bolsillo trasero. ¿Íbamos en serio? Ni siquiera lo habíamos hablado, aunque yo sí tuviera claro qué hacía allí y por qué estaba en el mismo bloque que ella por segunda vez en mi corta vida.

—He vuelto a por todas, mamá —le dije con sinceridad.

Me sujetó las manos con cariño y media sonrisa nació de su bonito rostro.

—Es una buena chica. Y es el amor de tu vida.

Tuvo que notar el cambio en mi semblante, porque sonrió con más énfasis.

—¿Cómo...?

No me dejó terminar la pregunta:

—Siempre lo supe. Desde que era chiquitita la mirabas con otros ojos, aunque no te dieses cuenta. —Me palmeó una de las manos cuando la soltó—. No la hagas esperar más. Tened cuidado.

Me dio un beso con mimo en la mejilla y me marché de allí pensativo. ¿Había estado enamorado de Aitana toda la vida? Lo más fuerte de todo era que lo había reflejado tela de bien, porque mi madre se había coscado a la primera de cambio. O eso o las madres tenían un sexto sentido, que también.

Le mandé un wasap rápido para que saliera mientras cerraba la puerta de casa. Tardé dos segundos en oír cómo se despedía de los mellizos y de su padre. No quería pensar en Carlos y en la explicación que habría tenido que darle, porque el comentario de Amanda, tal vez, había sido el impulsor para explicarle por qué me había pillado saliendo de la habitación de su hija alguna que otra vez. Y lo de los deberes ya no colaba.

Me quedé en la esquina de la escalera, observándola. Iba preciosa. Se había puesto un pantalón vaquero negro, una camiseta tipo top roja, unos botines deportivos a juego y una chupa. No iba a pasar frío ni nada en la moto. Sonreí cuando se apartó la mitad de la melena hacia atrás. Parecía un león y no tardó en sacar una goma del pelo que llevaba en una de las muñecas.

—¿Vas a seguir mirándome a escondidas? —Otra que tenía una habilidad extradesarrollada.

Me reí y descendí las escaleras. Le tiré de la cintura y la aparté de la mirilla de su casa para apoyarla en los azulejos. Recogí un gran mechón que había escapado de esa coleta mal hecha y la besé castamente.

—¿Ha sido muy grave?

Sopló.

—No se ha atrevido a preguntarme, pero yo he cogido el toro por los cuernos y me he sentado en el sofá para hablar con él. —Le mostré la sorpresa con un gesto, y recitó—: «Papá, no vas a tener nietos porque tomamos chorrocientas precauciones, así que duerme tranquilo, que tu hija es sensata».

La besé con otra sonrisa más grande.

—¿Y qué te ha dicho? —me interesé.

Lo imitó:

—«Gracias a Dios que te caben cinco dedos de frente». —Frunció el ceño mientras me masajeaba los hombros. Reí—. No tengo claro si me ha dicho eso por los nervios o porque ha dado a entender que tengo la frente para que aterricen aviones. ¿Tú qué dices?

Solté una carcajada que tapó con las manos. Me las quité de un mordisco, metí la cabeza en su cuello y, antes de darle un chupetón, murmuré, echándole un cable a Carlos:

—Estaba nervioso.

Íbamos a rematar el día pero bien. Una sombra apareció por la escalera justo cuando Aitana me tocaba el culo, soltaba una exclamación y sacaba la ristra de condones que no había devuelto a la cartera, porque pensaba dejarla en la moto. Me separé un centímetro cuando dijo:

—Veo que vas más lanzado que una flecha, Daniel. Ya ni los escond...

Y se quedó a la mitad, porque el que subía era su hermano. Me cagaba yo en la suerte. Alan me miró de una forma que no sabía si estaba a punto de sacarme una navaja o una pistola, si pensaba tirarme escaleras abajo rodando o si iba a patearme hasta partirme todas las costillas. Aitana dejó de respirar por un momento. Yo no aparté la mirada de Alan, porque no me intimidaba pese a que quisiera matarme.

—Bastante he tenido ya hoy —gruñó.

Pero había sonreído. Lo había visto según me empujaba con el hombro para pasar por detrás de mí. ¿Por qué era tan cabrón? Abrió la puerta de su casa, se metió y cerró de un portazo sin decir ni buenas noches. Miré a Aitana, sonreímos y le pregunté con ternura:

—¿Estás preparada para vivir una aventura?

Elevó el puño en alto en señal afirmativa. Descendimos las escaleras a toda mecha, rumbo al garaje y con destino a la moto que nos llevaría de paseo para olvidar.

Una hora después nos encontrábamos en el cine con las porquerías, las palomitas y casi la cena. Habíamos preferido dejar el paseo por el río para lo último. Así, según Aitana, bajaríamos los tres kilos que íbamos a ganar viendo una película de dos horas.

—Y de acción —se quejó.

—¡Ah! —Me metí una palomita en la boca, entrando a la sala—. Tú te has comprado el algodón.

—¡Eso no vale! ¡No me has pedido opinión! El cambio no es justo. Tú eliges la peli y yo un triste algodón. No me salen las cuentas.

Me reí con la boca llena de palomitas. Ella me metió otra, supuse que para intentar ahogarme.

—Por eso yo voy a ser profe de mates y tú... de inglés. —Le guiñé un ojo y me respondió dándome un castañazo en el brazo.

Subimos los escalones de la sala hasta llegar a la última fila. Era increíble cómo nos gustaba el gallinero. Fui fijándome sin poder contenerme en la forma de andar de Aitana, en su sencillez, en el movimiento de su culo... Cerré los ojos y negué con la cabeza para quitarme aquellos pensamientos.

Nos sentamos a ver la película y durante más de una hora todo transcurrió de manera natural. Lo que venía siendo ir al cine. Sin embargo, noté el contacto de una mano cálida que se me posaba sobre el muslo derecho. No aparté la vista de la pantalla, pero sí que tragué saliva. La fila de delante estaba completa y después de Aitana había dos butacas libres y una pareja.

Cuando sentí sus dedos moverse como si fueran arañas, le pregunté entre dientes:

—¿Qué haces?

Acomodó la cabeza en el hueco de mi cuello. Advertí cómo tiraba del botón del pantalón y lo desabrochaba. Contuve el aliento cuando su mano se coló por la tela de mis bóxer y se metió donde no debía en ese momento. Me giré y la miré. Ella tenía una sonrisilla picarona.

—No hago nada —musitó, tirando a la vez de la piel de mi miembro hacia abajo.

Apreté la mandíbula.

—Tana... —la avisé con tono ronco.

No detuvo su descaro ni tampoco el movimiento de su mano. Apreté la mano izquierda en el asiento mientras colocaba la otra sobre el inicio de su pelo, en la zona de la nuca. Continuó como si nada. En realidad, parecía que únicamente estábamos acurrucados como una pareja feliz viendo la película. Y ni siquiera me preocupé de que alguien pudiera percatarse de que no era así. Tragué saliva, conteniendo los gemidos de placer que amortiguaba con fuertes apretones en el pelo de Aitana.

Rugí más alto de lo debido cuando el placer se intensificó. Me moví en mi asiento y conseguí que su mano se apartara momentáneamente de mi verga. Si seguía así, me correría y no tenía muy claro dónde iba a limpiarme. Elevó la cabeza buscándome, pidiéndome en silencio una explicación a ese brusco movimiento.

—¿Qué pasa? ¿Te da miedo que nos echen del cine?

Estábamos a oscuras, aunque vi su sonrisa por el reflejo de la pantalla.

—Estás loca —le aseguré con socarronería.

—¿Y qué es la vida sin locura?

Asentí, con ganas de reír a mandíbula batiente por la situación tan surrealista. Estaba con la bragueta bajada y el bóxer apretándome el miembro. A punto de explotar, todo hay que decirlo. Llevé una de las manos hasta el cuenco de los nachos con queso que habíamos comprado, tiré de las dos servilletas que había debajo, me senté y con un movimiento veloz la sostuve por la nuca y tiré de ella hasta estamparla contra mi boca. Los espectadores de esa fila apartaron la mirada de la pantalla y nos observaban, negando con la cabeza. La típica frase de «adolescentes» resonó en mi mente sin que la hubiera escuchado.

La besé con fervor, con ganas de devorarla y sin importarme que nos echaran incluso de la ciudad, y fue en ese momento cuando sentí que su mano se afanaba en regresar al mismo lugar. Aquella vez profundizó en la paja sorpresa, dejó al aire libre el glande y llegó hasta el final con precisión.

Jadeé y gemí en su boca a partes iguales, regalándole aquellos alaridos de gozo. Estaba seguro de que ella estaba mojándose también. Deseaba con todas mis ganas abrirle las piernas y saciarme con su manjar. Allí mismo. Delante de todos.

Cuando supe que iba a explotar, me separé, junté mi frente con la suya y nuestras narices se rozaron. La respiración de Aitana era desacompasada, al igual que la mía. Apreté su nuca con saña, le mordí el labio inferior y me dejé llevar por una explosión que taponé con la mano libre y aquellas servilletas rescatadas. Durante el resto de la película no pude evitar —tampoco quise— pensar en las mil y una maneras en las que nuestros cuerpos se unirían esa noche.

Cuando salimos del cine, entre tontería y tontería, nos fuimos directos al río para dar un paseo. Acordamos que, al final, subiríamos a nuestro rinconcito en la azotea del edificio. Esa noche el tiempo parecía habernos dado una tregua y no hacía un frío excesivo. Había aparcado la moto al principio de una bajada que daba a la ribera, cerca de la carretera.

Era una zona preciosa de la ciudad, rodeada de naturaleza y donde algunos patos nadaban a sus anchas por el agua. A pesar de eso, pocas personas se atrevían a hacer un pícnic por la noche. También nos encontramos a más de uno corriendo a altas horas por donde había más luz.

Caminábamos como una pareja, sin prisas ni distracciones. Hablamos bastante sobre lo que había sentido durante la aparición de Amanda. También lo que había supuesto todo esto para Carlos, quien, según Aitana, no había hecho ningún comentario al entrar en casa. Es más, les había pedido a sus hijos que dejaran el tema para más adelante, y eso ocasionó que Alan se marchara malhumorado. Comprendí que su progenitor no estaba preparado todavía para continuar con la guerra después de todo el valor que había tenido para apartarla de su vida de una vez por todas.

—Sois una familia de diez, y eso no podrá cambiarlo nada ni nadie. Ni siquiera ella y sus intenciones. —Me refería a Amanda.

Se detuvo. Me puse frente a ella y le envolví la cintura con mimo hasta dejarla junto a mí. Aitana posó las manos sobre mi pecho y dibujó círculos invisibles en mi chaqueta. Me aproximé a ella y la besé, sin importarme que tuviéramos algunos espectadores. Fue un beso delicado, casto, sensible e impregnado de cariño. Como era evidente, lo intensifiqué e incluso noté que mis manos apretaban sus nalgas con firmeza. Deseaba poseerla allí mismo, aunque fuera apoyado en un árbol. Pero hacerlo ya.

—Y tú eres un ángel caído del cielo. Ya te lo he dicho —musitó en mi boca.

También se restregó contra mi erección.

—Si sigues jugando con fuego... —la advertí—, no llegaremos a la azotea. Es que no terminaremos ni el paseo.

Rio. Y allí vi la risa más hermosa que había conocido jamás. Porque Aitana tenía tanta fuerza, tanto carisma, era tan perfectamente imperfecta que me tronaba el pecho cada vez que pensaba en ella.

—No me amenaces con eso, que sabes que estoy a la orden del día con las locuras. Más que tú. —Me rozó con la nariz y fui a mordérsela.

Me empujó con gracia y perdí el equilibrio. No tardé en atraparla, cogerla en volandas y comenzar a dar largas zancadas con ella a cuestas, escuchando su risa histérica y notando los suaves golpes que me propinaba en la espalda.

—¡Bájame, cabrito! ¡Que se me está yendo la sangre a la cabeza! —vociferó entre carcajadas, porque también me encargué de clavarle los dedos en un costado para que dejara de golpearme.

—Cuando me asegures que el puesto de las locuras es mío —sentencié.

—¡Ni muerta! —se carcajeó, y tuve que llevarla así durante más tiempo del que imaginé hasta que al fin me di por vencido.

El puesto de mando lo había ganado hacía mucho tiempo. Eso no era una novedad. La solté. Se reía sin parar mientras me decía que era un flojo.

Al final cambiamos de tema de manera radical.

Ojalá no lo hubiéramos hecho.

—¿Dónde te gustaría estudiar de Erasmus? —me interesé.

Le había rodeado los hombros con el brazo, mientras que ella enlazaba con su mano libre mi cintura.

—¿Adónde te gustaría ir a ti?

Asentí con lentitud, sin saber qué contestarle a la pregunta. Su carrera no era igual que la mía y en algún momento tendríamos que distanciarnos.

—A mí me encantaría viajar a muchos países. —Traté de quitarle hierro al asunto.

Sus ojos brillaron.

—Esa no es la pregunta, Daniel.

Mencionó mi nombre muy bajito y, para más inri, detuvo el paso. La observé, pues se había separado. Tuve que soltarle esas preguntas, ponernos frente a frente con la realidad.

—¿Qué quieres que te diga, Tana? ¿Que me voy contigo? ¿Que dejo mi carrera cuando tengas que marcharte?

—No te he pedido eso —me contestó enfurruñada.

Me dio la sensación de que ambos entrábamos en un bucle con tal de no tener una conversación como dos personas adultas que, bajo mi punto de vista, todavía no éramos.

—¿Y qué se supone que me has pedido? ¡Estás desviando el tema! ¡Solo era una pregunta!

Intenté cogerla de nuevo, pero me esquivó. Me puse de malhumor. Se cruzó de brazos en esa pose habitual que ponía cuando quería protegerse de algo.

—¿Cuándo te he dicho que dejes tu carrera por mí? —me preguntó con enfado.

—¡¿Qué?! —me exalté.

También elevé los brazos en el aire. Dio un pequeño paso que borró el rastro de la tierra del suelo.

—Sí, sí. Que me digas cuándo —me exigió.

—¿Tienes ganas de que nos peleemos? —cuestioné, arrogante.

Eso ocasionó que chasqueara los dedos delante de mi cara con chulería. Estaba siendo la bronca más absurda que había tenido en la vida. Ahora comprendía lo de las discusiones tontas de las que siempre hablaban las parejas. Y eso que nosotros todavía no sabíamos ni cómo definirnos.

—Escúchame bien. Yo no te he pedido que abandones tu carrera por mí ni nunca voy a pedirte que abandones nada por estar conmigo. —Fui a interrumpirla, pero no me dejó—: Así que vete olvidándote de que te diga na...

Su verborrea se cortó cuando escuchamos un golpe seco a nuestra derecha, como si alguien hubiera derrapado por la cuesta de tierra y se hubiese golpeado con todo a su paso. Me fijé en el final de nuestro trayecto. Entonces contemplé que un muchacho se dirigía hacia nosotros, andando de lado a lado. De repente, se cayó de bruces contra el suelo.

Abrí los ojos como platos y no me dio tiempo a correr más rápido que Aitana, cuando la escuché pronunciar el nombre de su hermano en un susurro incrédulo. Un susurro que se convirtió en un alarido desesperado al momento:

—¡¡Alan!! ¡¡Alan!!

Corrió, y yo hice lo mismo detrás de ella con el corazón en la garganta al ver cómo su hermano había caído derrumbado contra la tierra. Estaba hecho un desastre. Le habían dado una paliza tremenda.

Aitana clavó las rodillas en el suelo en un intento desesperado por sujetarle la cabeza. Y entonces miré hacia arriba, hacia el inicio del camino, y vi a cuatro tíos que parecían buscar algo o a alguien.

—¿Qué te ha ocurrido? ¿Qué es lo que ha pasado, Alan? —le preguntó con desesperación—. ¡Dani!

El timbre de su voz histérico me hizo mirar a Alan. Las magulladuras de su rostro eran tremendas.

—Ve... vete... —le pidió a su hermana con el tono de voz muy apagado.

—¡Madre mía! Pero ¡¿qué te han hecho?! —le preguntó Aitana alarmada.

Alan se dirigió a mí.

—Llévatela.

Aitana me observó con lágrimas en los ojos. Le temblaban las manos. Observé que los tíos aquellos continuaban buscando arriba; entonces me agaché, coloqué un brazo de Alan sobre mi hombro y le pedí firme a Aitana:

—A la de tres, lo levantamos. Una, dos, y ¡tres!

La mueca de dolor en el rostro de Alan fue increíble. Si no tenía alguna costilla partida, era de chiripa. Avanzamos unos pasos para alejarnos de la ribera y ocultarnos en la espesa naturaleza. Pero los tipos se percataron enseguida y no tardaron ni un minuto en darse cuenta de que escapábamos.

—¡Eh! ¡Eh! ¡Soltadlo! ¡Vosotros! ¡Eh!

No les di tiempo a que reaccionaran. No sabía a qué podíamos atenernos con aquellos tipos. Le pedí a Aitana que corriera, y Alan trató de caminar lo más rápido posible a pesar del dolor.

—¡Vamos! ¡Corred! ¡Corred! —les pedí, sin importarme que nos escucharan.

Un pequeño camino serpenteante se abrió a nuestra izquierda, y tuve una idea. No supe si valdría de algo o no, pero era lo único que teníamos. Me detuve a la mitad, solté a Alan en los brazos de Aitana y los dos se mostraron confusos.

—¿Adónde...? —No la dejé terminar.

—Escúchame —le pedí alzando la mano—. Dulce tardará diez minutos en llegar. Es la única que tiene coche. Llámala y marchaos corriendo al barrio. Nos veremos allí.

—Pero... —El miedo en el semblante de Aitana me atenazó las entrañas.

Era eso o que acabáramos todos bajo tierra. De aquello estaba más que seguro. Me metí las manos en el bolsillo trasero del pantalón, saqué las llaves de la tienda de mis padres y se las lancé a Alan, que las cogió al vuelo y entendió que tenían que esperarme allí. Comencé a retroceder hacia el camino del río con la intención de despistar a los hombres que lo buscaban.

—En la trastienda tenéis un botiquín para curarle las heridas. —La contemplé intranquilo—. Nos vemos luego, Tana.

Su cara se transformó y, en realidad, supe que había sido debido a mi tono.

Supe que había comprendido que lo había dicho por decir.

Que no sabía lo que iba a ocurrir.

18

Verdades

Nunca mientas de manera innecesaria

Admitir que estaba aterrorizada era quedarme corta. Ni siquiera sabía cómo había sido capaz de llamar a Dulce, histérica, y pedirle —casi suplicarle— que viniera a recogernos. Le había mandado la ubicación con la adrenalina a tope, sin dejar de mirar a mi hermano, tirado en las matas con una mano sobre las costillas y el ojo derecho casi cerrado. «Madre mía, cuando lo vea papá». Fue el primer pensamiento que me pasó por la cabeza. Como no teníamos bastante ya… Y ahora que parecía que la vida nos sonreía, ¡pum! Otro problema se sumaba al carro.

Media hora después habíamos conseguido llegar a la tienda de Dani y no pude parar de pensar en si estaría bien o no, si debería de llamarlo o no, porque estaba claro que su intención había sido despistar a quien fuera que estuviera persiguiendo a Alan. Era más atea que católica y, sin embargo, me encontraba pidiéndole a Dios que lo protegiera.

Habíamos abierto la tienda de sus padres mirando hacia todos lados para que no nos pillaran… No sabía qué excusa íbamos a darles. Dulce no había hecho comentario alguno desde que nos montamos en el coche, aunque sí que miraba a mi hermano horrorizada y después a mí. Mi hermano tampoco soltó ninguna de sus perlas a mi amiga, la que había venido a «rescatarnos».

—Vamos a sentarlo ahí —ordenó Dulce, que apartó con el pie algunas cajas que se habían quedado en medio de la tienda.

Intentamos llegar a una de las sillas que había al fondo. Alan giró la cabeza y la miró con el rostro demacrado.

—¿Ahora llevas el mando de la situación?

No quise saber si esa pregunta llevaba doble intención o no, pero las dos nos miramos. Dulce contuvo el aire y cuando pensé que no le respondería, añadió:

—Sí. Y si no te callas, me encargaré de que las curas sean muy dolorosas.

Alan pareció pillarlo de inmediato, porque cerró la boca. De soslayo me percaté de una sonrisilla contenida por su parte. ¿Qué le sucedía a mi hermano con Dulce? Parecía un quiero y no puedo.

Lo solté, me encaminé hacia la trastienda y busqué el botiquín. No veía un pimiento y no quería encender la luz para que no se nos viera desde la calle. Saqué el móvil del bolsillo de la chaqueta, encendí la linterna y la tapé con el dedo a la mitad. Por fin, lo localicé y fui rápido a por él.

Estuve tentada de llamar a Dani. Lo único que me frenó fue mi hermano cuando salí de la trastienda. Quizá fue mi rostro de preocupación lo que lo alertó, o quizá fue que Dulce se encontraba de pie, con los brazos cruzados y cara de pasa, sin mirarlo. No había caído en el pequeño detalle de que ambos habían tenido algo «juntos» y ahí iba yo y la llamaba como primer recurso y sin pensar.

—Estará bien. Es un chico listo.

De repente, mi estado de ánimo cambió y a malas, lógicamente. Agarré un taburete, lo arrastré con los dientes apretados y, sin dejar de mirar a mi hermano, le tendí el botiquín a una Dulce que ni pestañeaba, pero que se asemejaba a la muñeca diabólica. Me salió un tono inquisidor.

—Clarooo, lo sabes porque también te has dado de hostias con Dani allí, en las peleas ilegales, ¿verdad? —Apretó los labios como si no quisiera contestarme—. ¿Hasta cuándo vamos a seguir con las mentiras, Alan?

—No creo que sea momento de hablarlo ahora. —Miró sin titubear a mi amiga.

Ella alzó una ceja, temeraria. Dulce me dio el suero y unas gasas con muy mala leche. Llevé las manos al filo de la camiseta de Alan. Cuando fui a levantarle la prenda, él me detuvo con un movimiento brusco.

—A lo mejor el momento de hablarlo es cuando te maten —repuse con retintín—. Si no nos dejas que te veamos las heridas, no vamos a poder curarte.

Dudó, desvió su atención hacia Dulce y después volvió a mirarme. Abrió su gran mano con esfuerzo, la separó, la dejó caer al filo de la silla y apoyó la cabeza en la pared, como si no quisiera mirarnos a ninguna de las dos. No respondió al último comentario que le había hecho.

Suspiré con pesar. Cuando levanté la camiseta, contuve el aire y aprecié de soslayo que mi amiga observaba el mismo punto que yo. Tenía magulladuras en todas partes, como si le hubieran estado dando con un puño americano, y también había zonas de la piel en las que había heridas con sangre. Quizá de haberlo golpeado con algún hierro. No logré contener las lágrimas.

Él no dijo nada.

Dulce lo dijo todo con su rostro.

Yo me limité a desinfectar las heridas.

Me fijé también en que llevaba los puños ensangrentados y entonces reparé en que los nudillos los tenía en carne viva. Aquello me indicó que había peleado con garra. Que por lo menos había conseguido sobrevivir. ¿Qué habría hecho el pobre diablo?

La tensión se palpaba en el ambiente.

Y no era yo la que ocasionaba aquella situación.

Fue la mano de Dulce cuando se plantó en las mejillas de mi hermano.

Cuando sus pieles se rozaron.

Cuando sus ojos conectaron.

No me había dado cuenta, pero había detenido mis movimientos y los observaba. Fue algo efímero, pues el corazón me brincó en el pecho cuando la puerta del establecimiento se abrió. Casi me caí de espaldas al ver entrar a Dani.

Ni siquiera pensé por un segundo en la medio pelea que habíamos tenido, por una tontería tan grande como no querer separarnos y no ser capaces de decírnoslo. Y yo había pasado mucho miedo durante el rato que había estado sin él. Me levanté y corrí hasta sus brazos. Aprecié que tan solo tenía un rasguño en el cuello. Me enganché a él como si fuera un mono.

—¡Estás bien! —Lo besé—. ¡Estás bien! —Hipé seguidamente—. ¿Estás bien? —No comprendí cómo había dejado la pregunta para lo último.

Dani me separó, me sostuvo por el culo y yo me sentí observada por mi hermano. Me importaba una mierda. Volví a besarlo sin vergüenza. Sin embargo, Dani solo asintió, pero no desvió la atención de Alan. Y eso me escamó. Hasta que abrió la boca y las dudas se resolvieron.

—¿Qué has hecho, Alan? —le preguntó en un susurro.

Me descolgué poco a poco del cuerpo de Dani y me quedé frente a los dos. Dulce continuaba con su tarea, ahora colocándole ya apósitos en las heridas abiertas del rostro.

—Te dije que el Botas quería que pelearas por él. Y me dijiste que no.

No entendía nada. Aunque Dani me había dicho que él también participaba en esas peleas ilegales, yo no había querido saber absolutamente nada del tema. Más bien lo oculté en un lugar recóndito de la memoria porque no quería acordarme de él.

—¿Y por qué has apostado cinco mil euros si te dejaba pelear a ti? —No me interesé por preguntar cómo conocía esa información tan certera.

El músculo que me otorgaba la vida casi dejó de latirme. ¿Había dicho cinco mil euros? Si Alan estaba de aquella forma y encima lo buscaban… ¡Oh, señor! Salí de mis pensamientos como si se los hubiera llevado el humo, momento en el que el vozarrón de mi hermano añadió:

—Me mandaste a tomar por culo. Me dijiste que llevabas meses sin pelear. —No supe si respirar o no por su pausa—. Y para que no viniera en tu busca y te destripara —me miró—, he hecho lo que tenía que hacer.

—Alan… —Dani mencionó su nombre con un deje de perplejidad.

Mi hermano intentó mirarlo con uno de sus ojos. El otro lo tenía prácticamente cerrado.

—No has pensado en la posibilidad de que podrían haberte matado mientras nosotros escapábamos. —Y no fue una amenaza ni lo dijo con tono hiriente. Aprecié un agradecimiento camuflado en Alan—. Y, sin embargo, has ido a despistar a esos tíos.

El silencio tensó el ambiente más de lo que ya lo estaba. ¿Había entendido que mi hermano se había metido en esa pelea por mí? ¿Por salvar mi felicidad? Controlé a tiempo mis emociones. No supe cómo reaccionar ante esa información recién descubierta.

—Y tú has perdido —sentenció Dani, exponiendo lo que nadie quería escuchar.

La voz se le atascó. Tal vez porque ninguno habíamos esperado un acto así de Alan.

—Y le debo cinco mil euros —afirmó mi hermano, y juro que no me desmayé de milagro.

Intentó recolocarse en el asiento con cierto dolor en el semblante. Yo sentí un mareo, sobre todo al ver tanta sangre en la cara de Alan. Supuse que había aguantado porque me había salido el coraje de salvar a mi hermano. De lo contrario, ya me habría desplomado.

Me dejé caer en una de las cajas que había en medio y me quedé mirando a la pared. Dulce soltó las cosas que tenía en las manos antes de acercarse a mí, pero alguien la detuvo. Las enormes manos de Alan sostenían la muñeca de mi amiga. Ella lo miró, sin creerse que la estuviera reteniendo.

—Eso se resume a que si no pagas esa cantidad… —lo miré de sopetón, sin saber qué emoción era la que bombeaba más fuerte en mi pecho—, ¿te van a matar?

Otro silencio mucho más largo se extendió en toda la estancia. Volviendo a ser el Alan al que nos tenía acostumbrados, y aún sin contestarme, se levantó de su asiento, soltó la muñeca de Dulce, como si se hubiera percatado de que ese contacto le quemaba, y desapareció de la tienda sin dar ninguna explicación.

Miré a Dani y me eché a llorar con desconsuelo.

—No me caben más problemas en el cuerpo. No me merezco más responsabilidades, ¡ni más miedos!, ¡¡ni más putas mierdas!! —Me encontré apretando los puños a ambos lados de los muslos.

Me merecía vivir.

A la mañana siguiente había quedado con Dulce bastante temprano en la puerta de mi edificio. Al final no pasé por casa esa noche, sino que me quedé con Dani en la tienda, en una de las esquinas de la trastienda, con dos mantas que habíamos conseguido encontrar en los armarios. Hablamos mucho durante la noche. Eso era lo bueno que tenía Dani. Me explicó el motivo por el cual se metió en las peleas ilegales. Cómo encontró a mi hermano allí y cómo no se habían golpeado hasta la saciedad. Cómo soltó toda esa ira acumulada que le habían provocado las malas personas en el colegio y en el instituto. Y ahora teníamos un enorme problema que no sabía cómo íbamos a solucionar.

Mi padre había mejorado bastante, y lo más seguro era que una noticia de ese calibre lo hundiera otra vez. No estaba dispuesta a permitirlo, pero tampoco tenía muy claro cómo iba a conseguir cinco mil euros con dieciocho años. Dani no había tenido pelos en la lengua a la hora de explicarme qué podría ocurrir si Alan no saldaba su deuda con aquella gentuza. Los vellos de todo el cuerpo se me erizaron al pensar que podría sucederle algo a mi hermano por mi culpa.

Dani me aconsejó que no me culpara de algo que había salido del corazón de mi hermano. Y gracias a nuestras constantes bromas, también metió el dedo en la llaga y dijo que para una vez que lo hacía, le había salido fatal. Eso destensó un poco el ambiente. Logró que dejara de llorar durante un rato y que me arrimara a él de manera indecente. Acabamos con las mantas revueltas y los cuerpos muy juntos.

Nos detuvimos en la esquina de la calle de la tienda.

—Nos vemos luego —me dijo, dándome un beso en los labios y después en la frente.

Aquel gesto me pareció sumamente tierno. Le sostuve las manos, sin separarme mucho de sus esponjosos labios.

—¿Ya te da igual que nos vea todo el barrio? Que sepas que acaba de pasar Francisca.

Francisca era una mujer mayor, de unos doscientos cincuenta años, que mantenía informado a todo el barrio. Dani, con su particular manera de ver la vida, soltó:

—«Acabo de pillar al hijo de la tienda de Antonio, sí, Dani. El niño ese que sufrió acoso cuando era un crío y después de adolescente. El que ha vuelto después de dos años —imitó el tono de Francisca y me hizo reír—. Estaba besándose con la vecina, Aitana, la hija de Carlos. El divorciado al que la mujer abandonó. Menudo dramón, porque encima son vecinos de toda la vida. Si es que… —Negó con la cabeza—. Estos jóvenes de hoy en día… A ver cómo terminan esos dos».

Ese mensaje explícito, y seguramente más largo y con más inventos, llegaría a oídos de todos. Ambos lo sabíamos. Le di un golpe en el hombro y me reí. Él me sostuvo por las caderas y me rozó la nariz con cariño.

—Tendrías que haber estudiado arte dramático —bromeé.

—Se me da mejor hacer cuentas —repuntó con gracia—. Y, respecto a lo otro, creo que ya nos han visto los que tenían que vernos. Por lo menos los principales.

—¿Significa que ya no tenemos que ocultarnos?

—¿Teníamos que ocultarnos de alguien en particular, Tana? —Me observó con un profundo amor que me sobrecogió—. Que yo sepa al único que le debías una cena era a Izan. Pero ya me encargué yo de decirle que se olvidara desde el primer día.

Lo sabía.

Me abracé a él con mimo, haciéndome la remolona. Vi a lo lejos que Dulce ya estaba en la puerta del edificio, en el coche.

—Ya me había dado cuenta por los comentarios de Izan en los entrenamientos. Aunque te recuerdo que esa propuesta era para después del concurso. —Le rodeé la cintura con los brazos.

Sus manos continuaron acariciándome la cintura y los costados.

—Bueno, pues para que no se ponga pelusón nos los llevamos a cenar cuando ganes.

Reí, pero en el fondo sabía que si tenía que irme con Izan, por cualquier motivo, Dani no pondría ningún impedimento. A la vista estaba con los entrenamientos. Llevábamos semanas y semanas viéndonos a diario, excepto los fines de semana, y no se había producido ningún malentendido ni tenía por qué haberlo. Siempre había pensado que los celos eran el peor sentimiento que podíamos tener. También comprendía que eran una parte fundamental en nuestra vida y todos los experimentábamos alguna vez.

—Me voy. Te veo luego.

Lo besé. No me apetecían los planes: irme con Dulce a la iglesia y hacer galletitas, comprar los vestidos para la fiesta de la uni con las chicas… No quería tener que separarme de él.

Dos horas más tarde habíamos terminado de preparar todas las galletas en la cocina de la iglesia. También nos habían encargado algunos pasteles que, yo por lo menos, había hecho con mucho gusto. Me encantaba cocinar, aunque no lo dijera. Supe que el tema de Alan saldría en algún momento. Si no lo habíamos sacado antes, era porque otras hermanas del convento más cercano nos acompañaban y no era plan de ponerse a discutir sobre matones y peleas ilegales. Nos quedamos solas durante un momento, y ese fue el pistoletazo de salida para las dos, porque preguntamos a la vez:

—¿Cómo está Alan? —Esa fue ella.

—¿Vamos a hablar de lo de mi hermano? —Esa fui yo.

Suspiramos sincronizadas. Negué con la cabeza, apoyé las manos en la enorme encimera donde teníamos las galletas recién horneadas y la miré. Dulce no se anduvo con chiquitas:

—Es un marrón cojonudo.

Puse los ojos en blanco por su manera de hablar. Ese día iba ataviada con un vestido de color negro, una camisa rosa abrochada casi hasta el cuello, y, como de costumbre, no se le veía ni un centímetro de piel, excepto la cara y las manos.

—Tienes una manera de hablar muy particular —la piqué.

Me di cuenta de que habíamos desviado el tema de Alan. Era una costumbre muy común. La de comentar muchas cosas a la vez y mezclar los temas. Bufó, tal vez cansada de que todas le dijéramos lo mismo. En realidad, nunca nos había dado una explicación convincente de su manera de ser, y aquellas palabras me sorprendieron tanto que incluso me emocioné.

—Que sea creyente no significa que deba tener una manera de hablar, que sois muy pesadas.

—Según las normas de tu religión, sí —apunté.

Me mostró un amago de sonrisa triste. No la entendí hasta que pronunció:

—Yo sí creo en Dios, Aitana. Lo que no creo es en la Iglesia, pero este es nuestro sitio de «culto» —entrecomilló sus dedos en el aire—. Nuestra secta, más bien. —Jamás la había escuchado con tanta determinación—. Y puedo asegurarte que Dios no me impide vestir como visto, ser gótica, decir palabrotas o hacer actos desinteresados para las personas que más lo necesitan. —Una de sus manos se desplazó y apuntó hacia los alimentos.

—Y yo estoy muy orgullosa de tener una amiga que sea quien quiere ser, sin importar su religión o su condición. —Sonreí y me acerqué a ella para abrazarla.

Pero ella dio un paso hacia atrás marcando la distancia. Qué siesa era cuando se lo proponía.

—Siempre me ha parecido una gilipollez que una persona creyente no pueda ponerse un escote o unos tacones. Y que tenga que parecer una mojigata.

—Pero tú no lo haces y sigues el mismo ejemplo de lo que has dicho. Excepto por lo de que eres gótica… —añadí—. Deja de andar hacia atrás que voy a darte un abrazo.

—Si sigo las normas, es por mis padres. Pero créeme que algún día romperé esa barrera también. Lo de ser gótica no es negociable. Además, tampoco es que sea tan gótica. —Alzó las palmas en el aire como si estuviera frenándome—. Paso de lo del abrazo. Vamos. Tengo que atender un asunto antes de marcharnos a ver los vestidos.

La fulminé con la mirada. A la tía le dio igual, porque se dio la vuelta, agarró su enorme bolso y salió en dirección al corredor de la iglesia. No le di importancia porque sabía que Dulce era así, y salí tras ella como un caballo desbocado, porque esa conversación no había terminado, teníamos muchas cosas de las que hablar.

—Bueeeeeeno. —Mi tono cantarín provocó una mirada aniquiladora por su parte. Ahora sí que nos metíamos en el tema de lleno—. ¿Querías hablar de lo de Alan?

La preocupación me anidaba en el pecho, pero no quería pensar en ello todo el día para no volverme loca. No sabía cuál podría ser la solución. Dani me había dicho que intentaríamos encontrarla después de los exámenes, pero ¿podríamos esperar tanto? Llegaba el periodo de exámenes del primer cuatrimestre duro de la universidad, y cualquier distracción podría suponer el fin de mi futura carrera. Sin embargo, era de las que pensaban que mi hermano era mucho más importante que todo lo demás —obvio—. Dani había argumentado que entre ellos se las apañarían, que no me preocupara. Pero no sabía cómo iban a hacerlo, porque se llevaban a matar, aunque sí había visto una tregua no verbalizada entre ambos.

Alan había peleado para que Dani no tuviera problemas con el famoso Botas. Ese tío me caía mal y ni siquiera lo conocía. Dani había puesto en peligro su vida para que Alan pudiera escapar de los matones del jodido Botas y de esa forma lo había salvado. ¿Estaban en paz, entonces? ¿Cómo narices pensaban solucionarlo? ¡Que eran cinco mil euros!

—Solo quería saber cómo estaba —dijo de manera apresurada.

—Y me imagino que querías saber cómo estaba porque te preocupa —atajé la conversación, para que se sincerara de una maldita vez.

Detuvo los pies en seco. Aquello ocasionó que casi me estampara contra ella y nos cayésemos las dos al suelo.

—A mí no me gusta tu hermano. Solo me preocupo por ti y por la que tenéis encima.

Entrecerré los ojos, dándole a entender que mentía.

—Has preguntado por él, no por mí.

—¡Oh, Señor! —Sonreí. Y me dieron ganas de decir que no debía mencionar el nombre de Dios en vano, pero me callé por su acertada explicación—. ¡Cómo te gusta sacar las palabras de contexto!

Retomó la marcha y la seguí, importándome muy poco ser la persona cansina que me caracterizaba. Mis pies parecían ir dando saltitos para pillarla. La tía había cogido velocidad y parecía el Correcaminos.

—¿Por qué no lo admites de una vez? No pasa nada. ¡Yo no voy a enfadarme!

Se detuvo por segunda vez.

—¡Que no me gusta tu hermano, hostia!

—Pero habéis follado —puntualicé, dañina.

Acercó la frente a la mía de manera intimidante. Contuve una risotada al verla tan feroz. Estaba segura de que a Alan aquello lo pondría como una moto. Y yo hablaba con tanta certeza porque también tenía muy claro que los dos se gustaban un montón.

—No tendría que haberte contado nada —bisbiseó entre dientes y elevó un dedo en el aire con una clara amenaza—: Y como vuelvas a decir, o simplemente a insinuar, alguna tonterí…

—¿Dulce? —La llamó alguien al final del corredor—. Shhh, shhh, ¡Dulce!

Me fijé en la señora. ¿Era una monja? Vaya, una monja. La amenaza de Dulce se quedó en el aire, porque lo siguiente que sentí fue el contacto de sus dedos apresándome la muñeca con mucho brío. Tiró de mí, salimos a la iglesia y continuamos detrás de la monja hasta… ¡¿Hasta la sacristía?!

Las miré a las dos estupefacta.

—Oye, que sabes que a mí esto me importa una… —Me miraron y reprimí la palabrota.

Me ignoraron al instante. Todo ocurrió a una velocidad de vértigo, y me sorprendí más de lo que me hubiera imaginado jamás. Mi amiga plantó el bolso sobre la mesa en la que el cura depositaba sus pertenencias a diario —o al menos eso supuse—, sacó a Ágata, la colocó sobre la madera y se dirigió a la monja.

—Dime, ¿qué es lo que querías saber?

Yo no daba crédito.

—Dulce… —Fui a decirle que no sabía si lo adecuado era que hiciera esas cosas allí.

Me parecía estupendo que tuviera su personalidad, que fuera fiel a sus pensamientos, pero es que si no quería que sus padres se enteraran de lo que hacía con la bola de cristal, el hecho de exponerla en la iglesia… No sabía yo.

—¡Calla! —me dijo, pero continuó mirando a la joven religiosa—. Dime, Marta, ¿qué te perturba?

Retuve con todas mis fuerzas la carcajada, porque parecía Esperanza Gracia. Mi amiga tenía una forma muy particular de leer la bola de cristal.

—Quiero saber si van a llamarme del trabajo nuevo, el que te comenté que había estado mirando para salir del convento.

Yo lo respetaba todo, pero es que vivir en un convento…

—Pues vamos a verlo. —Dulce se volvió de cara a Ágata, cerró los ojos, plantó las manos para transmitir la energía y tardó menos de un segundo en soltarle sin delicadeza—: Olvídate. No te van a llamar.

La muchacha pareció abatida. No era para menos. Ya no era solamente la contundencia de las palabras de mi amiga, también fue el tono tajante que las acompañó. Es que era más seca que la mojama. Y, cuando pensé que ya podríamos marcharnos porque mi móvil estaba vibrando y eso indicaba que Maca estaba con Noe en la entrada de la tienda de vestidos, alguien más se presentó en la sacristía. El cura, para no variar. Así una no ganaba para sustos ni para microinfartos.

—¿Dulce María?

Ah, sí, un detalle. Mi amiga tenía nombre compuesto, aunque eso siempre lo habíamos omitido. Cómo no, el segundo era de una santa. La tía permaneció impasible, y me dio la sensación de que a la tal Marta casi le estaba dando un patatús. Cuidado, que yo estaba igual.

—Padre Nicolás. ¿Cómo se encuentra? —le preguntó tan campechana, como si no estuviéramos invadiendo su espacio.

Tenía unas ganas tremendas de salir corriendo de allí. De hecho, lo asocié a cuando te saltabas las clases y te pillaban tus padres o cuando llegabas a casa después de haberte fumado un cigarro e ibas con el miedo de que olieras a tabaco. En fin, que me vinieron a la cabeza todas las comparaciones similares a los nervios.

—Si me disculpan.

Marta fue rápida, porque tras esas palabras salió zumbando de la sacristía y desapareció como el humo. Dulce guardaba la bola de cristal con una parsimonia increíble. Abrí los ojos desmesuradamente e intenté llamar su atención. Nada, ni puto caso.

—Bien, hija, ¿sabes que no puedes estar aquí?

—Claro, padre. Disculpe, pero han sido las prisas. De verdad que no volverá a ocurrir —le aseguró como una niña buena, que a mí me seguía pareciendo diabólica.

Me giré lentamente, saludé al cura con un golpe de cabeza seco e imité a la monja. Mi amiga continuó conversando con él como si no hubiera ocurrido nada. No lo comprendí hasta que, dos minutos después, ella me calmó:

—Tranquila. De vez en cuando también me hace preguntillas.

Me dejó cuajada en el sitio. Nos dirigimos a la tienda de vestidos y dejamos el coche de Dulce aparcado cerca de mi portal.

Tuve una sorpresa de las buenas aquella mañana. Mi padre estaba sentado en la terraza de una de las cafeterías próximas a la tienda. No estaba solo. Su nueva psicóloga se encontraba con él y parecían tener una conversación muy animada.

Sonreía.

Los dos sonreían mucho, y eso me llenó el corazón de alegría.

19

Cuentas

Un amor matemático

Estaba teniendo un mes de locos con tantísimos exámenes, trabajos, tareas y entregas. Me tiraba más tiempo en la biblioteca que en cualquier otro lugar de la universidad. No salía tanto con mis amigas, llamaba menos a mi padre y a mis hermanos y algunos días sacrifiqué el estar junto a Dani, por mucho que me pesara. Sin embargo, el muy canalla sabía dónde pillarme: en los entrenamientos. Eso sí que no lo perdonaba. Iba a ganar ese premio. Aunque eso significara que solo nos veríamos a la hora de los entrenamientos, en algunos cambios de clase, en las comidas y poco más, porque acababa sumamente reventada.

Estaba agotada.

Alan tenía problemas. De los gordos.

Era muy egoísta por mi parte no pensar en él. No era capaz de dejar de hacerlo. Llevaba dos años sacando a mi familia adelante, ¿cómo iba a olvidarlo? ¿Cómo hacerlo cuando todo el dinero que debía había sido para salvar a Dani? Y, encima, me había enterado a medias de que Alan había estado pidiendo favores para que le prestara dinero el famoso Botas. Dinero que luego le devolvía con las peleas en las que Alan no ganaba nada, sino que así saldaba su deuda.

Y ese dinero había ido a casa.

Me preocupaba mi padre, cómo se sentiría si algún día se enteraba de todo aquello. Lo que sabía me lo había contado Dani, ya que mantener una conversación larga con Alan era misión imposible. Le preguntaba a diario cómo estaba. Si no me contestaba, le insistía como una niña pequeña, poniéndole muchos «eh, eh, eh, eh», y si eso no funcionaba, le petaba el teléfono. No le quedaba más remedio que ponerme: «Mejor». Ahí iba yo con mi tozudez, exigiéndole que me mandara una foto. Se negaba y volvía a fundirle el teléfono. Él me amenazaba con bloquearme, y entonces yo le decía que llamaría a papá y se lo contaría todo. No le quedaba más remedio que obedecer como un buen chico.

Esa era otra. Se había escondido en el piso de un amigo suyo, mayor que él —casi le doblaba la edad—, con el fin de no darle el disgusto del siglo a mi padre, a quien le había dicho que se iría unos días con un amigo. Y eso se lo había comunicado yo, haciéndolo todo más raro si era posible. Mi padre no había preguntado, pero no era tonto. El hombre con el que se había marchado Alan se llamaba Pepe y vivía en el edificio de enfrente. Desde allí tenía controlado a mi padre y a los mellizos. Aunque no me hubiera comentado nada, había visto muchas películas y leído muchos libros, y todos sabíamos cómo se movía el mundillo ilegal.

Pepe, el Colgao para los amigos, tenía una cara de matón que no podía con ella. Era un tipo de aspecto rudo, muy moreno, de ojos pequeños y profundos también oscuros, y juraría que en alguna ocasión había visto que llevaba una pipa escondida en el pantalón. Dani me había contado que ellos se habían hecho amigos en el cuadrilátero, porque también habían peleado juntos. Al final era verdad eso de que a veces encontrabas a las mejores personas en las peores circunstancias. Lo que no quería decir que el Colgao lo fuera, pero estaba echándole una mano sin pedirle nada a cambio.

Me encontraba con tres libros, la libreta abierta y un follón de bolígrafos y subrayadores repartidos sobre la mesa. Lo tenía todo controlado y… ¡Pum! Después del sobresalto, miré hacia arriba y me encontré a mi chica de las puntas fucsias mascando un chicle con desagrado. Me había cerrado el libro de un golpetazo.

—¿Algún motivo para…?

Me interrumpió:

—Casi ni recuerdo el color de tus ojos.

Resoplé para darle a entender que era una exagerada. Tiré del libro.

—Porque a lo mejor estoy intentando estudiar para los exámenes, mientras tú, por ejemplo, estás de pitorreo todas las tardes con Makena.

Se sentó en la silla e hizo mucho ruido al arrastrarla.

—La muchacha acaba de mudarse de ciudad. Estoy enseñándosela con el patinete. —Levanté la cabeza que había agachado previamente—. ¡No sabes la adrenalina que da ir dos subidas!

—Vas a conseguir que te maten —añadí, boli en mano.

Se incorporó hacia delante, me quitó el libro por segunda vez y lo cerró sin pedir permiso. Lo señaló y, antes de que me diera tiempo a negarme, se adelantó:

—Deja todo esto que tienes, vete a tu habitación, dúchate y te largas. Tu amorcito estará esperándote en la entrada de la uni dentro de media hora.

—¿Qué? —le pregunté confusa. Agarré el móvil y vi que Dani no me había escrito—. Dani no me ha dicho nada. Dame el libro —le pedí, tendiéndole la mano, pues la muy mamona no lo soltaba.

Hizo una pompa y mascó el chicle con la boca abierta. Me dieron ganas de golpearla —flojito, por supuesto— y lo supo, porque se rio.

—Yo creo que ya va siendo hora de que te vayas con tu novio fuera de la universidad, que disfrutes un poco y que dejes de ser una rata de biblioteca.

Me estiré hacia delante para arrebatarle el libro.

—Son —dije con esfuerzo— solo estas semanas. ¡Dame el libro, coño!

Toda la sala nos miró.

—Shhh. —La señora de la entrada nos llamó la atención, y fulminé a mi amiga con la mirada.

—Aitana —me llamó con tono cansino—. Han pasado muchas cosas en poco tiempo. Tienes la cabeza abotargada y todas coincidimos en que necesitas despejarte. —Señaló la ventana gigante de la biblioteca—. Se está haciendo de noche. Vamos, diviértete por un día, fóllate mucho a tu maromo y mañana regresas con las pilas renovadas.

No dije nada. Una silla se movió a mi lado, pero fue de manera silenciosa. Era Noe. La miré.

—Estás horrible.

—Gracias, amiga —añadí con desagrado.

—Necesitas corrector de ojeras, una barra de labios roja, unas sombras en los ojos y un vestido de fácil acceso.

—¿Qué…?

—Lo tengo todo encima de la cama —anunció Dulce, a quien no había oído llegar.

Entrecerré los ojos, las miré a las tres y les pregunté con mirada inquisidora:

—¿Dani os ha pedido ayuda? Decidme que no es verdad —solicité con mucha ofuscación.

—¿Cuántas veces te ha dicho de quedar y le has dado largas? —inquirió Noe, mirándose las uñas.

Era para hacerse la interesante.

—¿Cuántas veces has salido corriendo por el pasillo de la residencia después de darle un beso a lo loco? —Dulce tamborileó los dedos sobre la mesa.

—Y lo más importante, ¿cuánto llevas sin follar?

—¡¡Maca!! —la regañamos todas al unísono.

Eso no era cierto, porque algún escaqueo sí que había tenido, aunque no estaba dedicándole el mismo tiempo. Él no me había echado nada en cara; al contrario, comprendía a la perfección que estaba hasta la bandera con las clases, los estudios, el trabajo, el entrenamiento… Me dejé caer en el respaldo de la silla.

—Se ha dado cuenta de una realidad —dictaminó Dulce, quien habló como si yo no estuviera.

—Sí, porque le han salido ojeras de más. ¡Arriba! —Noe dio dos palmadas en el aire y se levantó.

Maca arrastró la silla e hizo mucho ruido, tras lo cual pidió perdón varias veces con una risilla tonta. Dulce nos siguió, conteniendo una risotada también. No me hizo falta ni recoger mis pertenencias, porque casi me las meten en una bolsa de basura para aligerar. Di gracias a que no llevaran una encima.

—Ah, una última cosa —añadió Noe, deteniéndose en el pasillo. Me dio dos golpecitos en los hombros, como si estuviera quitándome pelusas invisibles—. Que Dani no sabe nada.

—¿Cómo…?

No me dejaron terminar la pregunta. Maca se puso al lado de ella, colocó el codo en uno de los hombros de Noe y puntualizó:

—Pues nada, que le hemos hecho la misma encerrona que a ti y se piensa que estarás esperándolo en la entrada de la uni en… —se miró el reloj de pulsera—veinte minutos.

Se les notaba en la cara que estaban mintiéndome. «Una mentira piadosa», diría Maca.

—Yo que tú me daría prisa —canturreó Dulce, retomando el paso hacia la habitación.

Y, una vez más, me demostraron que si perdías un poco el norte o descuidabas a personas que verdaderamente te querían, ya estaban ellas para redirigirte en el camino, sin importar que las dejaras para el último momento.

Eran únicas.

Eran mi familia.

Esos veinte minutos fueron dieciocho, porque las tres se metieron en la habitación conmigo y les faltó lavarme el culo en la ducha. «Mujeres». Me reí mientras caminaba hacia la salida, recordando cómo Noe me empolvaba la cara, Maca se dedicaba a arreglarme el pelo y Dulce se afanaba con la paleta de sombras. Contemplé mi aspecto antes de poner un pie en la calle. Me había puesto un vestido en tonos azules, unas medias de un negro claro, que llevaban una línea más oscura marcada en la parte trasera —esto las hacía muy sensuales—, y, por supuesto, unas Converse. Pasaba tres pueblos y medio de los tacones.

Y ahí estaba él.

Con los brazos cruzados, apoyado en la moto, enfundado en un traje de motero que le quedaba como un guante y la mirada perdida en el campus. Sonreí con los pies anclados en el hormigón, permitiéndome el lujo de fijarme hasta en el último detalle de Dani.

Todavía no comprendía cómo no había visto la cantidad de similitudes que nos unían. Cómo no me había dado cuenta de lo mucho que me quería, aunque no me lo hubiera dicho aún —yo tampoco lo había hecho—. Cómo había sido tan necia de pensar que solo era mi vecino, un amigo con el que compartía buenos ratos, con el que me había acostado por primera vez y la persona que más daño me había hecho al marcharse de mi vida.

Y ahora estaba allí.

Y ahora era solo mío.

Sí, sabía que era un pensamiento posesivo, pero notaba que era mío de verdad. Cada vez que lo contemplaba, algo más fuerte se encendía en mi interior. Descubrí que lo había abandonado fugazmente por mi trajín de vida, y eso no podía permitirlo. Desvió la vista hacia mí. Sabía que lo estaba observando con lupa. Me devolvió una sonrisa hermosa. La que marcaba sus hoyuelos. La que dejaba ver al verdadero Daniel.

—Fiu, fiuuu. —Me silbó como si fuera un camionero. Yo reí y me recogí un mechón de pelo detrás de la oreja con timidez—. Pero ¿qué es lo que ven mis ojos? Dime que ahora te arrepientes de ser profe de veinte niños y prefieres ser modelo.

Llegué a su altura, le di un manotazo en el pecho, me puse de puntillas y busqué su boca, ansiosa, porque, sí, nos habíamos abandonado un poco…

—Sabes que a mí eso de ser modelo se me da regular. Además, tendría que ponerme tacones, e imagínate yo con esos andamios. —Lo besé de nuevo.

Me agarró por la cintura. Los dos, otra vez fundidos. Cerré los ojos, me impregné de su aroma y rocé la nariz con la suya, dejándome llevar por el momento de estar juntos. Era tan feliz…

—Y ¿me puedes decir por qué tus amigas nos organizan ahora una cita?

Abrí los ojos de golpe y vi en su mirada que era un trolero. Le seguí el rollo:

—Pues porque saben que no pasamos tanto tiempo juntos.

—Pero te quedan algunos exámenes. Y la competición —añadió con cierto apuro.

—Si no quieres invitarme a cenar, dímelo. —Sonrió por mi tono.

—Depende de lo que me des a cambio.

—No llevo suelto. —Hice referencia al dinero.

Me estrujó las nalgas con saña.

—Siempre puedes dármelo agarrado.

Me separé de él y lo señalé con el dedo para luego decirle:

—Eres perverso, que lo sepas. Ni en mis sueños te hubiera imaginado así. ¡Ni en mis sueños! —soné dramática.

Me tendió uno de los cascos. No demoró el acercarse. Su aliento me cosquilleó los labios, y estuve tentada de darle un mordisco cuando me preguntó:

—Ahora me entero de que «sueñas» conmigo. ¿Se puede saber cómo me has imaginado en tus sueños?

Sonreí, apreté los labios y negué con la cabeza, escuchando un rugido de su garganta. No tenía ni idea de adónde iríamos, aunque estaba convencida de que sería una noche de lo más especial.

Unos cuarenta minutos después, nos encontrábamos en un bosque gigante en el que solamente estábamos los dos. Habíamos atravesado una larga carretera solitaria, sin luz y con bastante frío. De hecho, antes de salir de la universidad, Dani me había dado una chaqueta muy similar a la que él llevaba. Sí, lo había organizado todo.

Cuando llegamos al lugar en el que se suponía que estaríamos esa noche, me cercioré de que estaba planeado y de que mis amigas habían sido unas buenas compinches. Dani detuvo la moto, desmonté y anclé los pies a la tierra con estupefacción. Él me regaló unos minutos para asimilar el momento.

Nos hallábamos en medio de la nada, en un trozo de tierra aislado y rodeado por una gran arboleda. Justo enfrente había un enorme precipicio y, desde nuestra posición, se contemplaba toda la ciudad iluminada. Eso no fue lo único que me llamó la atención. Había dos cosas más.

Una de ellas era que el cielo estaba completamente estrellado, y la fusión de colores que se veía desde allí arriba era impresionante. Los azules se mezclaban en un fascinante baile lleno de armoniosos puntitos blancos que brillaban en el firmamento. Debajo de aquel manto de estrellas, y en medio de esa explanada en la que nos encontrábamos, había una caravana decorada igual de bonita que nuestra tienda de campaña de la azotea.

Sonreí. Avancé unos pasos y me di cuenta de que desde la puerta hasta el otro extremo de la caravana había colgada una guirnalda de luces con forma de corazón. ¿Podría ser todo más bonito?

Antes de entrar al vehículo, una gran alfombra adornaba el suelo. Sobre ella, una mesa cubierta con un mantel de cuadros y dos sillas que aguardaban a ser ocupadas. Sentí que el corazón me golpeaba muy fuerte en el pecho.

—Como no me ha dado tiempo a hacer la cena, mi madre se ha encargado de ponérnoslo todo en unos táperes. —Solté una risotada. Una lágrima saltó de mis ojos. Ya no solo habían intervenido mis amigas—. Y, bueno… —murmuró, dando unos pasos en mi dirección—. Si te digo que todo esto de las luces ha sido cosa de nuestros dos padres… Por no hablar de que la caravana ha tenido que subirla mi padre.

Estuve a punto de desmayarme.

Por eso no había visto a mi padre esa mañana. Me había mandado un único mensaje rápido para decirme que se encontraba con dolor de garganta. Negué con la cabeza, sonreí y le dije de broma:

—Eres un explotador.

Los hoyuelos se le marcaron. Ese fue el impulso que necesité para no posponer mis instintos más primitivos.

—Pero ha valido la pena. —No me siguió la broma y por su mirada supe que quería decirme algo más—. Tana…

—Si vas a pedirme matrimonio, te diré que es muy pronto —lo interrumpí y me acerqué a él.

Quería quitarle tensión al momento, pues había visto cómo se le cuadraban los hombros en exceso. Me cogió las manos con cariño. Rio.

—No sé si me mola eso de casarnos. Primero hay que pasar por la faceta de novios, o por lo menos antes se llamaba así, según mi padre.

—¿Has hablado con tu padre de esto? —le pregunté con estupefacción.

—He hablado con nuestros padres sobre temas de adultos —recalcó con gracia.

Le mostré la confusión torciendo el morro. El gesto le hizo gracia. Me daba una vergüenza horrible imaginarme una conversación de tal calibre con los tres allí, montando el chiringuito para esa noche y sabiendo lo que ocurriría después. Noté que la rojez se me extendía por las mejillas.

—Por favor, dime que no les has enseñado el libro del *Kamasutra* que tenemos para hablar de esos temas de adultos.

La carcajada fue bestial y la seguí. Me acerqué a él un poquito más, elevé una mano, delineé su mentón con mimo y la subí hasta enredar los dedos en aquel cabello sedoso. Él me atrapó la mano izquierda y se la llevó a los labios para besarla.

—Te he echado mucho de menos —musitó, con los ojos fijos en mí.

No me atreví a decirle que era un exagerado, pero merecía la pena no dejarnos nada dentro.

—Yo también te he echado de menos.

—¿Soy egoísta por eso? —me preguntó y negué con la cabeza.

—Habría que buscar la táctica para que no menguara nuestro tiempo de estar juntos en época de exámenes, competiciones, levantamiento de familia y salvaciones a mi hermano.

Aguantó la risa, porque dicho en voz alta sonaba muy *random* para una chica de dieciocho años. Lo era. Nos mantuvimos en silencio durante unos segundos que me parecieron eternos. Mi mirada se quedó hipnotizada por la suya. El movimiento de sus labios fue lo que me sacó del trance. También ocasionó que el corazón me latiera enloquecido.

—Todavía no sé cómo hemos llegado a este punto, Tana. —Lo observé con confusión. Él se lanzó a la piscina—: No puedo vivir sin ti. No puedo estar sin ti, vecina del cuarto.

—Eso suena muy intenso —musité con una sonrisa y el nudo en la garganta—. Pero seré sincera y te diré que yo tampoco, vecino del quinto.

—Tana… —Me observó mucho.

No sabía si era por ver mis reacciones o si evaluaba cómo decirme lo que pensaba. Me acerqué a su boca y lo besé con ganas de saborearlo. Entrelacé las manos en su nuca, y él me apretó tantísimo con las suyas que pensé que nos fusionaríamos en ese instante. Me dejé envolver por el manto de estrellas que centelleaba sobre nuestras cabezas. Por todo lo que había organizado con tal de sorprenderme… Por ese momento mágico. Separé la boca menos de un centímetro para decirle:

—Dilo ya, Dani. Yo no tengo miedo y contigo me salen las cuentas.

Le brillaron los ojos, tal vez porque esa conversación en el río antes de encontrarnos a Alan hecho papilla había definido nuestro futuro, o por lo menos lo que esperábamos el uno del otro. Las decisiones importantes que alguna vez en la vida deberíamos tomar.

—¿Esto es un amor matemático? —inquirió, rozándome los labios con su habitual tono bromista.

—¿Uno más uno? —le pregunté con socarronería. Se hizo el interesante y murmuré con una amplia sonrisa—: Serás un profe de mates de caca.

Me sostuvo el culo, lo empujó y terminé con las piernas enlazadas en su cintura.

—Dos, chulangana.

—Entonces sí es un amor matemático —susurré, a punto de besarlo.

Me miró mucho. El corazón me dio un vuelco cuando musitó:

—Me quedo contigo aquí o donde vayas, aunque tenga que hacer los estudios a distancia. Te elijo a ti por encima de todo, Tana. —Sus ojos brillaron. Yo no podía respirar—. Porque te quiero. Siempre te he querido muchísimo, ¡joder!

Como si estuviera en una película, recordé algunos momentos en los que habíamos estado juntos. Allí se resumía una vida llena de risas, de llantos, de alegrías, de tristezas, de heridas, de todo y, al final, el destino caprichoso había vuelto a juntarnos con el fin de darnos la oportunidad de unir lo que, sin duda, se había quedado inacabado en el pasado.

—Daniel... —No identifiqué si llamarlo así provocó una gran preocupación o alivio. Me mojé los labios antes de hablar—: Dulce dice que nada ocurre por nada... —Sonrió—. Y ahora sé que he estado enamorada de ti desde que te conocí.

Quizá los dos dejamos de respirar después de mi confesión.

Quizá eso ocasionó que nuestro amor se desatara.

Quizá eso era lo que habíamos necesitado de verdad, decirnos los sentimientos que todavía no habíamos puesto sobre la mesa.

Y qué bonito había sido hacerlo bajo un cielo estrellado y brillante.

—¿Y qué te parece si sellamos ese amor matemático antes de la cena? —me preguntó con un nudo en la garganta, aunque tratando de ser el mismo canalla de siempre.

Apreté con garra el cuello de su chaqueta.

—Me parecería estupendo hacer una locura y que nos vieran los astros.

Mostró una sonrisa de delincuente, giró sobre los talones y alcanzamos el sitio adecuado para aposentar mi trasero mientras estampaba su boca contra la mía. No fue como de costumbre. Siempre nos entreteníamos en las caricias, en los besos repartidos por el cuerpo, en mimarnos como si quisiéramos grabar a fuego lento cada parte de nosotros, y..., en ese momento, lo único que deseábamos de verdad era sellar nuestro pacto.

Nuestra unión.

Me sentó sobre el sillín de la moto con fiereza. Sus manos trastearon mi vestido, se separó de mí un instante, abandonó mis labios y sentenció con rudeza:

—Voy a romperte las medias.

No había terminado de decirlo cuando ya lo había hecho. Sus dedos se habían colado en el centro de mis piernas y habían tirado de la tela hasta rajarla. Jadeé. Me apresuré en busca del cierre de su pantalón y lo desabroché con la misma agilidad que él había tenido para apartarme el tanga a un lateral.

Solo nos miramos, mientras nuestras manos se buscaban y se deshacían de cualquier barrera que nos impidiera fusionarnos. Los ojos de Dani llameaban. Seguro que los míos albergaban muchas emociones juntas, y no quería detenerme a pensar en ellas.

Lo deseaba como una jodida loca.

Y, casi sin saber cómo habíamos llegado a ese momento, sentí que mi sexo lo absorbía sin barreras, sin nada que nos impidiera un maravilloso contacto. Durante un momento tuve un miedo atroz pese a tomar anticonceptivos para regular mis reglas. Aquellas cosas las llevaba a rajatabla, y Dani lo vio reflejado en mis ojos. No hizo falta que le dijera nada, porque él mismo retrocedió para salir de mi interior. El movimiento me produjo un éxtasis profundo. Lo sostuve de la chaqueta, me observó y negué. Aquello que estaba experimentando merecía la pena.

—¿Segura? —Sabía que no iba a quedarse a gusto hasta preguntármelo.

—Tan segura como que nos hemos acostado doscientas veces, Dani.

Rio. Quizá la vida me había hecho tener la cabeza amueblada para esos detalles que sumaban importancia en la vida y para tener claro lo que podría ocurrirnos en un futuro si actuábamos sin conciencia. Me atrapó la nuca con la mano, y lo siguiente que sentí fue su boca sobre la mía mientras la mano libre me sostenía la cadera. El bombeo incansable me produjo unas sensaciones impresionantes. Lo notaba entrar y salir y enterrarse de nuevo con firmes estocadas.

Feroz.

Salvaje.

Duro.

Una, dos, tres, cuatro… Gemí en sus labios, deshaciéndome cada vez que su falo se enterraba en mi interior. Impulsé el culo hacia arriba para tratar de sostenerme casi en el aire, con las piernas entrelazadas en su cintura y buscando aquel placer tan inmenso que burbujeaba en mi vientre.

Cinco, seis, siete, ocho…

Fue más arrollador.

Más bestia.

Más profundo.

Me empapé de sus gestos, de sus gruñidos, de sus jadeos. De aquellos ojos que me llevaban a la locura, que me admiraban mientras me desarmaba en sus brazos entre esas rudas acometidas. Mis ojos volaron a ese cielo iluminado y me dejé llevar por el deseo irrefrenable sobre los brazos de Dani.

En ese momento, una estrella fugaz pasó y mi único deseo fue que nunca me faltara en la vida.

20

Concurso

¿Se supone que hay que ganar?

El día más temido de la mitad del curso había llegado: el puto concurso.

—¿Podemos añadir en nuestro cuaderno que lo de los concursos es una caca? —pregunté al aire.

—Podemos, podemos —añadió Dulce.

Nos habíamos colocado en un lateral de las gradas, desde donde veía a todos los rivales. Aunque Dani era un contrincante, estaba en nuestro sitio también. Izan se encontraba a mi derecha y me colocaba el dorsal en la espalda. El uno. Tenía que ser la ganadora por cojones.

El señor Gálvez nos los había entregado antes de acceder a la pista, donde habíamos estado ensayando durante tantas semanas seguidas. Sentadas en el primer escalón, se encontraban Maca, Makena y Noe. Dulce se había quedado de pie y era la que se encargaba de colocarle el cartelito a mi novio.

«Novio». Qué raro se me hacía llamarlo así.

Éramos un todo.

Era mi todo.

Lo pillé sonriéndome.

—Te voy a ganar —le aseguré, señalándolo con un dedo.

—Más quisieras, ¡fantasma!

Nos reímos todos. Menos mal que los del grupo entendían nuestro particular humor. Entonces, el sonido de esa voz chillona que te perforaba el tímpano resonó en medio del campus. Ray y su equipito se habían colocado tres concursantes después de nosotros. Y adivinad quién había sido la entrenadora de la Barbie de chorizos rojos permanentes: Auri, de auricular.

Escuché el resoplido de Izan cuando los ojos de la individua se fijaron en nosotros —en mí, mejor dicho—. La mirada letal me hizo comprender... que me tenía un odio muy grande. Después recordé que Ray tenía ese carácter de *hater* y me olvidé del asunto. Sinceramente me importaba una reverenda mierda.

—Creo que deberías sentarte a hablar con ella en algún momento de tu vida —le aconsejé a mi amigo.

Izan tiró del cordón que ataba el cartelito a mi espalda como si estuviera atando un corsé y me respondió:

—Lo haré cuando deje de amenazarme con sus gilipolleces. —El tono iba cargado de reproche. Pensé que no argumentaría nada más, aunque rumió—: Si ella supiera que sus padres son unos cocainómanos...

Me tensé. Lo miré de soslayo. Él ya estaba esperándome. Se dio cuenta del error que había cometido, de dejar al descubierto sus trapicheos. Todos sabíamos que jugueteaba con negocios ilegales, pero no hasta qué punto, exceptuando lo que habíamos visto Maca y yo en la entrada de la uni.

—Izan...

Su mirada se enturbió y volví a ver a ese amigo hosco, sin ganas de sonreír y con muy mala leche. Me interrumpió de inmediato:

—Ahora no, Aitana. —Y, como si hubiera olvidado lo que acababa de decir, dio una palmada en el aire y dijo—: ¡A tu puesto! ¡Vamos, vamos, vamos! ¡Enséñales a todos estos cabrones quién te ha entrenado!

Como era evidente, su grito eufórico no pasó desapercibido para ningún asistente. Como dato informativo, os contaré que toda la directiva de la universidad, incluido el profesorado, se encontraba en las gradas para no perderse nada. Tampoco se habían perdido el berrido de Izan. Todos lo miraron.

Y él rio como un bandido.

Avancé hasta la barrera que habían puesto como salida. El circuito era similar a los entrenamientos que había tenido con Izan, solo que los obstáculos estaban cambiados de orden. Días atrás, este me había confesado que se había camelado al dueño del gimnasio y que consiguió sonsacarle cómo lo haría. Solo había un ejercicio de diferencia. Era un embaucador nato.

Empecé a controlar la respiración para no morir en el intento. Que sí, que ya me costaba menos correr, pero que el flato ahí estaba y seguía apoyándome en las rodillas con la respiración desacompasada y ganas de morirme. Una mano me detuvo antes de llegar a la línea. Me agarró y, sin importarle que nos viera media uni, estampó su boca contra la mía. Sonreí muy cerca de sus labios y le aseguré:

—Esto no va a servir para que me deje ganar, listillo.

Me sujetó la cintura con firmeza.

—Espero que no sea así o de lo contrario tendré que hacerme el muerto en la segunda vuelta.

Me iluminaba el corazón. Su sonrisa, sus hoyuelos, su forma de hablar, su mirada… Él. Y, cuando me coloqué en posición, unas voces a lo lejos llamaron mi atención. Noté la respiración entrecortada, el corazón me tronaba en el pecho con mucha firmeza y las piernas me temblaron de los nervios.

Alcé la barbilla en busca de la procedencia de esas voces.

Mi padre, con una sonrisa entusiasta, se encontraba en primera fila al lado de mis amigos. Ahí estaban también los mellizos con una enorme cartulina que ponía: «¡Tata, los vas a fundir!». Me reí y lloré a la vez. Mi progenitor elevó un dedo en el aire, mandándome la buena suerte que iba a necesitar.

A su lado había otra persona. Era la psicóloga. La nueva. La de la cafetería. ¿Qué hacía allí? Ella aplaudía, al lado de mis mellizos. Y, sin saber por qué, tuve una buena intuición de esas de las que hablaba Dulce.

Pero la sorpresa no se quedó ahí. Cuando pensaba que ya iba a empezar la carrera, otra persona se colocó al lado de mi padre. Era Alan. Y venía hecho un desastre. Casi me atraganté al ver que lo acompañaba el Colgao y que también saludaba a mi progenitor. No pareció asustado por ver a mi hermano como si fuera un monstruo, e imaginé que Alan habría tenido el valor de sentarse a hablar con él. Su cara tenía muchos colores, todavía con restos de la tremenda paliza que le habían propinado, y los cortes parecían cicatrizar, pero todavía se notaban un montón. Alan me observó, dio unas cuantas palmadas en el aire y gritó al estilo de Izan:

—¡Aitana! ¡Cárgate al del quinto! ¡Písale el cuello!

Reí, y Dani también lo hizo al tiempo que negaba con la cabeza. Identifiqué el tono de coña en mi hermano y desvié la atención al dueño del gimnasio, quien ya se colocaba en posición, delante de nosotros, con una pistola de bengalas. Si los productores de *A todo gas* hubieran visto a aquel señor haciendo imitaciones de sus películas, seguro que habrían cancelado la saga. Durante un momento me lo imaginé con una minifalda y unos tacones. Preferí no hacerlo.

—¡Preparados! —gritó, dejándose la garganta—. ¡A la de tres!

Me coloqué en posición, con los codos flexionados y las rodillas también.

—¡Uno!

Dani me guiñó un ojo.

—¡Dos!

Yo le devolví el guiño con bravuconería, y él pronunció muy bajito un «chulangana».

—¡¡¡Tres!!!

¡¡Pum!! El señor Gálvez accionó la pistola de bengalas y todos salimos disparados por la pista como si nos hubieran puesto un turbo. No me despisté ni un segundo mientras oía de fondo el popurrí de voces que nos animaban, y seguí corriendo y corriendo sin mirar atrás.

En la tercera vuelta todo cambió y empezó a torcerse. Cosas del destino, de nuevo, que ya auguraba que algo ocurriría ese día. Algunos de los participantes se quedaron atrás, pero en la fila delantera íbamos unos cuantos, incluida Ray, para nuestra sorpresa. Pero la muchacha tuvo un descuido, se miró una uña y entonces se le cruzaron los pies, trastabilló y acabó en el suelo, así como los cuatro que iban detrás de ella. Si ya sabía yo que iba a ocurrir algo similar con la Barbie. Tres participantes más, Dani y yo conseguimos esquivar el accidente. No se había resuelto el incidente ni siquiera cuando habíamos acabado las cinco vueltas a la pista. Ray parecía haber perdido diez litros de sangre, porque se había partido el labio y la nariz. Que Dios la amparase cuando se viera en el espejo. Comenzaba a parecerse a un ser deforme nada agradable.

—¡¡Que alguien me ayude!! —gritaba sin miramientos, aun teniendo a los servicios sanitarios a sus pies.

Sus padres, alarmados hasta decir basta, soltaron palabras malsonantes sin filtro a los operarios. Digno ejemplo de cómo su hija se comportaba con el resto del mundo. Desde luego que eso que decía mi padre muchas veces sobre que la enseñanza provenía de las casas era algo muy cierto.

Acabamos la carrera y de inmediato nos metieron en el circuito. Se suponía que el primero que terminase de realizar todas las pruebas sería el ganador del ansiado premio, de los siete mil eurazos que pensaba llevarme conmigo a casa.

Alerta *spoiler*: la vida iba a darme otra lección más, y era que a veces se ganaba y a veces se perdía. Supongo que ya sabréis por dónde voy.

Uno de los tipos que se había presentado me dio un empujón para adelantarme. Otro que iba detrás intentó colarse por la izquierda y fui rápida en ponerle una zancadilla. No estaba bien, pero me ponían piedrecitas en el camino. Pedruscos, mejor dicho.

Dani me observó, cuatro pasos por delante de mí, y negó con la cabeza, divertido. Había visto lo que había hecho. Entonces me di cuenta de que la única chica que quedaba era yo. El resto había caído en combate, junto con la reina abeja.

Discerní a lo lejos los gritos eufóricos de mis mellizos, los de mi padre, los de Alan, asombrosamente, y los del Colgao. He de admitir que esos me asustaron un poco. No estaba acostumbrada a aquel tipo con aspecto de matón al que había visto tres veces en mi vida. Cuatro si contábamos ese día.

Y, resumiendo mucho esta parte, competí con fiereza en todas y cada una de las pruebas, colocándome la segunda después de Dani e incluso teniendo alguna que otra palabra con el señor que olía a mofeta de mi derecha. Estaba emperrado en colocarse delante, y eso sí que no iba a consentirlo.

Solo quedaba un ejercicio para alcanzar la meta, una que habían decorado con una extensa cinta como las que se colocan cuando se hacen carreras gigantes. Dani saltó los tres escalones que le faltaban, y atisbé que uno de los muchachos empujaba a otro y se aproximaba con malas intenciones.

Los berridos de Maca fueron los primeros en escucharse por encima de todo el jaleo que había en la pista. Como era lógico, las demás la siguieron y solo oí que se pisaban las unas a las otras como gallinas. Quizá antes también habían estado gritando para apoyarnos, pero solo me había dado cuenta de las voces de mi familia.

—¡Hazlo por tu vecino amoroso! —Aquella fue Noe.

¿A qué se refería? Miré al hombre de las malas intenciones, muy cerca de mí ya.

—¡¡Cuidado, cuidado!! —vociferó Dulce, perdiendo todas las formas que la caracterizaban.

Y yo, que era de actuar de manera impulsiva en ciertas ocasiones, como bien decía nuestro cuaderno, no lo medité, porque si ellas estaban advirtiéndome de algo, seguro que había un motivo de peso. Sí, me vino a la cabeza la norma…

1. *Que una decisión de vida o muerte NO dependa de Aitana. Bajo ningún concepto.*

Pero Maca me gritó como una energúmena:

—¡¡Sáltate la norma!! ¡¡Sáltate la norma!! ¡Que no vas a ganar!

Me dieron ganas de gritarle que gracias por la confianza, pero me callé porque sabía que tenía razón. Me lancé al suelo como si fuera una futbolista profesional a punto de detener un penalti, logré sostener el tobillo del colega y lo tiré al suelo. Eso desencadenó un dominó con los que quedaban cerca de él —porque se engancharon entre todos—, una exclamación enorme por parte del público y que Dani atravesara la meta, triunfante.

—¡Payasa!

Le salió del alma al tío que había tirado. Me entró la risa. No había ganado el concurso, pero había ayudado a que Dani lo hiciera.

El muchacho no estaba por la labor de dejarlo correr. Me percaté de aquel detalle cuando se plantó a mi lado. Yo continuaba tendida en el suelo, mirando hacia el cielo. Su mandíbula estaba tensa y mantenía los puños apretados a ambos lados del cuerpo, y creí que iba a asestarme un puñetazo en cualquier momento. Pero antes de que Dani llegara a mi lado, mi hermano ya estaba dando zancadas en mi dirección. Tardó cero coma en plantarse a mis pies, dar un golpe de cabeza en dirección al chico y ladrarle:

—¿A ti te pasa algo?

A su espalda, el Colgao se fumaba un cigarro, importándole una mierda que en el campus no se pudiera fumar. Y miraba al tipo en cuestión sin cortarse un pelo. Ese hombre daba miedito.

—¡Me ha cogido del tobillo para que me cayera! —Me señaló con rabia.

Alan se adelantó, intimidante. No lo había pillado, no.

—¡Te he preguntado que si a ti te pasa algo!

El tono temerario de mi hermano provocó que el tipo negara con la cabeza, tragara saliva de manera ruidosa y se diera la vuelta en cuanto Dani apareció a mi derecha. El señor Gálvez lo estaba llamando con un micrófono al fondo de la pista, sobre un escenario improvisado. Pero a Dani le sudaban los cojones. Como todo desde que había vuelto. Me ofreció la mano para que me levantara, no sin soltarme una de las suyas:

—¿No se supone que tenías que ganar al del quinto? —se jactó.

Mientras me levantaba, miré a Alan.

—Pisarte el cuello, me han dicho. —Sonreí—. Pero no me ha dado tiempo porque has salido más rápido que una gacela.

—Cobarde —soltó por lo bajo mi hermano, de broma.

Dani esbozó aquella hermosa sonrisa que me encandilaba cada vez que la veía y aceptó la mano que Alan le había ofrecido en señal de paz. Solté un suspiro al ver que ambos enterraban el hacha de guerra con una sonrisa sincera. El Colgao se mantuvo impasible, mascando chicle como Maca.

—Gracias, Dani —murmuró mi hermano, dándole una palmada en el hombro en aquel gesto de machotes.

Puse los ojos en blanco cuando el señor Gálvez llamó a mi chico por enésima vez. A su tono de chulito le sumó una de sus bromas fuera de lugar. Alan lo miró mal. El Colgao lo miró mal. Y el señor Gálvez se rio de manera extraña, como si fuera a mearse en los pantalones.

—El lunes presentas tu dimisión en el gimnasio.

Me giré estupefacta hacia Alan. Su amigo nos concedió la privacidad que necesitábamos. Por supuesto, no iba a dar mi brazo a torcer. Vi que mis amigos, mi padre y compañía se acercaban al escenario. También estaban los padres de Dani, a quienes no había visto llegar. Alan se encendió un cigarro con parsimonia, como si le importara un carajo que estuviera de morros.

—No pienso dejar mi trabajo.

Soltó el humo. Tras esa espesa nube, me di cuenta de que estaba mirando a un punto en concreto. Ese punto era una chica con un mono negro, unas botas de caña llenas de hebillas hasta la rodilla y dos trenzas. De verdad que parecía de la familia Addams. Se encontraba tiesa como el mango de una sartén, mirando el escenario al que Dani se estaba subiendo. Allí le esperaban los del ayuntamiento y la directora de la universidad, deseando regalarle un montón de halagos. Le di un golpe con la mano porque se había quedado traspuesto. Detuvo el cigarro a media altura, antes de darle otra calada.

—No vas a trabajar para un gilipollas que no te valora.

—Me importa una mierda. Necesitamos el trabajo —repuse, pisotón en el suelo incluido.

—Y a mí me importa una mierda que te importe una mierda. —Me miró con intensidad—. No. Vas. A. Volver —dijo muy despacio, recalcando cada palabra.

—Sí. Que. Voy. A. Volver. El. Lunes —lo imité, echándole ovarios.

Moví el cuello y todo para que viera que era más chula que él. A lo lejos, el Colgao sonreía por mi altanería. Alan se volvió de cara a mí, sin inmutarse. Pensé que comenzaríamos una guerra en plena pista y yo ya iba caliente para arrearle un puñetazo. Sin embargo, pese a todo lo que pasó por mi mente, me sorprendió cuando pronunció:

—Estoy orgulloso de ti. —Enmudecí, los hombros me cayeron a plomo y el nudo me llegó a la garganta. Él sonrió como un delincuente—. Vete, Aitana. Le van a dar el premio a tu vecino del quinto.

Alan era de pocas palabras, como podréis comprobar. Al ver que no arrancaba, sino que solo lo miraba a los ojos, estupefacta, se puso en marcha él. Pensó que con eso iba a librarse de la sentimental de su hermana. Ese no me conocía bien.

Lo apresé de la muñeca, se volvió sin saber qué hacía, frunció mucho el ceño y me lancé a sus brazos. Lo abracé con muchísima fuerza, como si no fuera a verlo nunca más. Y entonces supe que necesitaba ese abrazo desde hacía mucho. Lo comprendí cuando sus enormes manos me sostuvieron por la cintura, cuando noté que su cabeza se escondía en mi cuello y casi estaba segura de que habría cerrado los ojos. Me puse a llorar otra vez. Era una de mis especialidades y no me arrepentía de ello. Quien quisiera quererme de esa forma, bienvenido era; quien no, podía irse a tomar viento fresco.

—Te quiero, Alan. Te quiero mucho.

Le besé la mejilla. Me separé de él y enfilé mis pasos hasta el escenario, dejándolo estupefacto. «Cómo me encanta devolvértela». Reí por ese pensamiento, aunque era cierto que nos picábamos por todo. Hermanos.

Entre aplausos, saltos y euforias, Dani recogió el premio, sudado hasta el extremo. La mujer que había llegado en representación del ayuntamiento le tendió el cheque, momento en el que un montón de confeti salió de ambos lados del escenario. La música sonaba a todo trapo, los gritos del público también, y cuando me di cuenta mi padre me estaba abrazando.

—¿Qué hace tu psicóloga aquí? —le pregunté entre dientes, muy cerca del oído.

Sonrió. Y esa sonrisa hacía mucho tiempo que no la veía.

—Me ha dicho que quería conocer a mis hijos, y todos ibais a estar aquí. —Me guiñó un ojo.

No quise preguntarle por Alan, porque no era el momento de disgustarlo. Con la trayectoria de Alan, si nos poníamos, enterrábamos hasta a la psicóloga. Ya tendríamos tiempo para hablarlo.

Y todo se torció un pelín. Para no variar en nuestras vidas, llenas de emociones, aventuras y… cosas. Dani saltó del escenario, me cogió como si fuera una novia, premio en mano, me besó y comenzó a andar. Se detuvo a unos metros del escenario, donde se había quedado mi hermano con su amigo. Lo contemplé con los ojos muy abiertos. Y no me dio tiempo a formular la pregunta, cuando, sin soltarme, Dani le tendió el cheque.

—Me debes dos mil pavos para llevarme a tu hermana de viaje y estaremos en paz.

¿Estaba dándole el premio a mi hermano? Fui a hacer la intentona de bajarme de sus fuertes brazos, pero él me sostuvo con más fuerza.

—Pero ¿qué…?

Alan no llegó a terminar la pregunta, porque Dani lo interrumpió de nuevo. Me miró, sonrió y sentenció:

—Yo ya tengo el premio más grande de mi vida. Y es el único que quiero.

Aguanté un sollozo de emoción, sujeta con fuerza a su cuello. En momentos de tensión y nerviosismo, casi todos decíamos muchas tonterías. Ahí iba una:

—¿Es que no recuerdas que quiere pisarte el cuello?

—Siempre te tendré a ti para que le agarres el tobillo.

Se escuchó una carcajada general. No atisbé el momento en el que tanto la familia como los amigos se habían colocado a nuestro alrededor.

—En eso soy una experta, listillo —me jacté.

Me besó sin pudor y, cuando me separé, lo escuché preguntarme:

—¿Tienes un destino pensado, chulangana?

Reí y volví a besarlo.

Y la risa dio paso a la histeria, porque escuchamos muy cerca unas sirenas de la policía. Sí, así me quedé yo. A cuadros.

—La poli —anunció el Colgao.

Alan se guardó el cheque en el bolsillo del pantalón. Imaginé que había sido un acto reflejo por no saber qué hacer. Dani me dejó en el suelo.

—¿Ese es el tonto del gimnasio? —preguntó Maca, señalando a la otra punta de la pista.

—Apuesto una ronda de chupitos a que se cae —dijo Noe, con seguridad.

—Se cae en la tercera grada —aseguró Dulce, con media sonrisa.

—Yo digo que se escapa —añadí, sumándome a la apuesta.

Estábamos expectantes. La policía ya había detenido los coches y se disponían a decirle por el altavoz del vehículo que se detuviera. Pero el señor Gálvez pareció sacar unas alas de los pies, porque el tío no levitó por los pelos.

—¡¡Deténgase!! ¡¡Señor Gálvez, deténgase!!

Uno de los hombres de uniforme lo informó de que iban a arrestarlo por participar en apuestas ilegales con su amigo el Botas y por blanquear algo de dinero en concursos como el que había organizado en el gimnasio. Dulce dio una palmada en el aire que me asustó. Todos dimos un bote por el golpe y por el berrido. Le salió un tono inhumano:

—¡¡En el tercero!! ¡¡Me debéis tres rondas de chupitos!!

Recuperó los modales cuando se percató de que la observábamos. Miré a mi hermano, esperando encontrar una explicación a lo del Botas y la supuesta relación con el señor Gálvez, pero él estaba inmerso en unos ojos verdosos que brillaban de emoción porque había ganado la apuesta. Más tarde, todos nos enteraríamos de que ni Dani ni Alan conocían a Sergio, porque simplemente este no había aparecido jamás en las peleas ilegales. De eso se encargaba el Botas.

Noté las manos de Dani en la cintura, su boca en el cuello, y en esos minutos en los que me dejaba mimar, observé que Dulce miraba un solo segundo a Alan y lo pillaba. Los dos apartaron los ojos de inmediato, como si los hubieran cogido haciendo trastadas.

Los mellizos se abalanzaron sobre Dani, olvidándose de que su tata estaba allí y había perdido. Era obvio, ahora el que podría comprarles una cosa más guay con el premio era él. El estómago se me removió al recordar el gesto que había tenido hacía escasos minutos entregándole el cheque a mi hermano para que saldara la deuda.

Alan me buscó.

—Me parece que sí que te has quedado sin trabajo.

—Capullo —le dije de broma, en voz baja.

Pero mi padre me pilló y puso mala cara. Nos reímos a la vez, me giré y me lancé a los brazos de Dani.

—Yo quiero playa.

—Yo, montaña —me llevó la contraria.

—¿No has dicho que eligiera yo? —cuestioné con tono infantil.

—Era por quedar bien.

Lo golpeé en el pecho y aquello provocó que me colgara de su hombro como un saco de patatas, alejándonos de la multitud sin despedirnos. Le pedí muchas veces que me soltara, pero pasó de mi cara y terminamos los dos empapándonos de agua en las duchas del vestuario.

Epílogo

El final del curso había llegado casi sin que nos diéramos cuenta. Habían sido unos meses complicados, pero los habíamos afrontado, unos mejor que otros. Aquel mediodía habíamos quedado en la entrada de la uni porque se celebraba una fiesta de final de curso a lo bestia. Nada tenía que ver con la anterior que se había hecho en el primer cuatrimestre de la temporada, la cual disfrutamos un montón como si fuéramos americanos. En esta se encontraba toda la universidad, incluido el profesorado. Nos habían comunicado que para la ocasión debíamos ir de etiqueta. No estaba acostumbrado a ponerme trajes de chaqueta, aunque debía admitir que no me sentaban nada mal. No era lo mismo que ir con un vaquero, pero bueno.

Me quedé estático frente la enorme y robusta fachada. Tuve tiempo durante casi un minuto de visualizar en mi mente lo que había acontecido desde el primer día que puse un pie en aquel lugar tan particular. Todavía no me lo había sacado del pecho, y eso que había pasado cerca de un año.

Formalizar la matrícula en aquella universidad, sabiendo que podría reencontrarme con las personas que me lo hicieron pasar tan mal en el pasado, fue una verdadera encrucijada. Sin embargo, el tiempo que había estado fuera del círculo me había enseñado que se podía vencer al miedo, siempre y cuando uno quisiera.

Y yo había regresado dispuesto a arrasar con todo.

Tragué saliva contemplando los altos muros, las robustas columnas, los enormes pasillos tan grabados a fuego, con tan bellos recuerdos... Y entonces apareció ella. Aitana había sido mi salvación en un mundo caótico.

Con el tiempo lo descubriría, porque yo mismo se lo contaría. Los motivos principales por los que había regresado eran vencer cierta parte del pasado y recuperar la que más adoraba. En ese extremo solamente se encontraba Aitana. Ahora, apreciando el punto en el que estábamos, se me llenaba el corazón al sentir que era mía, al ser consciente de que podría arroparla con los brazos todos los días de mi vida, si el destino así nos lo permitía.

Por otro lado, también me juré dejar de hacer sufrir a mis padres. Habían pasado muchísimo con todo el tema de mi acoso escolar, pero más sufrieron cuando se enteraron de que había participado en peleas ilegales. Ese tema lo había tratado con ellos y, para su alivio, también les había contado el momento en el que decidí dejarlas. No estaba orgulloso, pero había sido una parte fundamental de mi crecimiento. Para el Dani que era. Para el hombre en el que me había convertido.

Avancé un paso para estar más cerca de la entrada. No me sorprendieron los saludos de las personas que había mencionado antes, las que se dedicaron a meterse conmigo. Afortunadamente, ya había superado el mayor trauma de mi infancia: cuando me metieron en los aseos. Cierto era que había podido resarcirme con aquellos hijos de puta en las peleas ilegales. «El destino, ¿no?». No habían vuelto a atreverse a mirarme tras los enfrentamientos. Sonreí y saludé con cortesía a los chicos y a las chicas que entraban de manera elegante en la universidad.

Y no les guardé rencor.

Y aquello me llenó el alma.

—¡Ey! ¡Tío!

Me giré y ahí estaba el guaperas de Izan, que llegaba con pasos galantes, un traje negro, al igual que la corbata y los zapatos, y una camisa blanca. Tal y como marcaba la etiqueta de la fiesta. Desde luego, tenía cara de embaucador nato. Al alcanzarme, me palmeó la espalda.

—¿Qué pasa, Izan? —lo saludé—. ¿Vienes solo?

Se rascó la nuca, sin despeinarse ni un solo pelo de aquel perfecto peinado.

—Pues... le propuse a Maca que viniera conmigo, pero...

—Te está dando largas —terminé por él.

Pareció desinflarse como un globo. Aunque pareciera ilógico, había conocido a mucha gente y me llevaba bien con otra tanta, pero en realidad no tenía ningún amigo. Izan se había ganado ese puesto de mando desde el primer día que puse un pie allí, y eso que en el instituto no nos habíamos llevado, directamente. De hecho, en una de nuestras largas conversaciones, me había pedido perdón por si en algún momento me había ofendido.

—¡Yo no le he hecho nada, tío! ¡Y me tiene desquiciado! —gritó, y reí—. Algunas veces parece que quiere que esté cerca de ella, pero cuando le da la neura, me aparta como si fuera un despojo. —Mostró su confusión, antes de preguntar—: ¿Qué te hace tanta gracia?

—Tú la has ignorado también durante mucho tiempo. —Que conste que no estaba defendiéndola, pero algo sabía...

Me colocó su enorme mano en el antebrazo y lo presionó. También abrió mucho los ojos, como si hubiera descubierto que yo podría darle más información.

—¿Te lo ha contado Aitana? ¡Dímelo! —lo último sonó suplicante.

—No. Y, a lo mejor, el consejo que voy a darte es un consejo de mierda. Que yo de estas cosas no entiendo.

—Pero tú has conseguido que Aitana esté contigo.

—No es lo mismo. Lo nuestro venía de hace tiempo.

Me soltó el brazo, dio un golpe de cabeza en mi dirección y sentenció:

—Te escucho.

—¿Y si pasas de ella también? —Enarcó ambas cejas—. Me refiero, si actúas de la misma forma que Maca, ¿quizá llames su atención?

—¿Tú eres gilipollas? —soltó sin filtros.

—A veces sí —le respondí con sinceridad.

—¿De verdad conoces a las amigas de tu novia? —Su tono iba impregnado de un sarcasmo palpable.

—Sí. Sé que Maca es impulsiva, que no piensa, que hace lo que le sale del coño —hice una breve pausa—, pero también sé que tiene un corazón muy grande y que le gustas. Puede que esté dolida por todo el tiempo que has estado haciéndole *ghosting*.

Abrió los ojos como si le hubiera revelado una verdad que desconocía.

—¡Yo no he estado haciéndole eso! —bramó con enfado.

Me vi en la obligación de interrumpirlo cuando las chicas aparecieron en el coche de Dulce, porque sabía que empezaría con una retahíla de explicaciones por las cuales no había pasado de Maca. Todas eran mentira. Nunca reconocería que había comenzado a prestarle atención cuando ella dejó de mirarlo con los mismos ojos.

—Cuidado, que vienen.

El Aquelarre al que nos habíamos unido apareció de manera explosiva, todas con vestidos negros, también como marcaba la etiqueta. Cada una era distinta a su manera, pero en conjunto formaban un tándem perfecto. Eran las chicas perfectas, incluida Makena, quien se había adaptado muy bien a un grupo tan particular.

El amor de mi vida, porque ya la sentía así, fue la primera en avanzar con pasos ligeros. Reí como un tonto al verla con unos zapatos deportivos negros. Maca y Noe iban con unos taconazos de infarto y Dulce calzaba unas botas de mediacaña muy góticas. Eran más chulas que un ocho. Sostuve su cintura en cuanto la tuve a mano, tiré de ella y fui en busca de sus labios con urgencia, sin importar que me manchara la boca de aquel carmín rojo.

—Hola, amorcito. —Me besó.

Me reí cuando me llamó de aquella forma. Desde el día en el que les pedí ayuda a las chicas, ese apelativo cariñoso se quedó entre nosotros. Desde entonces, también he de reconocer que ambos tuvimos más cuidado con no olvidarnos el uno del otro. Pese a los estudios y los problemas familiares.

Ahora estábamos juntos.

Ahora siempre nos apoyaríamos.

—Hola, mi chulangana. —Deslicé la mano por la abertura de su vestido largo. La tenía a la derecha y casi le llegaba al muslo—. Veo que estás cogiéndole gustillo a esto de ponerte vestidos.

—Eso es porque vas a tener que llevarme más veces a la montaña.

Movió las cejas con socarronería y reí. También habíamos declarado aquel trozo de tierra, perdido de la mano de Dios, como nuestro. Subíamos cada dos semanas y mi padre terminó comprándome la caravana. Era de un colega suyo y estaba hasta los cojones de tener que pedírsela cada dos por tres. De vez en cuando, si pretendía sorprenderla, les solicitaba ayuda a mi padre y a Carlos. He de admitir que en los últimos meses, tanto mi madre como la nueva amiga de Carlos también habían participado. Teresa se llamaba la psicóloga-nueva amiga de mi casi suegro, así me lo había chivado mi chica.

Aitana me había dicho que su relación iba poco a poco, que estaban conociéndose. Sin embargo, Teresa todavía no había entrado en la casa de Carlos ni viceversa, que nosotros supiéramos. De lo que sí nos habíamos enterado era de que ella venía también de un matrimonio destructivo. Y deseé con todas mis fuerzas que la relación fuera bien. Él se lo merecía.

—¿Nos han robado la caravana? —le pregunté, sin soltarla.

Mis padres le habían cogido gustillo también y de vez en cuando se iban sin rumbo ni destino en busca de nuevas experiencias. La chica que tenía entre mis brazos me había dicho que era lo que deberían de hacer y que los dejara. Que nosotros éramos jóvenes y encontraríamos muchos planes si el fin de semana que queríamos irnos la caravana estaba ocupada. Si mis padres se enteraran de lo que hacíamos en esa cama... No se sentaban.

—Es posible —dijo ella con una risilla.

Me besó de manera casta y extendió la mano hacia el interior. Las chicas ya jaleaban para que entráramos. De soslayo, atisbé que Maca estaba observando de reojo a Izan, pero no se detuvo, como si le importara muy poco que estuviera allí o no.

Aitana me miró.

Yo la miré a ella.

—Hay que hacer algo —murmuré.

—No vayamos a ponernos de cupidos, que Maca es mucha Maca —me advirtió.

—Yo creo que está arrepentido de haber pasado de ella.

—Yo sé que no es un mal chico —susurró, contemplando a su amigo, que ya entraba en el edificio.

Noe se había quedado rezagada y, cuando pasó por nuestro lado, se detuvo muy cerca y musitó:

—Yo creo que le gusta Makena.

Se me fue el cuerpo hacia atrás. Me pareció ver que a Aitana también. Los dos nos giramos para mirar a Noe de manera interrogante, pero ella lo único que hizo fue asentir y también se metió en la universidad.

Aitana me cogió la mano, todavía turbada por la información, carraspeó y tiró de mí para seguir a su amiga. ¿Sería verdad eso de que le gustaba Makena? Posiblemente, ahí tendríamos la explicación de por qué ignoraba tantísimo a Izan o, mejor dicho, por qué lo ignoraba cuando le venía en gana. Justo cuando estábamos llegando a la puerta, los hombros de Noe se cuadraron. Noté la tensión desde la distancia y entonces el motivo de aquel cambio apareció por la derecha. Ella hizo como que no lo veía.

Francisco Javier.

El profesor hippy.

Me sorprendió verlo tal y como marcaba la etiqueta, aunque más me asombró cómo devoraba a Noe con los ojos. Mi chica me lo había dicho varias veces, pero yo siempre pensé que exageraba. Tampoco había tenido la oportunidad de estar cara a cara con los dos. Y ahí se palpaba la tensión.

—Creo que si nos ponemos de cupidos tenemos un trabajo nuevo —comentó Aitana.

—Te vendría bien para estar entretenida por las tardes, que desde que has dejado el gimnasio estás todo el día metida en la habitación de un tal Daniel.

Me dio un codazo con gracia. A lo lejos vi que nuestra amiga se metía en el interior, dejando al profesor a pocos pasos de ella. Ni siquiera se habían hablado, aunque me dio la sensación de que no hacía falta.

Ahora pasábamos mucho más tiempo juntos por varias razones. La primera era que desde que se llevaron a Sergio, el dueño del gimnasio, lo habían cerrado entre que buscaban o no buscaban a alguien para que lo regentara. Eso provocó que Aitana se quedara sin trabajo, evidentemente. Como no podía pedir el cambio de habitación a la mía, continuábamos igual que antes, ya que mi compañero había decidido marcharse a un pisito con su novio en el centro de la ciudad. El chollo nos duraría hasta que me metieran a alguien nuevo.

Allí, por las tardes, no solo enredábamos nuestros cuerpos bajo las sábanas, sino que también realizábamos nuestros trabajos y las tareas que nos iban quedando pendientes de las clases. Si algo teníamos claro los dos, era que no podíamos olvidarnos de labrarnos un futuro juntos.

—¿Qué te apetece de beber? —me preguntó Aitana, acercándose a la primera barra.

Habían ocupado toda una sala gigantesca. La habían llenado de globos y habían colocado varias mesas largas con canapés y bebidas. En quince minutos daría inicio el discurso de la directora y, después de eso, tendríamos vía libre para disfrutar de la fiesta.

—A ti —le respondí muy cerca del oído.

Me observó de reojo con media sonrisilla. Me dieron ganas de cargármela al hombro y salir de la fiesta, de mandarlo todo a tomar por culo y olvidarnos en cualquier lugar perdido. Pero me contuve.

—Dani...

Me pegué a ella y le restregué la entrepierna en el costado.

—Tana...

Una risa histérica fue lo siguiente que oí. Nos separamos porque Dulce se coló en medio de los dos, con una sonrisa malvada en los labios. Estaba empezando a adorar mucho a esa chica, porque se había convertido en mi fiel amiga de batallas cuando Aitana y yo reñíamos.

—¿Podéis disolver el tufo sexual durante un rato? ¿Eso cuándo se acaba? —inquirió Dulce, mirándonos.

—Opino lo mismo.

Otra que se tensó. Y no penséis que el motivo era Alan, sino un muchacho que había llegado a la universidad en mitad del curso. Se encontraba de pie, con un vaso en la mano y una sonrisa espectacular, muy cerca de la chica mística, como la llamábamos.

Manu René había caído allí desde México. De padre italiano y madre mexicana, había nacido en España y se había tirado dando tumbos media vida debido al trabajo de sus progenitores. No estaba dentro de nuestro grupo, pero de vez en cuando nos acompañaba y se notaba que a Dulce le hacía tilín y tolón. No era la primera vez que le tiraba la caña, pero la tía se resistía.

—Manu. —Le sonrió ella. Aitana y yo nos miramos, aguantando el gestito. Dulce era más seca que el pañal de un muñeco—. ¿Me das un vaso?

Él se lo tendió sin borrar la perfecta sonrisa de su cara de porcelana perversa, con aquellos ojos verdes impresionantes y encandiladores. Sí, podría hacer buenas migas con la mística gótica religiosa. De verdad, qué contradictoria era Dulce. Manu iba en contra de las leyes y las etiquetas, porque llevaba un traje de color beis roto. El único en toda la fiesta que iba distinto. Aitana decía que le caía muy bien. Yo no quería juzgar antes de conocerlo y estaba dispuesto a hacerlo. Sus manos se rozaron, y los dos se contemplaron como si el tiempo se hubiera detenido. Entonces mi chica soltó una pregunta, sin darse cuenta de la persona que acababa de llegar a mi derecha:

—¿Qué decías de la tensión sexual?

El muñeco de porcelana, llamémoslo así, sonrió. Giré la cabeza y me encontré con que Alan miraba en la misma dirección con el semblante serio, los dientes apretados y unos ojos aniquiladores. ¿Qué le sucedía ahora? Pues sencillo. Ya me había enterado del encuentro de los dos y también me había fijado en la reacción de ambos cada vez que estaban juntos.

Había tensión.

Había pasión contenida.

Había ganas de conocerse, aunque no lo dijeran.

—Tenemos que hablar —soltó huraño, muy cerca de mi oreja.

Manu me ofreció un vaso y también le dio otro a Aitana. Dulce ignoró a Alan, como si no existiera. Noté que eso jodió bastante a mi cuñado. Por cierto, ese detalle era tremendo. Aunque nos hubiéramos perdonado, nos encantaba picarnos y, de vez en cuando, nos echábamos un combate con los mellizos. Milo siempre siempre apostaba por mí, mientras que Alex lo hacía por su hermano. Carlos no quería ni verlo, y Aitana se ponía en plan animadora a darlo todo. Aquellos momentos eran inolvidables.

Supe de primera mano sobre la conversación que había mantenido Alan con su padre, quien, como ya vaticinaba Aitana en su momento, casi se desmaya al enterarse de a qué se dedicaba su hijo, pese a que casi todo había sido por un bien familiar. Por supuesto que Carlos sabía que lo que hacía no era legal. Cuando lo intuyó, tiempo atrás, no estaba en sus cabales para ponerle los puntos sobre las íes, pero ahora había resurgido como un ave fénix y le había leído la cartilla, por más años que su hijo tuviera.

—Hola, Alan. Me alegro de verte. Llevo una semana sin saber de ti —le dije, llevándome el vaso a los labios y sin mirarlo, porque la verdad estaba más pendiente de la reacción de Dulce. A Aitana la pasaba lo mismo.

—Han soltado al Botas —escupió.

No pude dar un trago.

Aitana lo miró.

Dulce se giró. La conversación de Manu ya no parecía tan interesante.

Y Alan continuó mirándome como si yo fuera a resolver el mundo.

Los siete mil euros del concurso los cobramos. El ayuntamiento estaba de por medio, y el premio no podía quedar desierto. Al final, la universidad y el organismo público se hicieron cargo de todo el importe. El dinero estaba en mi cuenta. Alan me lo había devuelto en cuanto se llevaron al Botas a la cárcel, junto con Sergio, los dos cabecillas de la organización de las peleas ilegales, que continuaban en otra parte de la ciudad, con sus segundos al mando. Eso a nosotros jamás nos afectó. Ni siquiera a Alan.

—¿Cómo que lo han soltado? —No podía creérmelo.

Sentí el nerviosismo de Aitana sin tocarla.

—¡Y yo que sé! —murmuró Alan exasperado.

Se quedó mirándome mucho y no lo comprendí.

—¿Qué se supone que quieres que haga, Alan? ¿Quieres que le demos el dinero? —le pregunté sin encontrar la solución instantánea.

Rio sarcásticamente.

—Nos van a sacar las muelas, Dani. El dinero, tantos meses después, ¿qué importancia crees que va a tener?

Entrecerré los ojos.

—¿Por qué me metes en el saco?

Aitana dio un paso adelante, Alan resopló y Dulce avanzó también. Pronto me encontré al resto del Aquelarre dirigiéndose hacia nosotros.

Pareció pensárselo mucho antes de decir:

—Porque yo fui quien dio el soplo de las peleas y el que descubrió que Sergio blanqueaba el dinero que podía con este tipo de concursos y los gimnasios. Por eso los detuvieron.

Casi me desmayo.

—Ay, por mi madre... —Maca se puso muy trágica—. Que te van a colgar por chivato.

—Gracias, Macarena —le dijo Alan con arrogancia.

—Pues estamos jodidos —añadió Noe, ayudando cero.

Nadie lo esperaba, pero el Colgao apareció también, desentonando mucho con el resto del personal. Iba con un palillo entre los dientes. ¿Cómo se había enterado ese hombre de nuestra conversación desde la entrada?

—Esto es muy sencillo. Lo cogemos, lo metemos en un bidón y le echamos cal.

Se oyeron al unísono un montón de exclamaciones, dando a entender la disconformidad con las palabras del matón de Pepe. Él puso una cara que evidenciaba claramente que estaban teniendo un calentamiento muy tonto. Yo todavía continuaba estupefacto. Alan había dado el chivatazo a la poli del

Botas; yo había ganado el concurso del gimnasio y, como era lógico, esa gente iba a pensar que me había compinchado con él para quedarnos el dinero. Si ellos estaban en la cárcel, no había deuda que saldar. Lo miré. Asintió, queriendo decirme que lo había pillado rápido. Aunque no hubiera hecho nada, iban a cortarnos las pelotas a los dos.

—Mi mamá tiene contactos con unos tíos que pertenecen al cártel de Sinaloa. Si necesitan... —Manu aportó su granito de arena fatal, y eso que no sabía ni media de lo que hablábamos.

—¡Anda, anda, anda! —se alarmó Makena, sabiendo lo peligroso que era aquello.

Dulce abrió los ojos. A lo mejor ya no le gustaba tanto el chico nuevo.

Si al final es que le iban los malotes.

—Yo propongo que lo secuestremos hasta que se olvide de vosotros —opinó Noe.

—¿A quién vais a secuestrar? —preguntó Fran, el profesor.

Nadie había visto que estaba al lado de Manu. ¿Se habría enterado de algo? A Izan le dio por reírse como una gallina. Otro que se había quedado pasmado con el tema de las peleas ilegales, y con quien había echado largos ratos de confidencias. Como era de esperar, al final Izan se quedó de manera permanente en el extraño Aquelarre que habíamos formado.

—A usted no le han dado vela en este entierro, profe —pronunció Noe, echándolo de manera sutil.

El hippy se llevó la mano al bolsillo, dio un sorbo a su vaso sin apartar los ojos verdes de ella y añadió:

—¿Ahora nos tratamos de usted, señorita Medina?

Noe lo contempló con altivez, se giró y lo ignoró, colocándose detrás de mí. Eso ocasionó que el profesor nos regalara una mirada de advertencia, pero no objetó nada. Menos mal que se marchó muy lejos.

—¿Qué vamos a hacer? —preguntó una voz sensata.

Por supuesto, la de mi Aitana. Contemplé a Alan, tiré de la cintura de su hermana y la arropé bajo mi brazo. Besé su pelo y sentencié:

—De momento, disfrutar. —Observé a Alan, dándole a entender que podíamos dejar el tema para el día siguiente. Asintió cuando supo que el motivo de aplazar la cuestión era su hermana—. Lo solucionaremos juntos.

Hubo una mirada fugaz entre Alan y Dulce. Ella estaba preocupada por su vida; él lo estaba por el tipo que se pegaba mucho a ella a su espalda y que, en ese momento, colocaba una de sus manos en la cintura de la chica gótica. Alan chasqueó la lengua, se giró y salió de allí sin esperar a Pepe, quien movió los ojos con indiferencia sin dejar de mascar el palillo. Retrocedió sobre sus pasos con lentitud y también se marchó de la uni.

Deslicé la mano por la mejilla de Aitana, la apreté contra mi pecho, elevé su mentón y la besé. Me atreví a calmar el ambiente de la única forma que sabía. La canción que habían puesto, «Mi persona favorita», de Río Roma, era una señal para dar el pistoletazo de salida a la diversión, para olvidar la incertidumbre, así que se la canté para que supiera que era mi persona favorita del mundo mundial.

—Te quiero, te quiero y siempre así será —le dije con una amplia sonrisa.

No fui el único que la cantó, porque el resto del Aquelarre me siguió, dando brincos hasta la pista mientras todos nos observaban como si hubiéramos perdido el juicio. Y qué más daba. ¿Había que tener motivos para sentirse feliz?

Conseguí que Aitana se riera con sinceridad. Manu arrastró a Dulce de la mano y ella se dejó llevar por la efusividad del momento, porque aceptó. Maca bailaba sin parar con Noe, e Izan terminó con Makena dando botes en medio de la pista. Algún vaso se cayó al suelo, pero no importaba. Solo importaba la emoción con la que bailábamos, con la que sentíamos el momento. Con un movimiento insinuante de hombros, Aitana se acercó a mí; yo sujeté una de sus manos y tiré de ella hasta pegarla a mi pecho.

—¿Así que me quieres?

Sonreí, me separé y volví a juntarme con ella, sin parar de bailar. Y solté, libre y sin tapujos:

—Yo siempre te he querido, Tana.

Agradecimientos

Los agradecimientos son, por excelencia, la parte más importante de una novela. Lo son para mí, porque dejas escrito lo que ha significado el proceso desde que empiezas con la historia hasta que la acabas.

Mis chicos universitarios han supuesto un antes y un después en mi vida por varias razones. Tal vez porque todo lo bueno comenzó en uno de los momentos más inestables de mi vida, en un punto en el que el mundo se me vino encima, y todas las personas que menciono a continuación me sacaron a flote.

Quiero darles las gracias infinitas a mi madre, Mercedes, y a mi hermana, Patricia, por no dejarme caer nunca. Por impulsarme a los nuevos comienzos, a los cambios, sin importar el género, la novela o el lugar donde se encuentren. Por pensar siempre que mi felicidad va por delante. A mi marido, Luis, por ser el muro en el que necesito apoyarme de vez en cuando para no caer, por entender lo que tengo que sacar de mi cabeza con urgencia y por concederme el tiempo sin rechistar.

A mis amados niños, Bryan, Eidan y Freya; y a mis sobrinos, William y Ellery. Espero que el día de mañana conozcáis de primera mano la magia que hay en los libros. No os vais a arrepentir. Solo entonces entenderéis todo el tiempo que os quita mamá —y la tata.

A mis incansables y fieles amigas, por estar al pie del cañón con mis ansiedades y con mi botoncito mágico: Beatriz Jiménez y Lola Pascual. Ambas sabéis lo mucho que significáis en mi vida, lo que aportáis. Os estoy enormemente agradecida en cada libro, en cada audio, en cada llanto, en cada risa. No me faltéis nunca, mis mafiosas intensas. A Steffany Kennels y a Sara Maher, gracias de todo corazón por ser parte de esta locura, y por amarla con la misma intensidad, aun siendo un género completamente distinto.

Y si a alguien tengo por descontado en todos mis libros, es a mi medio limón, a mi Noelia Medina. Gran amiga, compañera de letras y casi mujer de mi vida. Nunca tendré líneas suficientes para darte las gracias por haberte cruzado en mi vida, hace ya casi ocho años.

Hay una persona que adoro, y por la cual empezó toda esta locura. Rebecca, bendito el día en que nos conocimos. Gracias por no decir nunca que no, por apoyarme en cada aventura, en cada sugerencia. Por incentivarme a buscar nuevas experiencias y ayudarme a conseguirlas.

Pensé muchas veces en ese sentimiento que tendría al publicar con una gran editorial. Nunca imaginé que sería este, os lo aseguro. Me siento dichosa, feliz de haberme atrevido, de haber cambiado de registro, de haber superado otra de las tantas metas que me gusta ponerme, y eso se lo debo a Gonzalo Albert y a Carol París. Gracias, de corazón, por empujarme a esta locura universitaria, porque he terminado enamorada de estos chicos hasta la médula, y eso ha ocasionado que experimente una enorme felicidad.

Para todos mis lectores nunca tendré las gracias suficientes, lo sabéis. Os lo agradezco a diario y sé que soy insistente, pero es que sin vosotros nada de esto sería posible. Gracias por seguirme, por vivir mis libros con una intensidad desbordante, por los mensajes, por la pasión con la que vivís cualquiera de mis proyectos. Gracias, gracias y gracias.

Que todos sepáis, ahora y siempre, familia, amigos y conocidos, que hacéis que el movimiento siga, que os quiero muchísimo.

ANGY SKAY

«Para viajar lejos no hay mejor nave que un libro».

Emily Dickinson

Gracias por tu lectura de este libro.

En **penguinlibros.club** encontrarás las mejores
recomendaciones de lectura.

Únete a nuestra comunidad y viaja con nosotros.

penguinlibros.club